Wolf von Dohrenberg

Heldenburg
Band 2

Das Geheimnis des Burgschreibers

Über den Autor:

"Wolf von Dohrenberg" arbeitete 40 Jahre als Berufsschullehrer, 3D-Artist und Moderator. Im Jahr 2011 veröffentlichte er einen Film mit dem Titel "Die Heldenburg im Jahr 1652". Die Dokumentation macht durch fotorealistische 3D-Computeranimationen Geschichte lebendig.
Bei dieser Arbeit entstand die Idee zu der Heldenburg Romanreihe.

Danksagung

Viele Menschen haben Anteil daran, das diese Romanreihe enstehen konnte.
Stellvertretend möchte ich folgende Personen nennen:
Meine Frau Brigitte und meine Freunde, die über viele Monate meine Fantasien "ertragen" mussten.
Rabea Hartwig, Maik Bode und Steffen Döllerer, ohne die mein Cover blass geblieben wäre.
Susanne Gerdes und Wolfgang Lange, die sich um Logiklücken und sonstige Fehler gekümmert haben.
Dr. Elke Heege, die mir mit ihrer professionellen Kompetenz, mit Anregungen und historischen Dokumenten geholfen hat.

Bibliografische Information der Deutschen Nationalbibliothek: Die Deutsche Nationalbibliothek verzeichnet diese Publikation in der Deutschen Nationalbibliografie; detaillierte bibliografische Daten sind im Internet über dnb.dnb.de <http://dnb.dnb.de/> abrufbar.

„Herstellung und Verlag:

BoD – Books on Demand, Norderstedt

ISBN 9783748141655

Über dieses Buch

Anfang des 17. Jahrhunderts wächst Konrad Gassner als Sohn einer Händlerfamilie in Wetzlar auf. Gerade 14 Jahre alt geworden, verschwindet plötzlich auf rätselhafte Weise sein Vater Robert auf einer Handelsreise: ein Trauma, das ihn nicht mehr loslässt. Nach der Lehre in einer Kunstgießerei im nahe gelegenen Hirzenhain wird Konrad als Söldner angeworben. Er durchlebt im Gefolge des großen Heerführers Tilly die Wirren des 30-jährigen Krieges. Als er nach vier langen Jahren die Gräueltaten nicht mehr erträgt, desertiert er. Auf der Flucht durch das Ilme- und Leinetal führt ihn sein Weg in den Flecken Salzderhelden und zur Heldenburg.

Durch eine glückliche Fügung schlüpft Konrad in eine neue Identität als Burgschreiber. Zunächst froh, dem Albtraum Krieg entkommen zu sein, muss er einige packende Abenteuer bestehen und lernt seine große Liebe kennen.

Es ist ein historischer Roman, der aufwendig recherchiert ist und seine Leser auf eine spannungsgeladene, lebendige Zeitreise mitnimmt. Die fiktive Handlung orientiert sich an Originalschauplätzen im geschichtlichen Kontext. „Das Geheimnis des Burgschreibers" wird in drei Bänden veröffentlicht.

Inhaltsverzeichnis

1. Die Ankunft

Die Sonne stand schon hoch am Firmament, als Konrad durch das tiefe, brummende Fluggeräusch einer mit Blütenpollen schwer bepackten Erdhummel sanft geweckt wurde. Er spürte die angenehme Wärme der Sonnenstrahlen, die, durch die Kornhalme gefiltert, sein Gesicht streichelten. Blinzelnd öffnete er langsam seine Augen. Noch bewegungsunfähig daliegend, die Arme und Beine weit ausgestreckt, lauschte er nach weiteren Geräuschen. Aber bis auf das Surren umherfliegender Insekten herrschte eine beruhigende, friedliche Stille. Konrad fühlte sich so wohl wie schon lange nicht mehr. So nickte er fast wieder ein, bis laute Kinderstimmen an seine Ohren drangen. Vorsichtig reckte er den Kopf nach oben, sodass er geradeso über die Kornähren schaute. Nur 400 Schritte vor ihm tummelte sich eine Horde Jungen auf einer Steinmauer, die sie für sich als Abenteuerspielplatz erobert hatten. Mit lautem Geschrei und wild umherfuchtelnden Stöcken wurden Schwertkämpfe simuliert. Konrad sah einen Augenblick fasziniert zu. Er fühlte sich an seine unbeschwerte Jugendzeit und die

Spielkameraden in Wetzlar erinnert. Nach langer Zeit zeigte sich mal wieder ein entspanntes Lächeln auf seinem Gesicht. Oft war auch er, mit einem selbst gebastelten Holzschwert, verbotenerweise über die Stadtmauern gestürmt. Welch großes Leid man mit einer Waffe aus scharfem Eisen anrichten konnte, darüber hatte er sich damals noch keine Gedanken gemacht.

Konrad atmete, begleitet von einem tiefen Seufzer noch einmal durch, schnallte den Schnappsack um, zog sich – auf die Staffelei gestützt – hoch und stand, sich streckend, in voller Lebensgröße mitten im Kornfeld. Zielstrebig schritt er auf die Mauer mit den spielenden Kindern zu. Die waren allerdings so in ihr wildes Treiben vertieft, dass sie Konrad erst im letzten Moment bemerkten. Um die Rasselbande nicht zu erschrecken oder gar zu verscheuchen, beschloss er ihnen mit Witz und Humor zu begegnen. Mit seinem großen Hut machte er eine ausladende Schwenkbewegung, sodass die als Verzierung angebrachten bunten Seidenbänder flatternd die Augen der Kinder auf sich zogen. Dazu vollzog er eine tiefe Verbeugung, und mit gekünstelter Sprache begann er sein kleines Schauspiel: »Seid mir gegrüßt, Ihr edlen Ritter! Man nennt mich Edmund Mengler, den Zeichner aus dem fernen

Frankfurt. Ich darf Euch, edle Recken von hoher Geburt, bitten mich untertänigst in eure Burg einzulassen, damit ich euch mit meiner Kunst schmeicheln kann.«

Die Dorfjungen hielten abrupt inne. Regungslos standen die kleinen Abenteurer auf der rund sechs Fuß hohen Mauer und schauten verblüfft auf ihn herab. Mit großen Augen hatten sie aufmerksam den Auftritt beobachtet. Konrad sah ihnen an, dass sie nicht genau wussten, wie sie auf diese so vornehm vorgetragenen Sätze reagieren und antworten sollten. Es waren einfache Burschen aus dem Dorf, und sie hatten bisher nur einmal eine solche Wortwahl gehört.

Das passierte, als sie heimlich durch ein Loch in der Mauer des Amtshauses geschlüpft und von hieraus über den Amtshof hinauf zum Küchengarten der Burg geschlichen waren. Dort belauschten sie zufällig ein Gespräch des Amtmanns mit einer feinen Dame. Und deshalb wussten sie spätestens seit dieser Begegnung, wie vornehme Herrschaften miteinander sprechen.

Aus der angespannten Stille heraus entgleisten dann doch einem der Jungen die Gesichtszüge und er lachte los. Nun konnten sich auch seine Spielkameraden nicht mehr halten, wobei einer, der zu dicht an der vorderen

Kante stand, Konrad direkt vor die Füße purzelte. Er schüttelte sich kurz, sprang auf und nahm sofort Reißaus. Nun lachte auch Konrad herzhaft und die Situation entspannte sich zusehends.

»So, so, du willst ein Zeichner sein? Lauft ihr Zeichner immer einfach so durch Kornfelder?«, plapperte frech einer der Burschen los.

»Wenn das der Verwalter vom Vorwerk erfährt, dann gibt's aber großen Ärger«, mischte sich ein zweiter ein. »Und was heißt hier überhaupt Zeichner aus Frank ..., Frankfurt?«, meldete sich ein dritter zu Wort und hakte gleich noch einmal nach: »Zeichner, was soll das überhaupt sein? Und was treibt dich denn hier, bitteschön, ausgerechnet zu uns nach Salzderhelden?«

Konrad hob beschwichtigend seine linke Hand.

»Langsam, langsam! Ich werde euch schon alles genau erklären! Also - ich zeichne im Auftrag für einen Herren Merian, der in Frankfurt am Main seinen Stammsitz hat, Ansichten von bedeutenden Städten, Klöstern, Schlössern und Burgen. Und der Herr Merian lässt dann, wenn ich genug zusammengetragen habe, daraus ein dickes Buch drucken. Das heißt, natürlich nicht nur eins, sondern gleich viele Dutzend, und wenn man genug Silberlinge besitzt, dann kann man sich solch eine Bildsammlung kaufen.«

Konrad wollte nun durch eine weitere kleine Lüge seinem Erscheinen hier in Salzderhelden noch mehr Glaubwürdigkeit verleihen.

»Und durch das Kornfeld bin ich gelaufen, weil ich von hier aus einen wunderbaren Blick auf eure Burg habe. Denn euer Herzog persönlich hat mich beauftragt dieses mächtige Bauwerk unbedingt in meine Sammlung der schönsten Burgen mit aufzunehmen. Also dürfte ja wohl auch euer Verwalter vom Vorwerk nichts dagegenhaben, dass ich hier gerade ein paar Halme umknicke. Und übrigens, ich glaube kaum, dass er von eurem Spielen auf der Mauer erfahren sollte!«

Mit strenger Miene schaute Konrad den kleinen, selbsternannten Rittern tief in die Augen. Der letzte Satz hatte seine Wirkung nicht verfehlt. Betretenes Schweigen machte sich breit.

»Aber keine Angst, ich verrate euch nicht! Das heißt, wenn ihr mir jetzt mal langsam über die Mauer helft, bevor ich hier Wurzeln schlage!«

Die Burschen schauten sich kurz an, zuckten mit den Schultern, nahmen Konrad als Erstes die Staffelei und den Schnappsack ab und zogen ihn anschließend mit vereinten Kräften auf die fast zwei Fuß dicke, mannshohe Mauer. Da die etwa zehn- bis zwölfjährigen Dorfjungen sich dabei voll ins Zeug legten und Konrad durchaus ein paar Verbündete, die garantiert jeden Winkel in Salzderhelden kannten, gebrauchen konnte, beschloss er sie mit einem speziellen Dankeschön noch weiter für sich zu gewinnen. Nachdem sie sich, gegenseitig helfend, auf der anderen Mauerseite heruntergelassen hatten, klopfte Konrad jedem Einzelnen von ihnen auf die Schulter.

»Na bitte, das hat ja dank eurer Hilfe prima geklappt! So kräftige junge Männer habe ich schon lange nicht mehr getroffen.«

Ein bisschen verlegen, doch auch ein wenig stolz, schauten sie neugierig zu, wie er eine Ledermappe aus seinem Schnappsack holte.

»Ich zeige euch erst mal ein paar von meinen Zeichnungen, die ich in den letzten Wochen angefertigt habe.«

Konrad stellte die Staffelei auf und legte die Mappe geöffnet auf das Halterungsholz. Dicht gedrängt und mit großen Augen standen die Burschen staunend vor seinen Exponaten. Anerkennendes Raunen machte die Runde, denn so etwas hatten die Dorfjungen vorher noch nie gesehen.

»Und du hast das wirklich alles selbst gezeichnet?«, fragte einer der Burschen und malte fasziniert mit dem Zeigefinger auf einer Skizze die Linien der Burg Polle nach.

»Vorsicht! Diese Zeichnungen dürfen auf keinen Fall beschmutzt werden! Und wenn ich mir deine kleinen Finger so anschaue, dann haben die wahrscheinlich schon länger kein Wasser mehr gesehen, oder?«

Erschrocken zog der Kleine schnell seine Hand zurück. Allerdings nahm ein Lächeln von Konrad den Worten gleich wieder jede Schärfe.

»Ich glaube, ich mache euch allen mal einen Vorschlag.«

Die Spannung war deutlich in ihren Gesichtern abzulesen.

»Da ich beabsichtige, etwas länger an diesem schönen Ort zu bleiben, könnte ich – als kleines Dankeschön für eure Hilfe – für jeden eine Zeichnung anfertigen.«

»Was, das würdest du wirklich? Jeder bekommt ein eigenes Bild gemalt?«, fragte einer der Jungen ungläubig.

»Sagen wir mal, ich zeichne für jeden das Haus, in dem er wohnt. Was sagt ihr dazu?«

Die kleine Bande sah ihn begeistert an, bis auf den Jungen, der schon versucht hatte, die Zeichnung auf der Staffelei mit seinem Finger nachzumalen. Er hatte gleich auch noch einen Sonderwunsch parat.

»Herr Zeichner, ich wohne nur in einer alten, schiefen Hütte. Kann ich vielleicht ein Bild von der Mühle oder vom Brauhaus oder auch von unserer Wasserkunst haben?«

Der kleine Mann lächelte ihn hoffnungsvoll an und zeigte sofort in die Richtung, in der seine Wunschobjekte standen.

»Schau, da drüben, da kannst du dir gleich alles ansehen!«

Konrad schmunzelte. Er hatte sein Ziel, die Dorfjungen für sich zu begeistern, offensichtlich erreicht. Und noch wichtiger, sie nahmen ihm die gespielte Rolle des Zeichners Edmund Mengler ab, und er fühlte sich in seiner neuen Identität schon richtig wohl.

»Na, dann schauen wir uns mal deine Wunschobjekte etwas näher an! Aber danach bringt ihr mich bitte auf dem kürzesten Weg zur nächsten Herberge im Ort. Mein Magen fängt nämlich schon an zu knurren, und Durst auf ein kühles Bier habe ich auch!«

Als Konrad den Schnappsack und die Staffelei aufnehmen wollte, konnte er sich vor lauter Hilfsbereitschaft kaum retten. Alle wollten tragen helfen und prügelten sich fast um diesen freundschaftlichen Dienst. Konrad griff regulierend ein.

»Nun mal langsam, ihr jungen Wilden! Ihr könnt euch ja gern abwechseln, aber macht mir ja nichts kaputt und zeigt mir lieber mal diese eben genannte Wasserkunst!«

Es waren nur 100 Schritte, und sie standen vor einem riesigen Wasserrad von annähernd fünfzehn Fuß Durchmesser und fast fünf Fuß Breite. Stolz fing sofort der Älteste des Trupps an zu erzählen.

»Hier neben uns ist die Kornmühle. Die hat zwei normal große Wasserräder. Aber das da vorn, das alleinstehende Rad ist fast doppelt so groß wie die anderen, und das treibt unsere Wasserkunst an.«

Konrad staunte nicht schlecht. Er hatte bisher nichts Vergleichbares gesehen.

»Du meinst das lange Holzgestänge, das von diesem Monstrum von Rad angetrieben wird, das ist eure sogenannte Wasserkunst?«

»So ist es! Diese Stangen laufen quer durch unseren Ort, bis sie auf der anderen Seite Richtung Einbeck wieder herauskommen, und genau da treiben sie zwei Pumpen an. Mit denen holt mein Vater Salz aus der Erde.«

»Quatsch!«, sagte ein anderer Junge. »Damit holt man die Sole nach oben, und die muss dann noch gekocht werden, bevor daraus Salz wird.«

»Ja, ja, du Schlaumeier«, konterte der erste, »und dann wird das Salz noch getrocknet sowie in Säcke oder Fässer gefüllt, und dann verkaufen wir es und bekommen dafür viele, viele Gulden.«

Bevor der Streit um die richtige Erklärung in die zweite Runde ging, griff Konrad erneut ein.

»Nun lasst mal gut sein! Ihr könnt mir später noch alles zeigen und erklären. Ich brauche jetzt sofort einen leckeren Braten, sonst falle ich auf der Stelle um, und ihr müsst mich noch tragen.«

Dieser letzte Satz verfehlte nicht seine Wirkung. Von allgemeiner Belustigung begleitet, setzte sich der Trupp – am Brauhaus und am Vorwerk der Burg vorbeiwandernd – Richtung Dorfmitte in Bewegung. Unter einem steinernen Torbogen, der Einfahrt zum Vorwerk, stand, misstrauisch dreinschauend, ein dicker, großer Mann. Er nahm gerade den Hut ab und wischte sich mit einem Tuch den Schweiß von seinem feuerrot glühenden Gesicht und von der in der Sonne glänzenden Glatze.

»Na, ihr kleinen Strolche! Sagt nur nicht, dass ihr schon wieder an der Wasserkunst euer Unwesen getrieben habt! Ihr wisst doch, dass das nicht ungefährlich ist.«

Er senkte drohend den Kopf, und die raue, angsteinflößende Stimme hatte nun noch mehr Schärfe.

»Und wer ist überhaupt diese Gestalt da in eurem Schlepptau?«

Sichtlich eingeschüchtert, nahm ausgerechnet der Kleinste in der Gruppe allen Mut zusammen, und noch bevor Konrad reagieren konnte, plapperte er auch schon munter drauf los.

»Also erstens haben wir diesmal nicht an der Wasserkunst gespielt, und zweitens ist das nicht irgendeine Gestalt, sondern der Herr Zeichner! Der hat einen Auftrag von unserem Herzog bekommen, und wir müssen ihn jetzt schnell zum Gasthof bringen, damit er uns nicht vor Hunger und Durst umfällt.«

Der Mann im Torbogen stand herausfordernd breitbeinig da, doch nachdem Konrad den Hut abnahm und sich zum Gruß tief verbeugte, kam auch in sein kräftiges Gegenüber Bewegung. Auch er versuchte nun, mit seinem Hut eine grüßende Geste hinzubekommen. Unterstützt von einem steifen, angedeuteten Kopfnicken und einem recht merkwürdig anmutenden Wedeln mit seinem Schweißtuch wirkte alles doch sehr unbeholfen.

»Gestattet, dass ich mich Euch vorstelle! Mein Name ist Hubertus Bode. Ich bin der Verwalter dieses Vorwerks und untertänigster Diener unseres hochwohlgeborenen Fürsten.«

Die Kinder hatten es tatsächlich geschafft, Konrad in Verlegenheit zu bringen. Er hatte nicht damit gerechnet, dass seine Lüge mit dem Herzog noch irgendjemand anders erfahren würde. Konrad wurde plötzlich kalt und warm zugleich. Schweiß stand ihm auf der Stirn. Er hoffte inständig, dass man ihm dadurch nicht noch auf die Schliche kommen und seine Tarnung schon jetzt auffliegen würde. Schnelles Handeln war nun geboten. Er musste wohl oder übel sein angefangenes Schauspiel fortführen.

»Seid mir gegrüßt, Herr Verwalter! Vor Euch steht Edmund Mengler, der im Namen des Verlagshauses Merian aus Frankfurt das gesamte Kaiserreich bereist, um herausragende Städte und Bauwerke zeichnerisch festzuhalten, so auch Eure Burg und vielleicht auch Euer Vorwerk, inklusive des Brauhauses, der Mühle und vor allem der bemerkenswerten Wasserkunst.«

Inzwischen kamen Konrad diese gestelzten Sätze erstaunlich locker über seine Lippen. Er erschrak beinahe vor sich selbst und musste kurz an den armen, echten Edmund Mengler denken, der viel zu früh durch diesen unsäglichen Krieg sein Leben gelassen hatte. Er schöpfte neue Hoffnung, dass er nun jedermann von seiner neuen Identität überzeugen konnte. Den

Verwalter jedenfalls, den hatte er offensichtlich schon hinters Licht geführt. Der stand plötzlich wie angewurzelt da, den Hut mit seinen mächtigen Händen vor dem fetten, runden Bauch vor Anspannung zerknautschend, suchte er nach Worten: »Ich – ich würde mich sehr geehrt fühlen, wenn Ihr sozusagen auch mein Vorwerk abbilden könntet! Übrigens, für Euer Wohlbefinden kann ich Euch das Gasthaus zum Salze empfehlen, das erste Haus am Platz, sozusagen. Dort werden wir uns bestimmt noch auf ein Bierchen sehen.«

Konrad nickte freundlich hinüber, und der Trupp setzte sich wieder in Bewegung. Ihr Weg führte sie direkt an der 100 Fuß über ihnen thronenden Ostseite der Heldenburg vorbei. Wenige Augenblicke später marschierten die Jungen, mit stolz geschwellter Brust, den Schnappsack und vor allem die Staffelei wie Trophäen tragend, unter den neugierigen Blicken etlicher Dorfbewohner zu ihrem Ziel, dem Gasthaus zum Salze. Dort gab es, so waren sich die Dorfjungen einig, eine gute Küche und den leckeren Braten, den ihr neuer Freund suchte, und dazu auch noch ein paar Betten für Fremde.

Der Wirt hatte durch Zufall das Spektakel, das sich seinem Haus näherte, entdeckt. Er brachte gerade sechs kräftigen Holzfuhrleuten, die im

Schankraum Platz genommen hatten, einige große Krüge Bier und konnte dabei durch ein Fenster auf die Straße sehen. Voller Neugier nahm er sein rundes Tablett vom Tisch auf und ging nach draußen. So stand er auf der obersten von fünf Stufen, als Konrad sich bei seinen kleinen Helfern bedankte.

»Wie versprochen, nachdem ich die Burg gezeichnet habe, seid ihr dran!«

»Und wann wird das sein?«, kam es gleich auffordernd zurück.

»Ich denke schon, dass ich etwa eine Woche dafür brauche.«

»Können wir denn wenigstens dabei zuschauen?«, wollte gleich der nächste wissen.

Konrad machte mit dem Kopf eine abwägende Bewegung.

»Ich könnte es mir ja mal überlegen. Das heißt, wenn ihr mich dabei nicht zu sehr stört! Ich muss mich nämlich beim Zeichnen sehr konzentrieren, und somit brauche ich vor Ort absolute Ruhe bei der künstlerischen Arbeit.«

»Dafür sorge ich schon ganz allein!«, kam prompt die Antwort.

Und wieder war es der Kleinste der Gruppe, der sich als Rädelsführer vordrängelte und sich dabei selbstbewusst auf die Brust klopfte. Die Spielgefährten lachten laut los, wobei einige seiner kleinen Freunde vor Belustigung wild auf der Straße herumsprangen. Diese überschwängliche Ausgelassenheit sorgte dann doch für mehr Aufsehen, als es Konrad recht war, denn es zog die verwunderten Blicke der herumstehenden Dorfbewohner auf sich, und so stand er plötzlich im Mittelpunkt des Geschehens. Als Konrad seinen Schnappsack und die Staffelei aufnahm, stürmte der Trupp dann endlich laut jubelnd und wild gestikulierend davon. Konrad wollte nur noch schnell von der Straße verschwinden. Er setzte gerade seinen ersten Fuß auf die Treppe, als er einen kleinen, recht wohlgenährten Mann vor sich auf der obersten Stufe entdeckte.

»Wer seit Ihr, und was führt Euch zu mir?«, tönte es auf Konrad herab.

»Seid Ihr der Wirt?«, fragte Konrad zurück.

»Gut erkannt! Ich bin der Wirt vom Gasthaus zum Salze.«

Ein paar umherstehende Neugierige waren inzwischen noch nähergerückt, was nun auch dem Wirt gar nicht mehr gefiel.

»Und ihr da, habt ihr nichts Besseres zu tun, als hier herumzulungern? Ja, glotzt nicht so blöd, und haltet keine Maulaffen feil! Schaut zu, dass ihr weiterkommt!«

Die plötzlich lospolternde, laute Stimme ließ sogar Konrad erschreckt zusammenzucken. Er fasste sich aber schnell, schwenkte seinen auffälligen Hut und verbarg die ihn überkommende Anspannung gekonnt hinter einem freundlichen Lächeln.

»Seid mir gegrüßt, Herr Wirt! Ich bin der Zeichner Edmund Mengler aus dem fernen Frankfurt am Main, und ich suche für ein paar Tage eine Unterkunft mit Speis und Trank. Euer Haus wurde vom Verwalter des hiesigen Vorwerks in höchsten Tönen gelobt und mir empfohlen.«

Diese wohlformulierten Worte verfehlten nicht ihre Wirkung und schmeichelten dem Wirt sichtlich. Aber sein sich gleich danach einstellender Gesichtsausdruck signalisierte auch eine Portion Misstrauen ob der Liquidität des Fremden. So klopfte er fordernd auf sein Tablett, mit dem er schon die ganze Zeit nervös herumgespielt hatte.

»So, so – Zeichner seid Ihr! Verdient denn so ein Künstler überhaupt genug, um seine Zeche für mehr als eine Nacht bezahlen zu können?«

Konrad legte die Staffelei vor sich auf die Treppe und holte seinen an einem geflochtenen Lederband um den Hals hängenden Geldbeutel hervor. Er öffnete ihn ein wenig und schüttelte ihn so kräftig, dass gleich zwei Münzen über den

Rand auf die Stufen polterten. Der bis dahin eher behäbig wirkende Wirt eilte daraufhin so flink die Treppe hinunter, dass er beim Einsammeln des Geldes fast sein Gleichgewicht verlor. »Ist ja gut!«, grinste ihn der Wirt an. »Ich denke, es ist Euch doch recht, wenn ich diese beiden Gulden schon mal als kleine Anzahlung behalte!«

Ein verschmitztes Lächeln zog sich über sein pausbäckiges Gesicht, und in seinen müde wirkenden Augen war plötzlich deutlich ein gieriges Funkeln zu erkennen.

»Steckt schnell Eure Börse weg und kommt herein! Es muss ja nicht gleich jeder mitbekommen, wie viel Münzen Ihr so mit Euch herumtragt!«

Mit diesen Worten schob er Konrad vor sich her die Treppe hoch und durch die massive Eingangstür auf einen Flur. Er öffnete eine weitere Tür und forderte ihn auf, hindurchzugehen. Konrad sah sich erstaunt um, denn er betrat einen recht kleinen Raum, in dem es weder eine Theke noch Stühle und Tische für Gäste gab. Verwundert stellte er fest, dass er mehr in einer Abstellkammer und nicht im Schankraum gelandet war. Konrad sah den Wirt fragend an.

»Was machen wir hier? Was habt Ihr vor?«

Konrad wich instinktiv mit leichter Abwehrhaltung zwei Schritte zurück.

»Keine Sorge, es ist alles in Ordnung! Aber bevor wir in den Schankraum gehen, muss ich Euch noch überprüfen.«

Konrad verstand nun gar nichts mehr.

»Bitte, was müsst Ihr? Mich überprüfen? Was soll das heißen?«

Konrad ließ die Staffelei gegen ein Regal fallen und griff nach seinem Dolch, den er unter der weiten Kutte trug.

»Langsam, langsam – gemach, gemach!«

Der Wirt hob beschwichtigend seine Arme und versuchte Konrad zu beruhigen.

»Zieht bitte keine falschen Schlüsse! Ich werde es Euch erklären. Ich habe von unserem Bürgermeister und vom Amtmann die Aufgabe und Pflicht, jeden fremden Gast auf Pestmerkmale zu begutachten, und zwar bevor ich ihn beherberge.«

Konrad wurde unvermittelt kalt und warm zugleich.

»Was – in Salzderhelden grassiert auch die Pest?«

Konrad taumelte zurück gegen das Regal.

»Nein, nein! Also nicht direkt. Aber im nahegelegenen Einbeck, da geht seit ein paar Monaten der Schwarze Tod von Haus zu Haus.

Ja, und auch hier bei uns im Flecken haben wir schon zwei Pesttote zu beklagen.«

Die bis dahin kleinen Augen des Wirts, die mit dunklen Rändern konturiert aus seinem blassen Gesicht schauten, weiteten sich zusehends.

»Versteht Ihr – wir müssen uns so gut es geht vor dieser Gottesstrafe schützen!«

Konrad war verunsichert und hätte am liebsten den Ort so schnell wie möglich wieder verlassen. Aber auf der anderen Seite brauchte er dringend Essen und Schlaf und einen halbwegs sicheren Unterschlupf. So beschloss er, zunächst seine neue Rolle weiterhin zu spielen.

»Solltet Ihr da nicht lieber jeden Tag in eurer Kirche beten, anstatt ehrenwerte Reisende zu verdächtigen?«

»Glaubt mir, wir beten hier in Salzderhelden schon reichlich, aber nun darf ich Euch bitten, Eure Kleider auszuziehen!«

Konrad senkte den Kopf, schloss seine Augen und überlegte kurz. Er kannte die Pestmerkmale nur zu gut. Ihm wurden während der bisherigen Soldatenzeit die auffälligen äußeren Zeichen mehrfach deutlich vor Augen geführt. Was er damals sah und was ihn sehr betroffen machte, waren Verdickungen und Verfärbungen am Hals, wulstige Beulen unter den Achseln sowie Pestbeulen in der Leistengegend. Konrad hatte nichts zu verbergen. In wenigen Augenblicken stand er fast splitternackt vor dem Wirt. Er hob beinahe automatisch die Arme und gab so den Blick auf seine Achselhöhlen frei.

»Wie ich sehe, kennt Ihr Euch aus, und wie ich mit Beruhigung feststelle, ist Eure Haut makellos.«

Konrad beschlich ein merkwürdiges Gefühl. Ihm war so, als ob er mit den Kleidern ebenfalls sein neues Ich, den Zeichner Edmund Mengler, abgelegt hatte, und dass man ihm nun jederzeit auf die Schliche kommen könnte. Erst jetzt wurde ihm bewusst, wie viel Sicherheit er durch die Kluft des Künstlers gewonnen hatte. Sie schien wie eine Tarnkappe zu wirken, mit der er die Menschen täuschen konnte. Ob nackt oder angekleidet, für den Wirt machte es aber offensichtlich keinen Unterschied. Doch plötzlich stutzte und bekreuzigte sich der kleine Mann.

»Was, um Himmels willen, tragt Ihr denn da um den Hals?«, kam es mit Entsetzen aus dem Mund des Wirts. Wie gebannt starrte er auf Konrads Amulett und machte erschrocken einen Schritt zurück: »Ihr seid doch nicht etwa mit dem Teufel im Bund?«

»Keine Angst, Herr Wirt, das ist nur ein Kunstguss, der ein Abbild des sogenannten

Heidenportals des Wetzlarer Doms darstellt! Es ist lediglich eine Erinnerung an meine Heimat.«

Erleichtert fasste sich der Wirt wieder, doch vorsichtshalber bekreuzigte er sich trotzdem.

»Na, Ihr könnt einem ja einen Schreck einjagen!«

Etwas verlegen dreinschauend versuchte er die Situation zu entkrampfen.

»Wenn ich es so sagen darf: Ich habe lange nicht einen so kräftigen und makellosen Körper zu Gesicht bekommen!«

Bei den nächsten Wörtern fing der Wirt wieder an zu lachen.

»Also, wenn ich dagegen so meinen Leib betrachte, dann könntet Ihr mir ruhig ein wenig Bauch abnehmen!«

Nun huschte auch bei Konrad ein Lächeln über sein Gesicht.

»Macht schon, zieht Euch wieder an, bevor ich hier vor Neid zerplatze!«

Konrad schlüpfte in seine Kleider, konnte sich jedoch einen guten Rat nicht verkneifen.

»Übrigens, Herr Wirt, wenn Ihr wieder mal einen Fremden untersucht, dann solltet Ihr ruhig ein wenig mehr Abstand einhalten und auf keinen Fall den Verdächtigen anfassen, sonst kommt eines Tages das schwarze Pestkreuz auch an Eure Tür!«

Der Wirt wurde auf einen Schlag noch bleicher, als er es ohnehin schon war. Er faltete die Hände und richtete seinen Blick nach oben.

»Malt den Teufel nicht an die Wand! Gott bewahre dieses Haus und alle Menschen, die hier ein- und ausgehen, vor dem Schwarzen Tod! Aber nun kommt erst mal mit in den Schankraum. Mit etwas mehr im Magen werdet Ihr gleich auf andere Gedanken kommen.«

Nach wenigen Schritten drückte er Konrad auf einen bequemen Armlehnenstuhl, der an einem großen, runden Tisch unweit der Theke stand.

»Der ist zwar normalerweise unseren ehrenwerten Stammgästen, wie dem Herrn Amtmann oder dem Bürgermeister, vorbehalten, aber falls diese Herrschaften noch kommen, möchten sie bestimmt einen weit gereisten Künstler wie Euch kennenlernen.« Mit den letzten Worten war er hinter der Theke verschwunden und holte Konrad einen großen Krug Bier. Er setzte ihn mit so viel Schwung auf den Tisch, dass das kühle Nass überschwappte und sich fast bis auf Konrads Kleider ergoss. Dies störte den Wirt allerdings keinesfalls.

»So, mein Lieber! Damit Ihr mir nicht verdurstet, nehmt erst einmal einen kräftigen Schluck! Und gleich gibt es ein leckeres Stück Fleisch und frisch gebackenes Brot dazu.«

Schon im Weggehen drehte er sich nochmals kurz um.

»Ach ja, ein Zimmer lasse ich für Euch gleich herrichten, es dauert bloß noch einen kurzen Augenblick. Im Moment ist nämlich bei uns der Teufel los! Nebenan im kleinen Saal tagt unsere Salzsiedergemeinschaft, da geht es mal wieder hoch her, und die müssen laufend bedient und bei Laune gehalten werden.«

Und schon verschwand er in der Küche, aus der beim Aufstoßen der Tür ein so leckerer Bratengeruch in Konrads Nase zog, dass ihm das Wasser im Mund zusammenlief. Die Vorfreude, nach den vielen Strapazen der letzten Tage endlich wieder ein herzhaftes Essen zu bekommen, entlockte seinem Magen ein lautes, offenkundig nicht enden wollendes Knurren. Er blickte an sich herunter und legte schmunzelnd die Hände auf seinen Bauch. Doch im gleichen Moment nahm er ein nicht minder lautes Schmatzen und Rülpsen wahr. Irritiert und erschrocken hob er den Kopf und stellt fest, dass er nicht allein im Schankraum saß. Gleich neben der Eingangstür ließen es sich sechs gestandene Mannsbilder hemmungslos schmecken. Den Mund noch halb voll saftig triefenden Bratens, grinsten sie Konrad an und hoben allesamt ihre Bierkrüge.

»Gleich bekommt dein Magen auch was zu tun! Lass´ dir bis dahin dein Bier munden! Zum Wohl, der Herr!«

Konrad prostete mit einem Lächeln zurück. Er hatte sich schon lange nicht mehr so geborgen und entspannt gefühlt, bis einer der sonnengegerbten Kerle ihn auf seinen bisher zurückgelegten Weg ansprach.

»So allein zu wandern ist in dieser Gegend im Moment nicht ganz ungefährlich. Führte dich dein Weg vom Solling hierher?«

Konrad erlitt ein Wechselbad der Gefühle. Eben noch hatte er den Korporal Gassner schon hinter sich gelassen, doch sogleich wurde er wieder an ihn erinnert.

»Warum fragt Ihr? Gibt es auf dieser Route etwas Besonderes zu entdecken?«

»Das kann man wohl sagen! Wir sind Holzfäller und Fuhrleute aus Sievershausen. Unser Wohnort liegt zweieinhalb Meilen von hier entfernt, genau am Rand des Sollings. Als wir mit unserem Holztransport durchs nächste Dorf Relliehausen fuhren, überholte uns – aus Richtung Uslar kommend – eine große Reitergruppe. Wir waren zunächst schon etwas erschrocken, aber Gott sei Dank hatten sie an uns kein Interesse und preschten weiter.«

Konrad musste sich fassen. Er schnaufte einmal kräftig durch.

»Soldaten habt ihr getroffen?«

»Ja, ja! Brenzlich wurde es allerdings erst kurz vor Einbeck, in Hullersen. Da wurden wir plötzlich von einer Gruppe Söldnerhalunken gestoppt.«

»Und wie seid ihr da wieder herausgekommen?«, wollte Konrad wissen.

»Die suchten nach irgendwelchen Kameraden, die sich auf und davon gemacht haben. Die wollten wissen, ob uns die Deserteure begegnet sind.«

Da sprang ein anderer Holzfäller am Tisch auf und schwang wild seine Axt.

»Aber als die uns dann noch drohen wollten, da haben wir denen erst mal gezeigt, dass sie das mit uns nicht machen können und dass wir uns zu wehren wissen!«

»Genau«, brüllte ein verwegen aussehender Sollingbursche aus der Runde.

»Wir lassen uns nämlich nicht so leicht einschüchtern und tragen unsere Werkzeuge immer am Mann. So mancher wildgewordene Keiler hat im dunklen Wald schon vor uns die Flucht ergriffen!«

»Flucht ergriffen ist gut«, brüllte der nächste durch den Schankraum.

»Die ein oder andere Wildsau hat es leider nicht geschafft und fand sich danach am Spieß über unserem Feuer wieder!«

Nun bogen sich alle vor Lachen und schlugen mit ihren schwielenübersäten Fäusten so kräftig auf die Tischplatte, dass die Bierkrüge gleich ein Stück abhoben. Konrad musste ob der sich vor ihm abspielenden, wilden Szene herzhaft mitlachen. Er hoffte, dass damit das Thema Soldaten und Krieg, zumindest hier im Gasthaus, ein für alle Mal erledigt war, bis dann doch noch eine Frage kam, die sich wie ein spitzer Dolch in ihn hineinbohrte. Vier Jahre mit Tillys Truppen waren nicht spurlos an ihm vorübergegangen und nicht einfach so vom Tisch zu wischen.

»Ist dir denn keiner von dieser Söldnersaubande auf deinem Weg begegnet?«

Doch bevor Konrad antworten konnte, stürmte der Wirt aus der Küche kommend an ihm vorbei zur Theke und unterbrach das Gespräch.

»Wie ich unschwer auch noch hinter der Tür hören konnte, habt ihr euch ja schon kennengelernt.«

Er blickte hinüber zum Tisch der Fuhrleute und Holzfäller.

»Diese ausgelassenen Burschen da drüben kommen schon seit zehn Jahren regelmäßig, bei Wind und Wetter, aus Sievershausen zu uns und bringen mit ihren drei Fuhrwerken zuverlässig das beste Holz zum Salzsieden.«

Er wandte sich Konrad zu.

»Wie Ihr ja sicherlich bereits selbst festgestellt habt, sind diese Naturburschen allesamt ungehobelte Klötze. Ihr Benehmen ist für den Anspruch meines Haus in keiner Weise angemessen. Aber unser Bürgermeister und Salzgraf hat sie heute ... «, er sah kurz wieder mahnend zum Tisch der Sievershäuser, »in meine gute Stube zum Speisen, ich wiederhole, zum Speisen und nicht zum zügellosen Fressen eingeladen.«

Der Wirt richtete seinen Blick zur Zimmerdecke und faltete die Hände.

»Gott gebe mir die Kraft und die Geduld, dass mein Haus dieses Gelage unbeschadet überstehen möge!«

Die sechs Naturburschen vom Solling konnten die mahnenden Worte gut wegstecken und hatten als Reaktion darauf nur ein schallendes Lachen übrig. Offensichtlich fühlten sie sich in ihrem schon recht angeheiterten Zustand hier im Gasthaus richtig wohl. So forderten sie auch gleich nochmals eine Runde Bier.

Genau in diesem Moment öffnete sich die Küchentür und die Tochter des Wirts kam mit dem für Konrad bestimmten Braten in den

Schankraum. Und obwohl das noch dampfende Gericht nicht für die Sollingburschen gedacht war, wurde die junge, äußerst hübsche Frau von ihnen laut und überschwänglich bejubelt. Die dann folgenden obszönen Wortspiele ignorierte sie erstaunlich gelassen.

»Ich hoffe, das Mahl wird für den ersten Hunger reichen?«, wandte sie sich an Konrad und setzte den saftigen Braten und eine Schale mit frisch gebackenem Brot vor ihm auf den Tisch. Konrads Augen wurden plötzlich so groß, als ob sie ihm aus dem Kopf fallen wollten. Sein Blick galt nicht etwa den leckeren Speisen, sondern erfasste ungläubig das Gesicht der jungen Frau.

»Johan....«, die letzte Silbe verschluckte er vor Aufregung.

Ihm stockte der Atem. Sie hatte genau das mit Sommersprossen übersäte Gesicht, die rotblonden Haare und die himmelblauen Augen wie Johanna, die Tochter seines Lehrmeisters aus Hirzenhain. „Was für eine unglaubliche Ähnlichkeit!", dachte Konrad. Der einzige Unterschied war, dass vor ihm eine gut geformte, fast erwachsene junge Frau stand und kein mit Gießereidreck verschmiertes, freches Mädchen, das noch nicht genau wusste, ob es Männlein oder Weiblein war.

Die Tochter des Wirtes reagierte auf seinen überraschten Blick mit einem aufreizenden Lächeln und verschwand mit kessem Hüftschwung wieder in der Küche. Konrad sah ihr mit offenem Mund fassungslos nach und konnte diese ungeheure Ähnlichkeit kaum fassen.

»Meine Tochter Johanna gefällte Euch wohl?«, rief der Wirt ihm von der Theke zu.

»Nein, es ist nur – Moment, was habt Ihr gerade gesagt, Johanna, sie heißt wirklich Johanna?«

»Ja, so heißt nun mal meine Tochter! Aber eins sage ich Euch gleich, die ist nichts für Leute, die heute hier und morgen dort sind! Johanna hat einen Mann verdient, der sie beschützt und der ein gesichertes Einkommen hat. Also, falls Ihr darüber nachdenkt, dann schlagt sie Euch gleich wieder aus dem Kopf.«

Lautes Lachen kam von den Fuhrleuten und Holzfällern herüber.

»Da hast du Pech, junger Freund! Mir wollt er sie auch nicht geben, obwohl ich so ein unverbrauchter Naturbursche bin und gleich drei Gespanne als Mitgift vorweisen kann!«

Konrad hob beschwichtigend die Hände und drehte sich zum Wirt.

»Nein, nein! Nicht dass Ihr meinen Blick zu Eurer Tochter falsch deutet! Ich habe nur über ihre

Ähnlichkeit mit einem jungen Mädchen, das ich einst kannte, gestaunt, und dazu trägt Eure Tochter auch noch den gleichen Namen.«

Der Wirt schüttelte nur seinen Kopf.

»Wie auch immer: Lasst die Finger von meiner Tochter!«

Da stürmte plötzlich der Bürgermeister von der Salzsiederbesprechung in den Schankraum.

»Gustav!«, rief er dem Wirt entgegen, »Gustav, gibt mir sofort einen Krug von deinem Hauswein! Ich muss erst mal meinen Ärger mit diesen Streithammeln runterspülen!«

Dann sah er Konrad und hielt kurz inne.

»Nanu – ein Fremder an unserem Stammtisch? Was macht Ihr hier?«

Der Wirt klärte ihn sofort auf und stellte die beiden Herren einander vor.

»Ach, Gustav, bevor ich es vergesse: Du solltest deine Tochter schnell in Sicherheit bringen, denn eben kam die Nachricht zu uns durchs Fenster geflattert, dass am Ortseingang mal wieder ein paar Soldaten gesichtet wurden.«

Konrad fiel vor Schreck fast der Braten aus der Hand, und sein Gesicht wurde kreidebleich.

»Soldaten sagt Ihr?«

»Ja, ja! Man hat mir gesagt, dass sie hinter fahnenflüchtigen Kameraden her sind und jedes Haus und jeden Schuppen durchsuchen.«

Der Wirt holte sofort seine Johanna aus der Küche und lief mit ihr die aus dem Schankraum in den ersten Stock führende Treppe hinauf. Konrad ließ alles stehen und liegen und eilte mit raumgreifenden Schritten hinterher. Oben angekommen sah er, wie Johanna in einem großen Wandschrank, der am Ende des Flurs stand, verschwand. Er stürmte auf den Wirt zu, der sich erschrocken zu ihm umdrehte.

»Was wollt Ihr denn hier? Macht, dass Ihr wieder in die Gaststube kommt!«

Konrad versperrte ihm den Weg. »Ist das ein Versteck?«

Er sah den Wirt mit panischen Augen an.

»Wenn ja, dann lasst mich bitte auch hier Unterschlupf finden!«

Der Wirt dachte, er traue seinen Ohren nicht.

»So ist das also! Irgendwie hatte ich von Anfang an bei Euch so ein merkwürdiges Gefühl, dass da irgendetwas nicht stimmt!«

Der Wirt streckte seine Hände abwehrend Konrad entgegen.

»Werdet Ihr etwa gesucht?«

»Ich flehe Euch an, Ihr müsst mich in das Versteck lassen. Ich verspreche, ich erkläre Euch alles später!«

Der Wirt raufte sich die Haare und schaute Konrad fassungslos aus groß aufgerissenen Augen an.

»Das hat mir gerade noch gefehlt! Aber eins sage ich Euch: Verhaltet Euch ja still! Keinen Laut will ich aus dem Versteck hören, und lasst ja die Finger von meiner Tochter!«

Der Wirt drehte sich geschwind um, öffnete die großen Schranktüren, zog die Regalbretter, die mit Betttüchern bepackt waren, in der Mitte auseinander, drückte gegen die Rückwand, sodass sie sich einen Spalt öffnete, und schob Konrad hindurch. Der große, schwere Schrank nahm die ganze Flurbreite ein. Seine Tiefe konnte man von vorn nicht genau einschätzen. Dahinter befand sich bis zur eigentlichen Hauswand ein schmaler, gerade mal schulterbreiter Hohlraum, in dem Johanna mit angezogenen Beinen auf dem Boden hockte. Konrad tat es ihr gleich und saß ihr nun mit geringem Abstand gegenüber.

Es war fast dunkel, und nur durch einen kleinen Spalt in der Außenwand fiel etwas Licht auf das Gesicht von Johanna. Konrad war angespannt und fasziniert zugleich. Noch einmal wurde ihm die frappierende Ähnlichkeit zu seiner Jugendfreundin aus Hirzenhain bewusst. Konrad überlegte, wie wohl „seine Johanna" nach all den

Jahren, die inzwischen ins Land gegangen waren, heute aussehen würde. Ob sie auch einen so sinnlichen Mund, mit so ausdrucksstarken Lippen wie sein Gegenüber, bekommen hatte? Für einen Augenblick war er so fasziniert, dass er glatt vergaß, in welch gefährlicher Lage er sich befand. Nun nahm er auch ein leichtes Zittern von Johanna wahr, die, in der Hocke sitzend, mit ihren Armen die Beine umschlungen hielt und sie zum Körper zog. Sie schaute Konrad ängstlich an und flüsterte: »Was wollt Ihr denn hier? Wieso müsst Ihr Euch auch verstecken?«

Konrad versuchte abzulenken und fragte neugierig zurück: »Sagt mir lieber erst einmal, wieso es hier dieses Versteck gibt und warum Ihr solche Angst habt, dass Ihr hier zitternd vor mir hockt?«

Johanna senkte beschämt ihren Blick.

»Ich fürchte mich einfach vor diesen schlimmen Soldaten, die uns schon so viel Leid zugefügt haben!«

Und sie flüsterte weiter.

»Genau vor einem Jahr ist hier – vor unserer Tür, am helllichten Tag – meine große Schwester Lisa von einer wilden, durchziehenden Horde dieses Abschaums einfach mitgenommen worden!«

Auch wenn es im Versteck fast dunkel war, so erkannte Konrad doch ihre feuchten Augen. Johanna schluchzte kurz und flüsterte mit halb erstickter Stimme weiter: »Wir haben bis heute von meiner Schwester nie wieder was gehört, und wenn seitdem in unserem Dorf Soldaten auftauchen, bekommt mein Vater höllisch Angst, dass mir auch etwas zustoßen könnte, und er bringt mich dann sofort an diesen geheimen Ort. Das Versteck hat er gleich nach dem Verschwinden meiner Schwester angelegt, und obwohl es bisher immer sicher war, überfällt mich jedes Mal dieses Zittern.«

Konrad schnaufte kräftig durch. Wieder einmal mehr wurde ihm vor Augen geführt, dass auch er als Söldner vier lange Jahre den Menschen viel Leid gebracht hatte und dass für ihn die Flucht von dieser monströsen Kriegsmaschinerie der einzig richtige Weg war. Als Konrad seine Hand nach Johanna ausstreckte, um sie zu streicheln und zu trösten, zuckte sie gleich mehrfach zusammen und zog die Beine noch enger an ihren Körper. Konrad nahm die Hand sofort zurück und zeigte Johanna seinen Dolch.

»Schaut, wir sind nicht wehrlos! Habt keine Angst! Ich würde Euch mit meinem Leben beschützen.«

Johanna blickte erschrocken auf die glänzende Waffe.

»Ihr könnt damit wirklich umgehen?«

Mittlerweile waren tatsächlich drei Tilly-Söldner in den Schankraum gestürmt.

»He, du da! Bis du der Wirt?«

Mit diesen markigen Worten schritt der Anführer der kleinen Gruppe forsch auf die Theke zu, während die beiden anderen Soldaten mit düsterem Blick die Tür sicherten. Indem der Wirt freundlich lächelte, versuchte er seine Angst und Nervosität zu unterdrücken.

»Zu Euren Diensten! Was kann ich für Euch tun?«

»Grinse mich nicht so blöde an und sage mir lieber, ob du heute schon Fremde hier im Dorf oder sogar in deinem Gasthaus gesehen hast!«

Obwohl es in ihm brodelte und er die drei Soldaten am liebsten hinausgeworfen hätte, versuchte der Wirt trotz des lauten, rauen Tons weiter freundlich zu bleiben.

»Fremde? Nein, nicht dass ich wüsste. Wen sucht Ihr denn?«

Der Anführer reagierte nicht auf die Gegenfrage des Wirts und drehte sich zum Stammtisch hin. An ihm saß immer noch der Bürgermeister, der ziemlich nervös seinen Wein schlürfte.

»Was ist mit dir? Hast du vielleicht einen Fremden hier und heute gesehen?«, herrschte ihn der Soldat an.

Der Bürgermeister verschluckte sich fast vor Aufregung und verschüttete dabei einen Teil des Weines auf die Tischplatte.

»Also ich – nein! Und mir ist auch niemand über den Weg gelaufen, den ich nicht kenne!«

Auf einmal fiel der Blick des Soldaten auf den neben dem Bürgermeister liegenden Schnappsack, die an der Wand lehnende Staffelei und den auf dem Tisch stehenden Braten. Der Soldat zog ruckartig seinen Degen, schlug mit der flachen Seite der Schneide auf die Tischplatte, um dann die scharfe Spitze der langen Klinge erst in das saftige Fleisch und dann in den Schnappsack zu stoßen. Vor Schreck fiel dem Bürgermeister der Weinbecher aus der Hand, und sein Gesicht wurde schlagartig so bleich wie die gekalkten Wände des Schankraums.

»Was haben wir denn da? Sagst du etwa doch nicht die Wahrheit? Oder ist das hier dein Zeug?«

Der Bürgermeister fing an zu stammeln und brachte kein richtiges Wort mehr heraus. Der Wirt reagierte sofort und kam hinter der Theke hervor.

»Doch, doch Herr Unteroffizier, der Bürgermeister sagt die Wahrheit! Das gehört alles einem Gast, einem Zeichner aus dem fernen Frankfurt. Der hat aber schon vor mehreren Tagen bei mir ein Zimmer bezogen. Den sucht Ihr doch bestimmt nicht?«

Mit dieser Notlüge drehte der Wirt sich schnell zur Treppe.

»Wartet hier, ich werde ihn sofort holen! Er ist nämlich nur einmal kurz auf sein Zimmer gegangen, da er etwas von seiner Ausrüstung vergessen hatte.«

Und schon rannte er die Treppe nach oben. Im ersten Stock angekommen, schaute der Wirt nochmals flüchtig hinter sich, um auch sicher zu sein, dass der Soldat ihm nicht folgte. Eilenden Schrittes näherte er sich dem großen Wandschrank. Konrad war gerade dabei, Johanna zu erklären, warum auch er zu ihr in den Schrank gekrochen war, als der Wirt plötzlich die Tür aufriss, das Versteck entriegelte und ihn mit einem kräftigen Ruck herauszog, um dann alles gleich wieder zu verschließen. Konrad stolperte ihm regelrecht entgegen und sah ihn ungläubig und fragend an. Doch bevor der Wirt ihm etwas sagen konnte, stand schon der Anführer der Soldaten vor ihnen. Mit gezogenem Degen versperrte er den beiden erschrocken

Dreinschauenden den Weg. Konrad konnte es kaum fassen, als er unerwartet in ein grinsendes Gesicht schaute, das er nur zu gut kannte.

»Ja, da schau her! Das ist also der Herr Zeichner! Danke für deine Hilfe, Wirt, und nun sieh zu, dass du wieder nach unten kommst und meinen Männer und mir schon mal ein paar Krüge mit Bier füllst.«

Der Soldat stieß eine Tür auf und schubste Konrad in eine der Schlafkammern.

»Sieh an, Korporal Konrad Gassner in neuer Uniform! Oder wie soll ich dein Gewand nennen? Ja, mein Lieber, da hättest du schon ein bisschen weiter abhauen müssen, aber so ist deine Reise wohl hier und heute zu Ende.«

Nach dem ersten Schreck hatte Konrad sich schnell wieder gefasst. Er holte tief Luft und brüllte seinen ehemaligen Kameraden an: »Du hast mir gerade noch gefehlt! Ganz der Alte, wie ich ihn kenne, der vom Ehrgeiz zerfressene Scheithauer! Hast du dich wieder freiwillig als Suchhund gemeldet, um unsere armen desertierten Kameraden einzufangen? Tillys Truppe wird wohl langsam immer kleiner! Vielleicht solltest auch du dir mal überlegen, bei besserer Bezahlung und Verpflegung zu Wallenstein überzulaufen! Aber wie ich sehe, hat man dich ja schon für die vielen mutigen

Einsätze endlich befördert. Also, hör auf, mit deinem Degen herumzufuchteln und nimm ihn gefälligst runter, oder willst du mich aufspießen?«

Konrad schritt kess mit zusammengekniffenen Augen auf ihn zu und ließ seinen ehemaligen Kameraden gar nicht erst zu Wort kommen.
»Mit dem konntest du doch noch nie richtig umgehen! Stecke ihn lieber wieder weg, bevor du dich noch selbst verletzt!«
Soviel Offensive machte sein Gegenüber fast sprachlos und ließ ihn glatt ein wenig stottern.
»R i... ri... riskiere hier mal ja nicht so ne di... dicke Lippe!«
Zunächst senkte er etwas verlegen seinen Degen, um ihn dann doch gleich wieder drohend zu heben.
»Nicht etwa ich habe hier Pro... Probleme, sondern dir wird es gleich schlecht ergehen, wenn ich dich erst zurück ins Feldlager gebracht habe!«
Konrad trat einen Schritt rückwärts, so als ob er vor dem Gefuchtel mit dem Degen Angst hätte, drehte seinen Oberkörper dabei kurz zur Seite, um dann im nächsten Moment den unter dem weiten Oberteil seiner Kleidung versteckten Dolch zu ziehen und Korporal Scheithauer ebenfalls zu bedrohen. Die Überraschung war

gelungen. Der Unteroffizier hatte in seiner Euphorie, Konrad im Gasthaus zum Salze entdeckt zu haben, ganz vergessen, ihn auf Waffen zu durchsuchen. Entsetzt sah er auf den langen Dolch. Er war so irritiert, dass er kurz seine Deckung aufgab. Schon stürmte Konrad auf ihn los. Er konnte den Unteroffizier förmlich überrollen, sodass er ihn nach hinten umstieß und Scheithauer unter seinem Körpergewicht auf dem Fußboden krachend aufschlug. Auf ihm kniend, hielt Konrad ihm sofort die scharfe Klinge seines Dolchs an die Kehle. Sichtlich geschockt und nach Luft ringend, starrte der Unteroffizier Konrad mit weit aufgerissenen Augen an. Keuchend brüllte er los.

»Bis du von Sinnen? Was soll der Unfug? Willst du mich etwa umbringen?«

Von panischem Schrecken gepackt, rang er nach Luft.

»Du weißt ganz genau, dass ich nicht allein gekommen bin! Nicht nur dass unten im Gastraum noch zwei Kameraden warten, sondern im ganzen Dorf sind weitere drei Suchtrupps unterwegs, und wenn ich später am verabredeten Treffpunkt nicht erscheine oder sie mich tot auffinden, dann geht die Jagd auf dich erst richtig los!«

Konrad wusste natürlich, dass Korporal Scheithauer recht hatte, aber auf keinen Fall wollte er wieder zurück zu Tillys Söldnerheer. Um sich aus dieser total verfahrenen Lage zu befreien, brauchte er jetzt sofort eine durchführbare Lösung. Es schien tatsächlich aussichtslos zu sein. Als er den Dolch langsam zurückzog, kam sein Gegenüber mit einem unerwarteten Angebot.

»Wie wäre es«, sagte er mit halb erstickter Stimme, »wenn du erst einmal von meinem Brustkorb steigst und mir dann ganz einfach den Inhalt deines Beutels gibst?«

Konrad merkte erst jetzt, dass seine prall gefüllte Börse bei dem Angriff aus der Kleidung gerutscht war und dem unter ihm liegenden Scheithauer vor der Nase herumbaumelte.

»Du alter, geldgieriger Widerling, ich sollte dir doch sofort den Dolch in deinen verkommenden Körper rammen und die Welt von dir befreien!«

Konrad hob vor Wut zitternd seine Waffe und senkte die Spitze der Schneide an die Kehle des unter ihm liegenden Unteroffiziers, bis die Haut angeritzt zu bluten begann.

»Halt ein, halt ein! Mach´ dich nicht unglücklich, das bringt doch nichts!«, brachte Scheithauer schon die Augen schließend, nur noch ächzend heraus.

»Und was ist, wenn ich dir wirklich meine Börse überlasse?«

Konrad nahm den Dolch langsam zurück und minderte den Druck auf den Brustkorb des Unteroffiziers, sodass der wieder besser atmen konnte. Scheithauer hustete und rang nach Luft.

»Also, wenn du mir all deine Münzen gibst, dann vergesse ich einfach, dass ich dich hier getroffen habe, und du kannst deiner Wege gehen.«

Vor Wut aufbrausend, hob Konrad erneut seinen Dolch und ergriff zugleich mit der freien Hand Scheithauers Gurgel.

»Somit verlangst du Mistkerl all mein Erspartes! Der Krieg hat aus dem einstigen lebenslustigen Knecht, den ich kannte, nichts weiter als einen verkommenen Gierschlund gemacht! Aber schon vom ersten Tag an ging es dir ja nur um die klingende Münze!«

Hasserfüllt presste Konrad mit seiner kräftigen Hand die Kehle immer mehr zusammen und schnürte dem Korporal langsam, aber sicher die Luft ab. Die weit aufgerissenen Augen quollen hervor, und das Gesicht des Unteroffiziers lief so feuerrot an, als stände er vor glühendem Eisen, das gerade aus einem Schmelzofen floss. Als Konrad den Dolch fallen ließ, um auch mit der zweiten Hand zuzudrücken, hörte man nur noch eine krächzende, flehende Stimme.

»Warte, warte! Denk nach!«, stammelte Scheithauer in Todesangst, »du bekommst immerhin deine Freiheit zurück! Das sollte dir die Börse wert sein!«

Im Angesicht der verzerrten Fratze seines Opfers erschrak Konrad vor sich selbst. In blinder Rage hätte er ihn fast erwürgt! Dabei hatte er ja dem Krieg abgeschworen und wollte mit Gewalt, Mord und Totschlag nichts mehr zu tun haben. Gerade noch rechtzeitig bekam er sich allmählich wieder unter Kontrolle. Während er den Würgegriff langsam löste, rang Korporal Scheithauer laut hustend nach Luft. Die beiden Kontrahenten erhoben sich vom Fußboden und standen einander gegenüber. Konrad wirkte wie benommen, nahm den Beutel, öffnete ihn und schüttete seine gesamte Barschaft auf das neben ihm stehende Bett.

»Donnerwetter, unsere Beutezüge haben dir aber eine Menge eingebracht! So viele Silberlinge hätte ich nicht erwartet!«

Gierig grapschte Korporal Scheithauer alles zusammen.

»Hier, mein alter Kamerad, ich will ja nicht nachtragend sein!«

Mit diesen zynischen Worten und einem spöttischen Auflachen warf er Konrad zwei Münzen vor die Füße und verschwand.

Konrad sank auf das Bett und verschränkte die Hände vor seinem Gesicht. Wut und Hilflosigkeit stiegen in ihm auf. Er ließ sich nach hinten auf die Strohmatratze fallen und starte fassungslos gegen die Zimmerdecke. Er wollte es einfach nicht wahrhaben. Trotz seiner kämpferischen Überlegenheit, hatte er machtlos die gesamte Barschaft – bis auf zwei lächerliche Gulden – hergegeben. Wie sollte jetzt bloß der Start in sein neues Leben ohne diese so wichtige finanzielle Grundlage gelingen? Was sollte er auf die bestimmt gleich kommenden Fragen vom Wirt und Bürgermeister antworten? War es nun an der Zeit, seine Tarnung aufzugeben oder so schnell wie möglich den Ort zu verlassen und weiterzumarschieren?

Konrad schloss die Augen und versuchte sich zu konzentrieren. Langsam beruhigte er sich. Die Anspannung wich, und Erschöpfung ergriff Körper und Geist. Er empfand eine wohlige Schwere, streckte alle Glieder von sich und nickte ein.

Mit einem breiten Grinsen und selbstbewusster Siegerpose schritt Korporal Scheithauer die Treppenstufen zum Schankraum hinunter. Er zog sofort alle Augen auf sich und genoss förmlich seinen triumphalen Auftritt.

»Und – wie sieht es aus? Hast du was herausgefunden?«, fragte einer der an der Tür stehenden Soldaten.

Scheithauer brachte sich, mit erhobenem Haupt und geschwellter Brust, in Pose.

»Wie es aussieht, wollt ihr wissen? Nun, der Herr Zeichner hatte nichts zu lachen. Aber selbst als ich ihn ein bisschen mit dem Degen kitzelte, konnte ich keinen brauchbaren Hinweis auf Deserteure in Erfahrung bringen. Nach meinem strengen Verhör, bei dem übrigens der sogenannte Künstler Blut und Wasser geschwitzt hat, kann ich mit Fug und Recht behaupten, dass dieser Paradiesvogel noch nie was mit unserem Heer zu tun gehabt hat. Aber eins verspreche ich euch, wir werden die geflüchteten Kameradenschweine schon noch schnappen, und dann Gnade ihnen Gott, wenn wir sie ihrer gerechten Strafe zuführen!«

Nach diesem Wortschwall und einem hochnäsigen Blick in die Runde bekam er allerdings nur von seinen Kameraden ein anerkennendes Kopfnicken und zufriedenes Schmunzeln. Aus dem Augenwinkel sah Korporal Scheithauer, wie der Wirt mit einem Tablett voller Bierkrüge, die er zu den durstigen Fuhrleuten und Holzfällern bringen wollte, hinter der Theke hervorkam.

»Langsam, langsam! Wohin so eilig?«, posaunte der Unteroffizier und stellte sich dem Wirt in den Weg.

»Dies erfrischende Gesöff kommt ja wie gerufen!«

Er gab seinen beiden Wachhunden, die immer noch an der Tür standen, durch eine auffordernde Kopfbewegung zu verstehen, dass sie sich ebenfalls ein Bier vom Tablett nehmen sollten.

»Nur zu!«, rief er auflachend durch den Schankraum.

»Holt euch auch einen Krug ab! Heute ist alles umsonst! Der Wirt will uns bestimmt einladen, oder?«

Dem Wirt fehlten bei so viel Dreistigkeit fast die Worte. Als die beiden Soldaten von der Tür auf ihn losstürmten, schwenkte er das Tablett abwehrend zur Seite.

»Lasst die Finger davon!«, rief er empört. »Die Biere sind nicht für euch bestimmt, sondern für …«

Bevor er den Satz zu Ende brachte, krachten die Krüge auch schon auf den Stammtisch. Geistesgegenwärtig sprang der Bürgermeister auf und wich so dem Schwall Bier im letzten Augenblick aus.

»Pass´ gefälligst auf, du Depp!«, brüllte Korporal Scheithauer den Wirt wütend an, wobei er ihn so kräftig gegen die Brust schlug, dass er nach hinten umfiel, mit dem Kopf auf die Theke prallte und benommen liegen blieb.

Während sich die Soldaten vor Lachen bogen, fanden die Naturburschen aus Sievershausen das Ganze überhaupt nicht mehr witzig. Da sie schon seit vielen Jahren die Salzsieder im Ort mit Holz belieferten, kannten sie auch die älteste Tochter des Wirts, und sie wussten natürlich, dass durchziehende Söldner sie entführt hatten. Ihr Verschwinden machte damals selbst diese rauen Gesellen betroffen, und ihr Hass auf alles Soldatenvolk war seitdem nur noch gestiegen.

Hatten sie bislang das Szenario in stoischer Ruhe beobachtet, brachte der Angriff auf den Wirt das Fass zum Überlaufen. Sie gerieten umso mehr in Rage, da die Soldaten zu allem Überfluss auch noch die Reste aus ihren Bierkrügen auf den aus einer Platzwunde stark blutenden Wirt schütteten.

»Schluss jetzt!«, brüllte eine tiefe Holzfällerstimme.

Wie auf Kommando sprangen alle Sievershäuser auf, warfen kurzerhand Tisch und Stühle um und standen bewaffnet mit ihren immer am Mann geführten Holzrückhaken, Äxten und Fuhrmannspeitschen vor den drei verdutzt dreinschauenden Soldaten. Diese hatten dem Tisch neben der Eingangstür – mit den bislang still dasitzenden, munter vor sich hin zechenden Burschen – keine Beachtung geschenkt. Doch nun standen sechs kräftige, grimmig dreinschauende Mannsbilder vor ihnen, die offensichtlich für ihre Späße kein Verständnis hatten.

»Was soll dieser Auftritt? Habt gefälligst ein bisschen mehr Respekt vor uns als Abgesandte des großen und unbesiegbaren Feldherrn Graf Tilly!«

Korporal Scheithauer hob bei dieser erneuten, nicht wirklich überzeugenden Ansprache den Kopf und straffte seine Brust, um so den gekünstelten Worten mehr Gewicht zu verleihen. Er blickte aber nur in verwegene, mit Bartstoppeln übersäte und vom Wetter gegerbte Gesichter, die zum Ausdruck brachten, dass sie zu allem bereit waren. Von der zahlenmäßigen Übermacht in die Enge getrieben, schauten die beiden Soldaten ihren Unteroffizier ratlos an. Sie hatten schon ihre Hände am Degenknauf, als in einem Akt der Verzweiflung Korporal Scheithauer mit einer schnellen Bewegung und dem Kommando »Zurück ihr Strolche!« seine Pistole zog.

Bevor er jedoch zur Attacke ansetzen konnte, schlug ihm reaktionsschnell einer der Fuhrleute mit der Peitsche gezielt auf die Hand. Der Unteroffizier schrie vor Schreck und Schmerz auf und ließ die Schusswaffe fallen. Das war nun auch für seine Mitstreiter das Signal zur Aufgabe. Blitzschnell und beschwichtigend hoben sie ihre Arme, während Korporal Scheithauer seine rot verfärbte Hand, um Linderung zu bekommen, fluchend und wild durch die Gegend schleuderte. Die Sievershäuser Burschen machten einen weiteren Schritt auf die Soldaten zu und schwangen nochmals bedrohlich ihre Äxte und spitzen Wendehaken.

»Haut endlich ab, ihr verdammten Hurensöhne, sonst schmeißen wir eure zerhackten Knochen in die Leine!« »Genau!«, sagte ein zweiter Holzfäller, »da können dann die Fische eure Kadaver ablutschen.«

Mit angsterfüllten Gesichtern quetschten sich Tillys Söldner an ihren Peinigern vorbei. Noch ein paar Worte vor sich hin murmelnd, verschwanden sie aus dem Schankraum und knallten die schwere Außentür hinter sich zu.

Lärmendes Rumpeln ließ Konrad wieder zu sich kommen. Ruckartig richtete er sich auf und blickte irritiert um sich. Er bemerkte, dass er seinen aufgeschnürten, leeren Geldbeutel in der Hand hielt. „Es war also kein Traum!", schoss es ihm durch den Kopf.

»Dieser Hundesohn Scheithauer hat tatsächlich meine Börse!«, schrie er vor Frust.

Dumpf nahm er aus dem Erdgeschoss heraufklingende, erregte Stimmen wahr. Er stand auf und schlich auf Zehenspitzen zur Tür der Kammer, öffnete sie vorsichtig einen kleinen Spalt und vernahm nun deutliches Brüllen und Fluchen, dann plötzlich ein lautes Rumsen, das von der Straßenseite zu ihm hochschallte. Konrad eilte ans Fenster und sah unter sich Korporal Scheithauer und zwei weitere Söldner, wild gestikulierend, vor dem Haus stehen.

»Wenn der Salzderheldener Boden nicht neutral wäre, dann hätten wir es diesen Bauerntölpeln aber gegeben«, konnte er vage verstehen.

Noch einmal sah der Unteroffizier zur Haustür und brüllte mit voller Lautstärke: »Da haben diese einfältigen Dorftrampel noch mal Glück gehabt!«

Plötzlich schaute er sogar zu dem Fenster hoch, hinter dem Konrad stand, und spuckte voller Verachtung zum Haus.

»Ihr Mistkerle, euch soll der Teufel die Pest schicken!«

Mit diesem Fluch drehten sich die drei Soldaten um und marschierten mit strammem Schritt davon.

Konrad erschrak und wich hinter dem Fenster zurück. Er konnte sich auf diesen Fluch, den Korporal Scheithauer in seine Richtung ausgesprochen hatte, keinen Reim machen. „Eigentlich", dachte Konrad, kann er doch mit den vielen Münzen, die er von mir eingestrichen hat, zufrieden sein. Was war nur vorgefallen?
»Wenn hier einer allen Grund zum Fluchen hat, dann bin das ja wohl ich!«, kam es Konrad über die Lippen.

Er beschloss, der Sache auf den Grund zu gehen, und machte sich auf den Weg in den Schankraum. Der Wirt saß am Tisch neben der Theke und hielt ein blutverschmiertes Tuch an seinen Hinterkopf. Der Bürgermeister stand mit tröstenden Worten vor ihm und reichte ihm einen Becher Wein, während die Fuhrleute und Holzfäller umgeworfene Stühle zurechtrückten und ihren Tisch wieder aufrichteten.
»Sieh da, der Herr Zeichner lebt auch noch!«, blaffte der Wirt Konrad an.
»Um Gottes willen, was ist denn hier passiert? Hat die Tilly-Bande Euch verletzt?«, kam es von Konrad zurück.

»Nach was sieht es denn aus?«, antwortete der Wirt mit blassem, schmerzverzerrtem Gesicht.

»Euch hat der liebe Korporal wohl verschont? Wenn mich mein Menschenverstand nicht ganz täuscht, dann werde ich das Gefühl nicht los, als ob Ihr und der Herr Soldat euch nicht zum ersten Mal begegnet seid. Oder täusche ich mich? Ja, und überhaupt, warum musstet Ihr Euch eigentlich verstecken?«

Fragen über Fragen prasselten auf Konrad ein. Aber genau das hatte er sich schon gedacht und sich innerlich darauf vorbereitet, seine Geschichte zu erzählen. Er wollte reinen Tisch machen und hoffte insgeheim, dass man Verständnis zeigen würde.

»Raus mit der Wahrheit, sonst könnt Ihr gleich Euren Schnappsack und Eure Staffelei nehmen und hier verschwinden!«, forderte der Bürgermeister.

»Herr Wirt, bevor ich mich erkläre, sollte ich nicht zunächst Eure Tochter aus dem – na ja, Ihr wisst schon – befreien?«

Der Wirt schlug die Hände zusammen.

»Schreck, lass nach! Meine Johanna! Die hab ich ja bei der ganzen Aufregung total vergessen!«

Konrad lief sofort die Treppe hinauf, öffnete das Versteck und reichte Johanna seine Hand.

»Es ist überstanden! Ihr könnt herauskommen.«

Er lächelte sie an und nickte ihr auffordernd zu. Doch sie hatte das Poltern und das Geschrei aus der Gaststube ebenfalls gehört und zögerte.

»Ja, nun schaut nicht so ungläubig und reicht mir Eure Hand! Die Soldaten sind verschwunden!«

Johanna blinzelte ihm entgegen. Ihre Augen mussten sich, nach dem Aufenthalt im Dunkeln, erst wieder ans hellere Flurlicht gewöhnen.

»Sind diese Unholde wirklich fort? Und was ist mit Euch? Warum hat mein Vater Euch aus dem Versteck geholt und der Gefahr ausgesetzt?«

Johannas Stimme klang immer noch ein wenig zitterig. Aber Konrad hatte das Gefühl, dass sie nicht nur froh war, dass die Soldaten weitergezogen waren, sondern auch darüber, ihn unversehrt wiederzusehen. Johanna hatte nämlich nach all der Anspannung ihr Lächeln zurückgewonnen, und sie sendete es mit einem leicht verlegenen, schüchternen Blick direkt an Konrad. Und wieder erinnerte sie ihn an seine kleine Freundin aus Hirzenhain, nur dass die Johanna des Meisters Michels viel kesser und direkter zu ihm war und dass diese Johanna aus Salzderhelden Gefühle bei ihm ansprach, die er bis dahin noch nicht kannte.

Es waren genau diese Schüchternheit und Ängstlichkeit, die Konrad faszinierten und seinen Beschützerinstinkt weckten. Doch nun schlug gleich die Stunde der Wahrheit, und Johanna würde erfahren, dass auch er einer von diesen Söldnern war, genau so einer wie die Kerle, die ihre Schwester entführt hatten und die sie so abgrundtief hasste. Wie würde sie reagieren? Konrad hoffte, dass er seine Abneigung zu all dem, was das Soldatenvolk trieb, glaubhaft machen konnte. Im tiefsten Inneren wünschte er sich, dass ihm Johanna nach der anstehenden Aussprache noch viele Male ihr betörendes Lächeln schenken würde. Konrad hing so sehr seinen Gedanken nach, dass sein Gesichtsausdruck wie eingefroren wirkte und Johanna ihn verwundert ansah.

»Herr Zeichner – hallo – wolltet Ihr mir nicht aus dem Versteck helfen?«

Konrad kam wieder zu sich.

»Ja, äh – Johanna, ich würde mich freuen, wenn Ihr mit hinunter in den Schankraum kommt! Nach diesem gemeinsamen Erlebnis muss ich zu meiner Person unbedingt etwas richtigstellen, und ich möchte, dass auch Ihr die Wahrheit über mich erfahrt.«

Die Sievershäuser Naturburschen wollten sich sicherheitshalber um ihre Fuhrwerke kümmern und hatten inzwischen das Gasthaus – mit einer beachtlichen Bierration, die ihnen der Wirt als Dankeschön geschenkt hatte – verlassen.

Johanna stürmte die Treppe hinunter, sprang in die ausgebreiteten Arme ihres Vaters und drückte ihm einen herzhaften Kuss auf die Wange.

»Nun schau´ nicht so entsetzt! Dein Vater hat nur eine Schramme und eine dicke Beule am Hinterkopf abgekriegt. Es ist nur ein kräftiger Brummschädel, nicht mehr und nicht weniger!«

Seine Tochter schüttelte zwar ungläubig, aber doch erleichtert den Kopf.

»Was würdest du nur machen, wenn du deinen Dickschädel nicht hättest?«, stellte Johanna lächelnd fest.

»Ja, ja, so leicht lassen wir uns nicht unterkriegen, und dass der Herr Bürgermeister in seiner Funktion als Salzgraf gerade heute die kernigen Sievershäuser Fuhrleute und Holzfäller zu uns eingeladen hatte, war ein Segen!«

Er fasste seine Johanna bei den Händen.

»Komm, mein Mädchen, sei so nett und verriegele die Eingangstür, damit der Herr Zeichner ungestört seine Beichte ablegen kann!«

Johanna drehte den großen Schlüssel zweimal um und schob dann auch noch zwei schwere Eisenriegel vor, die ihr Vater nach dem Verschwinden ihrer Schwester selbst angebracht hatte. Sie schenkte noch eine Runde vom besten Wein ein und setzte sich zu den Herren.

Konrad fühlte sich wie ein Angeklagter. Er saß mit dem Rücken zur Wand und blickte in drei erwartungsvolle Gesichter. Der Druck, sich nun zu offenbaren, schnürte ihm die Kehle zu. Ein beschleunigter Puls ließ seine Halsschlagader im wilden Rhythmus hervortreten. Eine Hitzewelle nach der anderen durchflutete den Körper, die Anspannung stand ihm förmlich ins Gesicht geschrieben. Konrad versuchte, mit einem ordentlichen Schluck Wein die Verkrampfung hinunterzuspülen. Er spürte, wie ihm der gehaltvolle Tropfen sofort zu Kopfe stieg.

Der Bürgermeister wurde langsam ungehalten.

»So, mein lieber Herr Zeichner! Wir wären dann so weit, und Ihr solltet endlich loslegen. Als Oberhaupt dieses Fleckens und als Salzgraf unserer Salzsiedergemeinschaft habe ich schließlich heute noch mehr zu tun!«

Konrad holte tief Luft und begann zu erzählen. Er packte alles auf den Tisch. Angefangen beim Verschwinden des Vaters, über seine Lehrjahre in der Kunstgießerei in Hirzenhain, und den Tag, an dem er sich als Söldner anwerben ließ, bis zu dem Augenblick, als er das Soldatenleben nicht mehr ertrug und sich zur Fahnenflucht entschied. Die drei Zuhörer waren nach der bewegt vorgetragenen Geschichte, bei der Konrad seine hochkommenden Emotionen nicht versteckte, sichtlich beeindruckt.

»Und wie habt Ihr dann die Verwandlung zum Zeichner hinbekommen?«,

wollte der Wirt skeptisch dreinschauend von ihm wissen.

»Das habe ich einem Zufall und vor allem der Hilfe einer mir vertrauten Marketenderin zu verdanken. Sie war es, die das Gewand, den Schnappsack und die Staffelei dem echten Edmund Mengler abgenommen hat. Der lag tot am Wegesrand, als sie ihn fand. Ihr habe ich es zu verdanken, dass ich mit ihrem Plan zufällig bei Euch in Salzderhelden gelandet bin. Mein richtiger Name ist übrigens Konrad Gassner, und ich stamme ursprünglich aus der Freien und Reichsstadt Wetzlar.«

Konrad war froh, dass er sich endlich Luft machen konnte. Die Anspannung wich und eine spürbare Erleichterung ließ ihn durchschnaufen. Erwartungsvoll blickte er in die Runde. Doch er sah in sprachlose Gesichter, die ihn immer noch kritisch beäugten. Der Wirt räusperte sich und machte seinen Zweifeln Luft.

»Das ist ja eine feine Geschichte, die Ihr uns hier auftischt. Wie sollen wir wissen, ob Ihr die Wahrheit sagt? Und was hattet Ihr mit dem

Burschen, der mich niedergeschlagen hat, zu schaffen?«

Konrad richtete sich noch einmal auf und versuchte seine Glaubwürdigkeit zu unterstreichen.

»Dieser Korporal Scheithauer war ursprünglich aus dem Fähnlein, in dem ich auch diente, und er erkannte mich trotz meiner Verkleidung sofort wieder. Als wir dann oben allein auf dem Zimmer waren, da hätte ich mich fast vergessen und ihn umgebracht. Im letzten Moment wurde ich wieder Herr meiner Sinne und ließ von ihm ab, denn sonst hätten wir hier im Gasthaus sicherlich noch mehr Schwierigkeiten bekommen. Damit er endlich verschwindet, habe ich mich dann auf einen Handel eingelassen. Er hat mir, bis auf zwei Gulden, meine ganze Börse abgenommen.«

Der Wirt schlug mit der Faust auf den Tisch.

»Na, das habt Ihr ja großartig hinbekommen! Damit ist ein längerer Aufenthalt bei mir auf jeden Fall hinfällig! Eure Barschaft reicht mit dem, was ich schon von Euch bekommen habe, bei guter Verpflegung höchstens noch für zwei, drei Tage, wenn ich großzügig bin!«

Nun mischte sich auch seine Tochter ein. Johanna hatte bis dahin Konrad regungslos zugehört und ihn mit ihren strahlend blauen Augen so sehr fixiert, als wollte sie tief in seine

Seele schauen, um zu spüren, ob er auch die Wahrheit sagte.

»Aber Vater, Herr Mengler, äh... ich meine natürlich Herr Gassner hat doch keine Schuld daran, dass diese Halunken ausgerechnet bei uns hereingeplatzt sind! Und wo soll er denn ohne Börse hin?«

»Papperlapapp, wir müssen auch sehen, wie wir in diesen schweren Zeiten überleben! Ohne Bares gibt es weder ein Bett noch Speisen und Getränke.«

Konrad erhob sich, blickte zu Johanna und lächelte sie an.

»Keine Sorge, ich werde mich schon irgendwie durchschlagen.«

Als er Anstalten machte, den Raum zu verlassen, hielt ihn der Bürgermeister am Arm fest.

»Moment, junger Mann! Mir kommt da gerade so eine Idee. Vielleicht kann ich Eure Dienste und Eure Talente ganz gut gebrauchen. Und das wiederum würde bedeuten, dass unser Gustav sich um die Begleichung seiner Kosten keine Sorgen zu machen brauchte. Was haltet Ihr davon, doch noch ein wenig – oder sagen wir vielleicht sogar für immer! – hier bei uns in unserem wunderschönen Salzderhelden zu bleiben?«

Konrad war sichtlich überrascht, der Wirt bekam den Mund nicht zu und Johanna sah ihn erwartungsvoll an.

»Was für eine Idee sollte das denn sein? Und von welchen Talenten sprecht Ihr?«

Der Bürgermeister forderte ihn auf, wieder Platz zu nehmen.

»Ich glaube, für heute ist es genug der Ereignisse. Am besten, Ihr kommt jetzt erst einmal richtig hier bei uns an! Johanna wird Euch bestimmt gern Eure Kammer zeigen. Schlaft Euch aus, und morgen komme ich gleich am frühen Vormittag zu Euch.«

Johanna strahlte über das ganze Gesicht, griff Konrads Schnappsack und die Staffelei, warf ihm noch einen kessen Blick zu und marschierte vorweg die Treppe hoch.

Quietschende, ja beinahe schreiende Töne ließen Konrad am anderen Morgen im Bett hochschrecken. Er streckte sich kurz und eilte zum Fenster. Er öffnete es und sog die herrlich frische Morgenluft dieses noch jungfräulichen Sommertages ein. Konrad fühlte sich nach dem aufregenden gestrigen Tag und einer Nacht mit tiefem Schlaf wie neu geboren. Doch wo kamen diese lästigen, im Ohr schmerzenden Geräusche her? Und dann sah er die Ursache. Nur fünfzig

Schritt von seinem Fenster entfernt erblickte Konrad das mannshohe Balkengestänge der Wasserkunst. Sie war offensichtlich zum Arbeitsbeginn der Solepumpen in Bewegung gesetzt worden und musste, so wie es sich anhörte, erst noch an den vielen Gelenken geschmiert werden. Es war schon ein ziemlich nervender Geräuschpegel, der allen Salzderheldenern, die in der Nähe des über 900 Schritt langen Bauwerks wohnten, eindringlich mitteilte, dass es nun höchste Zeit war, mit der Arbeit zu beginnen. Konrad war fasziniert von dieser Technik, die sich – wie von Geisterhand bedient – im gleichmäßigen Takt in einer Schiebebewegung laufend vor- und zurückbewegte und dabei eben diese ganz eigene, ächzende Melodie erzeugte. Da klopfte es plötzlich an der Tür zu Konrads Kammer, und ohne auf eine Eintrittaufforderung zu warten, stürmte der Bürgermeister herein.

»Dachte ich es mir´s doch! Ihr seid schon unter den Lebenden.«

Er steuerte auf Konrad zu und stellte sich neben ihn ans Fenster.

»Das ist ja auch kein Wunder! Jeder Fremde, der diesen Krach zum ersten Mal hört, wird garantiert aus seinen tiefsten Träumen gerissen!«

Der Bürgermeister lächelte Konrad an.

»Aber schaut sie Euch nur an! Wirkt sie nicht wie ein lebender Organismus, der durch den Ort kriecht? Diese Wasserkunst ist unser ganzer Stolz und hilft der Salzsiedergemeinschaft, guten Profit zu machen. Und schaut, wie raffiniert die Erbauer das Schiebegestänge in 15 Fuß Höhe über unsere Hauptstraße geführt haben! Einfach ein Wunderwerk der Technik, richtige Handwerkskunst, von der ich mich immer wieder begeistern lasse! Übrigens wird die Geräuschkulisse gleich merklich nachlassen. Unser Wasserkunstmeister ist schon unterwegs, um alle Lagerstellen mit Schweinefett abzuschmieren. Ein kostspieliges Unterfangen, aber es muss sein, sonst lynchen mich die Leute!«

Der Bürgermeister schloss das Fenster und zog Konrad auf das Bett. Er schlich zur Tür, riss sie ruckartig auf und schaute nach, ob jemand auf dem Flur zu sehen war oder gar an der Tür lauschte.

»Ihr müsst wissen, das was ich Euch zu sagen habe, ist streng vertraulich, und unser Gustav, also der Wirt, kann schon mal richtig neugierig sein!«

Er rückte den einzigen Hocker im Zimmer direkt zu Konrad ans Bett und nahm Platz.

Konrad wusste nicht, was er von so viel Geheimniskrämerei halten sollte, und war gespannt, was er nun zu hören bekam.

»Jetzt macht Ihr mich aber richtig neugierig! Hoffentlich entspreche ich Euren Vorstellungen überhaupt!«

Die Stirn des Bürgermeisters legte sich in Falten.

»Als Erstes müsst Ihr mir bei der heiligen Jungfrau Maria versprechen, dass Ihr alles, was Ihr hier heute hört, absolut niemandem erzählt.«

Er rückte mit dem Gesicht dicht an ihn heran. Konrad war diese übertriebene Nähe nicht zuletzt deshalb unangenehm, da ein fauliger Geruch, wie ein nicht gut verdautes Fischmahl aus dem Mund des Bürgermeisters strömte.

»Was Ihr mir erzählt, ist zwar bei mir sicher aufgehoben, aber ob ich Euch dienlich sein kann, dazu muss ich erst alle Einzelheiten kennen!«

Der Bürgermeister lehnte sich wieder zurück, um dann mit wichtiger Miene sein Anliegen vorzutragen.

»Als ich vorhin von gutem Profit dank der Wasserkunst sprach, da habe ich das Problem schon fast beim Namen genannt. Ich bin ja, wie ich gestern erwähnte, nicht nur der Bürgermeister, sondern ebenfalls der sogenannte

Salzgraf. Die Salzsiedergemeinschaft von Salzderhelden hat mich in dieses Amt gewählt, und unser Herzog von Braunschweig-Lüneburg hat den Titel beurkundet und somit für gut befunden. In dieser Funktion habe ich viele Lasten für das Wohl der Salzsiederfamilien zu tragen. Ob es nun die Salzgewinnung ist oder der Salzhandel, überall muss ich regulierend eingreifen und nicht selten den Schlichter spielen. Ärger, nichts als Ärger! Der Neid unter meinen Schäfchen macht mir tagaus, tagein das Leben schwer.«

Der Bürgermeister holte ein Leinentuch heraus, um sich den Schweiß von der Stirn zu wischen.

»Wie Ihr seht, komme ich schon beim bloßen Gedanken an die Last meiner verantwortungsvollen Arbeit ins Schwitzen!«

Er knüllte das Tuch zusammen und rückte mit dem Oberkörper wieder dicht an Konrad heran.

»Da Ihr selbst lange genug mit Tillys Söldnern umhergezogen seid, brauche ich Euch ja nicht zu erklären, dass diese verwegenen Gestalten, wo auch immer sie auftauchen, Angst und Schrecken verbreiten. Wir hier in Salzderhelden hatten, wenn auch nicht gleich von einem ganzen Regiment, doch zumindest von einigen Söldnertrupps – oder vielleicht waren es auch

Banden, unsereins kann diese Halunken ja kaum noch auseinanderhalten – einige Male Besuch bekommen. Die Angst um Leib und Leben ist, seitdem der große Krieg ausgebrochen ist, nicht mehr aus den Köpfen der Leute zu bekommen. Dazu kommt die Angst vor einer Vernichtung der gesamten Existenz, denn nicht selten werden Haus und Hof angezündet oder das mühsam Verdiente wird geraubt. Aus diesen Gründen hat unsere Salzsiedergemeinschaft beschlossen, die Barrücklagen vor Plünderungen so sicher wie irgend möglich zu verstecken. Als Salzgraf wurde ich nun beauftragt, dieses Unterfangen in die Wege zu leiten. Also habe ich nach einem möglichst sicheren Ort gesucht und ihn letztendlich auch gefunden.«

Der Bürgermeister rückte mit seinem Mund direkt an Konrads rechtes Ohr.

»Es ist die Heldenburg! Denn sie wurde bisher, auch weil es da so ein Abkommen zwischen unserem Herzog und Tilly gibt, noch nie angegriffen oder geplündert.«

Er lehnte sich wieder zurück, bemühte abermals das Leinentuch und fuhr im Flüsterton fort: »Auf der Burg gibt es einen Burgschreiber, der gleichzeitig die rechte Hand von unserem Amtmann ist, also eine absolut vertrauenswürdige Person, die ich obendrein schon seit etlichen Jahren gut kenne. Ihm habe ich unsere gesamte Barschaft anvertraut. Ihn habe ich gebeten, ein sicheres Versteck zu wählen. Damit sich keiner verplappern oder gar unter Folter etwas verraten kann, weiß nur er, wo unsere Rücklagen aufbewahrt werden. So liegen viele schwer verdiente Silbermünzen seit nunmehr zehn Monaten sicher verwahrt an einem geheimen Ort.«

Der Bürgermeister beugte sich abermals nach vorn, und fuhr mit gesenktem Kopf fort. Seine Stimme klang dabei fast weinerlich.

»Und genau das ist mein Problem, denn der Einzige, der das Versteck kennt, ist nun schon seit gut einer Woche spurlos verschwunden.« Er sah Konrad mit feuchten Augen an.

»Wie stehe ich jetzt da? Was soll ich nur tun? Wenn nur einer unserer Salzsieder seine Einlagen zurückfordert, dann müsste ich, um mein Gesicht zu wahren, die Summe auslegen. Aber auch ich habe fast meine gesamte Barschaft unserem Burgschreiber übergeben.«

Der Bürgermeister schüttelte ratlos den Kopf und richtete sich wieder auf.

»Ich hoffe nur, dass er sich nicht mit dem gesamten Vermögen abgesetzt hat! Hinzu kommt, dass er auch noch von unserem Amtmann eine stattliche Summe zur sicheren

Aufbewahrung in Empfang genommen hat. Auch er hofft inständig, dass er sich nicht in unserem Burgschreiber getäuscht hat.«

Konrad war erstaunt, wieviel Offenheit und Vertrauen ihm der Bürgermeister entgegenbrachte. Es war offensichtlich seiner Verzweiflung geschuldet, dass er ihn in diese geheimnisvolle Geschichte einweihte.

»Das hört sich ja wirklich verzwickt an: Aber glaubt Ihr tatsächlich, dass Euch der Burgschreiber betrügen will?«

»Nun, offiziell ist er angeblich zur Vorlage der Hausbücher und Inventarverzeichnisse zum Schloss Herzberg gerufen worden. Ihr müsst wissen, dass dort schon seit einigen Jahren die Residenz unseres erlauchten Herzogs ist, und dass er zum Rapport bestellt wird, ist nicht ungewöhnlich. Das hatte allerdings bisher höchstens drei Tage gedauert, und nun ist er schon seit einer Woche unterwegs. Sieben lange Tage, da kann doch irgendwas nicht stimmen!«

Konrad nickte verständvoll.

»Herzberg? Da ich nicht aus der Gegend stamme, sagt mir bitte, wo dieses Herzberg liegt!«

»Von hier aus gesehen in südöstlicher Richtung am Rand des Harzgebirges. Unser Fürst kann von dort, von seinem Schloss, den Silberabbau im Herzogtum besser kontrollieren, und außerdem ist der Wohnkomfort nicht mit unserer Burg zu vergleichen. Das Städtchen ist mit einem schnellen Pferd durchaus innerhalb eines Tages zu erreichen.«

»Euer Vertrauen in allen Ehren, aber was genau erwartet Ihr jetzt von mir?«, wollte Konrad wissen.

Der Bürgermeister stand vom Hocker auf, setzte sich zu Konrad auf das Bett.

»Mein lieber Herr Gassner, ich habe das Gefühl, Euch schickt der Himmel! Als Ihr gestern Eure bewegende Geschichte erzähltet, da habe ich sofort gespürt, dass Ihr eine unverdorbene Seele habt. Jemand, der so viel, so emotional von sich preisgibt und sich dazu entschlossen hat, diesen mörderischen Kriegsapparat hinter sich zu lassen, dem möchte ich auch mein Vertrauen schenken.«

Konrad wurde ein wenig verlegen. Er wusste nicht genau, wie er darauf reagieren sollte. Er verschaffte sich etwas mehr Raum, stand auf und stellte sich dem Bürgermeister gegenüber hinter den Hocker.

»Wäre es nicht möglich, dass Euer Burgschreiber tatsächlich nur zum Schloss Herzberg gerufen und auf dem Weg dahin überfallen wurde? Ein einzelner Reisender wird in diesen wirren Zeiten schnell zum Opfer und kann für immer spurlos verschwinden.«

Der Bürgermeister nickte Konrad zu.

»Ja, und um genau das herauszufinden, brauche ich dringend Eure Hilfe.«

»Ihr meint, ich soll ihn suchen? Wie stellt Ihr Euch das vor?«

Der Bürgermeister stand auf, nahm seine Hände auf den Rücken und wanderte im Zimmer auf und ab, bis er abrupt stehen blieb.

»Schaut – Ihr habt es geschafft, uns bei Eurer Ankunft ohne Probleme hinters Licht zu führen!«

Aus einem verschmitzten Gesicht sahen Konrad zwei zusammengekniffene Augen an.

»Wenn Ihr Euch wieder mit der Kluft des Zeichners auf den Weg macht und dann ganz unverfänglich hier und da ein paar Fragen stellt, dann sollte es doch mit dem Teufel zugehen, wenn Ihr nicht etwas in Erfahrung bringt! Ja, und als Belohnung für Eure Arbeit finanziere ich Euch noch mindestens zwei weitere Wochen hier im Gasthaus, sodass Ihr Eure Zukunft in aller Ruhe planen könnt! Wenn Ihr dann unbedingt weiterziehen wollt, gebe ich Euch auch noch ein paar Taler, um Eure geplünderte Börse wieder etwas aufzufüllen.«

Der Bürgermeister setzte sich auf den Hocker.

»Also was sagt Ihr? Werdet Ihr mir helfen? Ich gebe Euch sogar mein bestes Pferd für Eure Erkundungsreise. Mein Wallach ist ein treuer Begleiter, auf den Ihr Euch verlassen könnt!«

»Warum habt Ihr nicht schon längst einen anderen Kundschafter ausgesandt?«

»Das ist einfacher gesagt als getan. Wenn ich jemanden hier aus dem Ort beauftragt hätte, dann käme vielleicht noch heraus, dass wir von der Salzsiedergemeinschaft unsere gesamten Barreserven auf der Burg versteckt haben. Nein, nein, das ist mir zu gefährlich!«

Konrad strich sich grübelnd über sein Haar.

»Dann habe ich wohl kaum eine andere Wahl, und wenn Ihr mir sogar noch etwas für meine Reisekasse gebt, umso besser! Mit leerem Beutel komme ich wirklich nicht weit! Außerdem habt Ihr mich neugierig gemacht.«

Der Bürgermeister fiel ihm vor Freude und Erleichterung spontan um den Hals.

»Ich wusste es, ich habe mich nicht in Euch getäuscht! Wir dürfen keine Zeit verlieren. Gleich morgen solltet Ihr in aller Frühe aufbrechen!«

Konrad befreite sich aus der innigen Umklammerung.

»Moment, Moment! Ich brauche da schon noch ein paar wichtige Informationen.«

Der Bürgermeister reagierte ganz aufgeregt.

»Ja, ja natürlich! Morgen, gleich nach Eurem Frühmahl gehen wir zusammen zum Amtmann. Der hat nämlich eine Karte, auf der wir uns Eure Route anschauen können. Übrigens, mir fällt dazu ein, dass mir unser Burgschreiber von einem Wegkrug in Katlenburg vorgeschwärmt hat. Der Ort liegt etwa auf halber Strecke nach Herzberg. Er sagte, dass es dort einen köstlichen Braten gebe und er aus diesem Grund nie einfach so daran vorbeireiten könne.«

»Na, das ist doch schon ein brauchbarer Hinweis, denn wenn er in dem Krug des Öfteren eingekehrt und dort bekannt ist, dann wird man sich garantiert an ihn erinnern, das heißt, wenn er denn überhaupt diesmal bis dahin gekommen ist. Aber nun noch das Wichtigste: Ihr habt mir bisher weder den Namen des Burgschreibers genannt noch gesagt woran ich ihn erkenne.«

Der Bürgermeister schüttelte seinen Kopf und klatschte die Hände zusammen.

»Da könnt Ihr mal sehen, wie mich das Ganze mitnimmt! Otto Berlein, so heißt er! Otto ist von kräftiger, untersetzter Figur mit recht langem Vollbart, und fast zwei Köpfe kleiner als Ihr. Und noch eins: Otto Berlein ist ein sehr naturverbundener Mensch und sammelt auf seinen Wanderungen durch unser Leinetal und gegenüber am Dohrenberg gern Kräuter und

Bärlauch. Dabei lässt er auch keine Vogelfeder liegen. Er steckt sich dann all dieses bunte Gefieder an seinen Hut. Übrigens, den Mittelpunkt der Federpracht zierten drei große Greifvogelfedern. Wenn Ihr also jemanden trefft, der Euch wie ein wandernder Paradiesvogel vorkommt, dann dürfte das unser Burgschreiber sein.«

Konrad musste Lachen.

»Und ich dachte schon, dass mein Hut mit den bunten Bändern etwas Besonderes wäre!«

Der Bürgermeister griff seinen Beutel und öffnete die Schnürung.

»Bevor ich es vergesse, hier gebe ich Euch zu treuen Händen ein paar Münzen mit auf den Weg. Bitte, seid sparsam, aber wenn nötig, könnt Ihr sicherlich dem einen oder anderen mit dem Glanz des Silbers ein wenig die Zunge lösen und so hoffentlich an brauchbare Informationen kommen.«

2. Die Suche

Konrad hatte schlecht geschlafen. Immer wieder wachte er auf und grübelte über seinen Auftrag nach. Allerlei Gedanken schossen ihm durch den Kopf. So dachte er: „Ist es wirklich richtig, dass ich mich darauf einlasse und hier vielleicht unbedarft in etwas hineingezogen werde, was mich unnötigerweise in Gefahr bringt? Sollte ich nicht lieber dem eigenen Weg folgen und nach meinem Vater suchen?" Konrad grübelte bis tief in die Nacht, und der Morgen kam schneller, als ihm lieb war.

Früh setzte er sich zum Morgenmahl in den Schankraum. Johanna servierte ihm die heiß dampfende Morgensuppe, dazu frisch duftendes, aufgebackenes Brot. Ihre Anmut und ihr freundliches Lächeln vertrieben mit einem Schlag die letzten, in seinem Kopf herumschwirrenden Zweifel. Schon allein wegen ihr würde es sich lohnen, sich noch eine Weile in Salzderhelden aufzuhalten! Konrad war tief in Johannas großen, himmelblauen Augen versunken, als der Wirt im barschen Ton ihn in die Wirklichkeit zurückholte.

»Eins will ich Euch nur sagen: Auch wenn Euch unser Bürgermeister freihält und Ihr Euch hier in Salzderhelden noch die nächsten Wochen herumtreibt, dann heißt das noch lange nicht, dass Ihr meiner Tochter hinterhersteigen oder ihr gar den Kopf verdrehen könnt!«

Johanna sah ihren Vater giftig an und stampfte mürrisch mit dem Fuß auf.

»Aber Vater – wie kannst du nur …«

Wütend verschwand sie, mit hinter sich zuknallender Tür, in der Küche. Der Wirt zuckte erschrocken zusammen.

»Seht nur, was Ihr anrichtet! Sie scheint jetzt schon nicht mehr richtig bei Sinnen zu sein!«

Der Wirt baute sich in Drohhaltung vor Konrad auf.

»Also noch einmal: Finger weg von meiner Johanna!«

Bevor jedoch Konrad darauf antworten konnte, plapperte der Herr des Hauses weiter munter drauf los.

»Und dann noch eins: Was soll überhaupt diese Geheimniskrämerei mit unserem Bürgermeister auf Eurem Zimmer? Redet – was wird hier in meinem Haus ausgeheckt?«

Der neugierige Wirt beugte sich, eine erklärende Antwort fordernd, nach vorn über den Tisch. Doch Konrad ließ sich nicht einschüchtern, und das schon gar nicht von einem zwei Köpfe kleineren Mann mit dickem Bauch und spitzer Nase, der auf ihn eher wie eine Witzfigur wirkte. Konrad fragte sich, von wem Johanna wohl ihre Schönheit geerbt hatte. Ihre Mutter musste offensichtlich eine bildhübsche Frau gewesen sein.

»Um Eure Tochter, Herr Wirt, müsst Ihr keine Angst haben, denn noch könnte ich Ihr einen

Hausstand, der ihr gerecht würde, nicht bieten. Aber wer weiß? Vielleicht komme ich ja eines Tages als gemachter Mann zurück und halte doch noch um Johannas Hand an!«

Der Wirt stand mit offenem Mund da und wollte schon losprusten, als Konrad ihm das Wort abschnitt.

»Und zu dem Treffen mit dem Herrn Bürgermeister auf meiner Kammer: Nun, dazu befragt Ihr ihn am besten selbst! Er ist im Moment mein Auftraggeber, und ich bin zur Verschwiegenheit verpflichtet.«

Mit diesen Worten setzte sich Konrad seinen breitkrempigen Hut mit den bunten Seidenbändern auf, griff den Schnappsack und die Staffelei und verließ das Gasthaus. Eilig sprang der Wirt ans Fenster. Erstaunt sah er den Bürgermeister mit einem Knecht und einem Pferd vor seinem Haus. Als er dann noch beobachtete, wie sie zusammen mit Konrad zum Amtshaus marschierten, da bekam er seinen Mund erst recht nicht mehr zu. Der Wirt wähnte sich bis dahin als bestinformierter Mann in ganz Salzderhelden. Sein Gasthaus war der Umschlagplatz für Nachrichten aller Art. Nur schwer konnte er es ertragen, dass in seinen vier Wänden ein Geheimnis an ihm vorbeigegangen war.

Der Amtmann beäugte Konrad misstrauisch, doch nachdem der Bürgermeister alle Bedenken ausgeräumt hatte, wies er ihn gründlich in die Streckenführung nach Herzberg ein. Sicherheitshalber gab der Amtmann Konrad noch eine Pistole und ein Empfehlungsschreiben für den Herzog an die Hand.

»Mit diesem Dokument werdet Ihr es leichter haben, zum Schlossgelände Zutritt zu erhalten«, waren seine erklärenden Worte.

»Und noch eins: Wenn es Probleme mit den hochnäsigen Hofbeamten gibt, dann haltet Euch an die Herzogin! Sie ist eine den Künsten zugewandte Frau und dürfte so für einen Zeichner aus dem Hause Merian sicherlich ein offenes Ohr haben.«

Nach der kühlen Sommernacht kämpfte die Sonne sich schwerfällig durch den Morgennebel, der aus den feuchten Wiesen rund um Salzderhelden aufstieg. Es war ein gespenstisches Bild, als Konrad durch den sich nur langsam auflösenden Dunst den Ort über die Leinebrücke Richtung Harz verließ.

Kaum hatte er den Übergang passiert, ließ er sein Pferd antraben. Den Schnappsack hatte Konrad hinter dem Sattel befestigt, nur seine etwas unhandliche, fünf Fuß hohe Staffelei musste er sich auf den Rücken binden, und so war an die schnellere Gangart Galopp – mit dem ihn überragenden Holzgestell – nicht zu denken. Konrads erstes Ziel war die Ortschaft Katlenburg, die er möglichst zur Mittagszeit erreichen wollte. Da sonst jeder Anhaltspunkt zum Verbleib des Burgschreibers fehlte, erhoffte er sich dort, im vom Bürgermeister aufgezeigten Wegkrug, einen ersten Hinweis zu finden.

Konrad wollte eigentlich fernab der direkten Handelsstraße sich unauffällig durch Feld und Flur seinem Ziel Herzberg nähern. Die Wahrscheinlichkeit, unterwegs Soldatenpatrouillen zu begegnen, sollte so minimiert werden. Das Letzte, was er gebrauchen konnte, waren unangenehme Fragen oder gar ein Auffliegen seiner Tarnung.

Der Amtmann hatte ihm allerdings doch empfohlen, sich auf der Hauptroute zu bewegen, denn in Northeim, der nächsten größeren Stadt, war Markttag. Auch nach der Meinung des Bürgermeisters würde er so zwischen all den Marktbeschickern, die auf den Ort zuströmten, am wenigsten beachtet werden.

Konrad kam trotz seines sperrigen Gepäcks zunächst gut voran. Der Fuchswallach des Bürgermeisters war ein gutmütiges Pferd, das über einen raumgreifenden Schritt und einen flotten Trab verfügte. Die ersten eineinhalb Meilen der Wegstrecke verliefen ohne nennenswerte Ereignisse. Nur vereinzelt traf er unterwegs auf Frühaufsteher, die ihn mehr oder weniger freundlich grüßten. Konrads selbstgesteckter Zeitplan schien aufzugehen, und da weit und breit keine Söldner zu sehen waren, wurde er spürbar gelassener. Doch auf der letzten halben Meile vor der Stadt Northeim nahm mit einem Schlag der Verkehr merklich zu. Je näher er dem nördlichen Stadttor kam, desto mehr Menschen tummelten sich auf der Straße. Von Ochsen gezogene zweirädrige Karren, kleine und große Fuhrwerke, die bis zu sechs Zugtiere vorgespannt hatten, und immer wieder Kiepenträger kannten offensichtlich nur ein Ziel, den Markt in Northeim. All diejenigen, die ihre Waren zu Fuß transportierten, wurden nicht selten von der staubigen Landstraße gedrängt und konnten von Glück reden, wenn sie mit heilen Knochen an ihrem Ziel ankamen. Und als ob das noch nicht genug gewesen wäre, trieben auch noch etliche Knechte Schafe, Ziegen und Schweine mitten durch das ohnehin schon unübersichtliche Getümmel. Wie Konrad dann nach einem kurzen Gespräch mit einem ihm entgegenkommenden Reiter feststellte, war dieses chaotisch wirkende Gewimmel nicht ungewöhnlich, wenn in Northeim Markt abgehalten wurde.

Konrad sah nun seinen Zeitplan, zur Mittagszeit in Katlenburg anzukommen, ernsthaft in Gefahr. Er kam nur stockend in langsamem Schritttempo voran. Um sich einen Überblick zu verschaffen, stemmte er sich in die Steigbügel und erhob sich aus dem Sattel. Etwa einhundert Schritt voraus schien linker Hand vor ihm ein schmaler Weg abzugehen. Der Reisende mit dem Ross war schon eine Pferdelänge an ihm vorbeigeritten, als sich Konrad nochmals schnell zu ihm umdrehte.

»Hallo – Ihr da hinten auf dem Pferd!«

Der fremde Reiter stoppte und drehte sich zu Konrad um.

»Ich hoffe, Ihr kennt Euch ein wenig aus? Da vorn zweigt ein Weg von dieser Landstraße ab. Führt der Richtung Herzberg?«

Prompt kam die Antwort: »Damit liegt Ihr richtig! Er macht einen Bogen durch Wiesen und Felder und kommt fast genau vor der Rhumebrücke wieder auf die Landstraße, die sowohl zum Osttor der Stadt Northeim als auch zum Harz führt.«

Konrad kämpfte sich nur noch durch eine kleine Herde meckernder Ziegen und an einem Karren voller Käfige mit gackernden Hühnern vorbei, um letztendlich den abzweigenden Weg zu erreichen. So drückte er seinem großrahmigen Fuchswallach die Hacken in die Flanken, zog einmal kurz am Zügel und Ross und Reiter wurde respektvoll Platz gemacht. Er umkreiste auf dem Feldweg die Stadt Northeim, überquerte die ziemlich morsche Rhumebrücke und die Landstraße in Richtung Harz sowie zur Ortschaft Katlenburg war erreicht. Auch auf dieser Route herrschte ein buntes Treiben, denn nun kamen ihm die Händler aus dem Vorharz, die ebenfalls mit Sack und Pack zum Northeimer Markt unterwegs waren, entgegen. Doch bald hatte er auch diesen Engpass hinter sich gelassen, und er setzte in zügigem Trab seine Erkundungsreise fort.

Das nächste Teilstück der Strecke führte für einige hundert Schritt durch ein Waldstück mit dichtem Unterholz. Um ihn herum wurde es spürbar dunkler. Weit und breit war niemand mehr zu sehen. Nach dem soeben erlebten Lärmpegel war es, bis auf den gleichmäßigen Rhythmus des Hufgeklappers, fast unheimlich still. Er stellte sich vor, wie leicht ein Reisender, der allein unterwegs war, hier aus dem Hinterhalt überfallen werden könnte. Konrad war bestimmt nicht ängstlich, und als kampferfahrener Mann fürchtete er sich vor keinem Gegner, doch ritt, in diesen unsicheren Zeiten und an solch dusteren Orten, auch immer eine Portion Anspannung mit.

Er trug wieder seinen langen Dolch unter dem Gewand und zusätzlich, vom Amtmann beigesteuert, eine schussbereite Radschlosspistole. Doch als er sich vorstellte, wie der Burgschreiber, der eben nicht so wehrhaft und schon gar nicht kampferfahren war, genau an dieser Stelle womöglich einfach so vom Pferd gezogen wurde, da lief ihm ein eiskalter Schauer über den Rücken. Wie leicht hätte man ihm hier im dichten Unterholz die Kehle durchschneiden und ihn verschwinden lassen können! Kein Mensch würde ihn finden.

Konrad schaute sich nach allen Seiten um und fühlte instinktiv, ob seine Waffen noch sicher an ihrem Ort waren. Als er wieder vorausblickte, sah er plötzlich, wie eine große Staubfahne, auf der trockenen Landstraße hochgewirbelt, gen Himmel zog. Ihm schwante nichts Gutes. Es war ein sicheres Zeichen dafür, dass auf ihn eine größere Reiterschar zugerast kam. Unsicher, was er nun unternehmen sollte, parierte er sein Pferd durch und kam schnell zum Stehen. Konrad wollte am liebsten im Unterholz verschwinden, aber es war einfach viel zu dicht gewachsen, so dass er mit seinem großen

Wallach keine Chance hatte, dorthin auszuweichen.

Er drehte sich um, doch auch der Weg zurück an den Waldanfang lag schon zu weit hinter ihm. Konrad war einen Augenblick lang wie gelähmt. „Was soll ich tun"?, dachte er. Inzwischen tauchten die Silhouetten der Reiter schon gut erkennbar aus der Staubwolke auf. Das einschüchternde, prasselnde Geräusch der vielen Hufe und das Klappern von Waffen und Ausrüstung kamen immer näher. Er kannte die Klangkulisse nur zu gut. Lang genug war er der Faszination dieser unverwechselbaren, Unheil bringenden Melodie der Kriegsmaschinerie selbst erlegen. Diesmal aber gehörte er nicht dazu! Er war nicht mehr ein Teil der in sich geschlossenen, starken Söldnergemeinschaft, sondern er durchlebte zum ersten Mal die andere Seite. Die ohnmächtige Hilflosigkeit eines Zivilisten, der nur dazu verdammt war, den Krieg zu ertragen, und dem nur das Hoffen blieb: die Hoffnung, dass er mit heiler Haut davonkommen würde. Konrads Anspannung stieg merklich an. Wenn er jetzt kehrtmachte, dann sah es für die anrückenden Soldaten nach Flucht aus. Dazu war es eindeutig zu spät, und es würde ihn nur noch verdächtiger machen. Es half alles nichts, jetzt hieß es die Nerven behalten und frech die Rolle des Zeichners weiterspielen.

Er schnalzte mit der Zunge, presste seine Unterschenkel an den warmen Pferdeleib, und sein Fuchswallach setzte sich wieder gehorsam in Bewegung. Um nicht unnötig die fremden Reiter zu provozieren, steuerte er sein Pferd an den Wegrand und bewegte sich im Schritttempo gemächlich vorwärts. Es dauerte nur wenige Augenblicke, und Konrad erkannte mit Schrecken, dass er eine Einheit der kroatischen Kavallerie vor sich hatte. Diese im Dienste der kaiserlichen Armee stehenden Söldner waren berüchtigt für ihr erbarmungsloses Vorgehen gegen alles, was sich ihnen in den Weg stellte. Man sagte diesen wilden Burschen nach, dass sie selbst für ihre Kommandierenden nur schwer zu kontrollieren waren, und wo auch immer die Kroaten auftauchten, hinterließen sie eine Spur des Grauens.

Konrad konnte sie nun deutlich an ihrer unverwechselbaren Uniform ausmachen. Sie trugen einen auffälligen Hut mit Pelzbesatz, einen über eine Schulter lose gebundenen, weiten Umhang, der auch einen Teil des jeweiligen Pferderückens bedeckte, und darunter ein eng anliegendes Wams, das mit seiner Kreuzschnürung an ungarische Husaren erinnerte. Dazu waren sie mit Säbel, Dolch und zwei langen Reiterpistolen nicht nur schwer bewaffnet, vielmehr konnten sie auch sehr gut damit umgehen. Diese verwegenen Männer waren oft als Aufklärer oder mit Spezialaufträgen in vorderster Linie unterwegs, so dass ihr plötzliches Auftauchen für Konrad nichts Ungewöhnliches war. Nur dass er ausgerechnet ihnen über den Weg laufen musste, darüber ärgerte er sich schon. Im Allgemeinen war eine Begegnung mit Soldaten gefährlich genug, aber auf kroatische Söldner zu treffen, wurde zu einem absolut unkalkulierbaren Abenteuer. Es war wirklich das Letzte, was er jetzt brauchen konnte!

Als die kroatischen Reiter in breiter Front, die ganze Landstraße einnehmend, auf ihn zustürmten, drückte Konrad den Fuchswallach förmlich in die Zweige und Dornen des Gestrüpps am Wegesrand. Sie bohrten sich schmerzhaft in die Flanke seines Pferdes, wodurch er alle Hände voll zu tun hatte, sein Ross in der Spur zu halten.

Auch wenn Konrad die anrückende Truppe eindeutig als kroatische Kämpfer ausgemacht hatte, so stellte er fest, dass der anführende Offizier eine andere Uniform – eine, die für Wallensteins Soldaten typisch war – trug. Er war es, der dann auch das Tempo verlangsamte, sich aus dem Sattel aufrichtete, den linken Arm hob und aus Leibeskräften einen Befehl brüllte: »Cijela stanica – das Ganze halt!«

Die gesamte Reiterabteilung mit ihren etwa vier Dutzend Mann brachte gekonnt ihre Pferde unmittelbar vor Konrad zum Stehen. Der zog seinen breitkrempigen Hut ins Gesicht und schloss die Augen, bis die aufgewirbelte Staubfahne über ihn hinweggezogen war. Als er dann den Kopf wieder hochnahm, blickte er in das grinsende, mit einem Vollbart fast zugewachsene Gesicht des Offiziers.

»Was haben wir denn hier für ein seltsames Bürschchen? Und was ist das denn da für ein merkwürdiges Gestell auf Eurem Rücken?«

Konrad wollte zwar harmlos, aber auf gar keinen Fall ängstlich wirken. Er richtete sich groß auf, nahm seinen total eingestaubten Hut ab, klopfte ihn lässig aus, holte tief Luft und verneigt sich.

»Seid mir gegrüßt, Herr Offizier! Ich bin auf dem Weg nach Herzberg, um das Schloss des ehrenwerten Herzogs von Braunschweig-Lüneburg mit meiner Kunst des Zeichnens auf Papier zu bannen. Das zugegebenermaßen etwas ungewöhnliche

Gestell auf meinem Rücken nennt man Staffelei und dient mir als Zeichenhilfe.«

»Hört, hört, wir haben also einen echten Künstler vor uns! Dann seid Ihr sicherlich schon weit herumgekommen und bestimmt auch Soldaten begegnet?«

Konrad nahm sich zusammen, um sich jetzt nicht noch im letzten Moment zu verplappern.

»Soldaten? Lasst mich überlegen«, mit diesen Worten fasste er sich grübelnd ans Kinn. »Soldaten, ja tatsächlich! Etwa sechs Meilen von hier, im Osten bei dem kleinen Städtchen Dassel, da schlugen viele tausend Mann ein großes Feldlager auf.«

Der Offizier sah ihn abschätzend von seinem nervös tänzelnden Schlachtross aus an.

»So, so, ein Feldlager, und viele tausend Mann! Woher wisst Ihr das? Habt Ihr sie etwa gezählt?«

Konrad wirkte ob der Frage ein wenig sprachlos. „Jetzt nur nicht die Selbstsicherheit verlieren!", dachte er. Aber die momentane Anspannung löste der Offizier mit einem lauten Auflachen abrupt auf.

»Natürlich habt Ihr sie nicht gezählt, oder seid Ihr etwa gar kein echter Künstler, sondern vielmehr ein echter Spion?«

Der Offizier ließ sein Pferd einen Schritt auf Konrad zugehen, beugte sich nach vorn, legte seine rechte Hand auf den Pistolenknauf und sah ihm tief in die Augen. Konrad war klar, dass sein Gegenüber ihn verunsichern wollte, aber er wich dem durchdringenden Blick nicht aus.

»Habt Ihr etwa auch die Banner und das Wappen der Soldaten ausmachen können?«

Konrad wusste, dass er nun schnell und glaubwürdig reagieren musste und in seiner Rolle als Zeichner auf keinen Fall zu viel Ahnung zeigen durfte.

»Halten zu Gnaden, Herr Offizier, Eure Profession ist das Kriegshandwerk, meine hingegen ist das Zeichnen von Burgen und Schlössern oder schönen Stadtansichten, und so habe ich kein Auge für – wie nanntet Ihr es? – Banner, und daher kann ich Euch, selbst wenn ich wollte, leider darüber keine Auskunft geben.«

Konrad war gespannt, wie diese für den Offizier sicherlich nicht zufriedenstellende Antwort ankam. Er senkte ein wenig demütig seinen Blick, zupfte mit verklärtem Gesichtsausdruck an den bunten Hutzierbändern, um sie dann mit einer weit ausholenden Bewegung flattern zu lassen, bevor er sich die auffällige Kopfbedeckung wieder aufsetzte und so das Bild eines extravaganten, nur in seiner Welt lebenden Künstlers unübersehbar betonte. Der Offizier würdigte das inszenierte Spektakel nur mit einem abfälligen Blick. Die Antwort folgte im schroffen Ton.

»Kein Auge für Banner! – Wenn ich Euch so anschaue, seid Ihr wohl wirklich nur ein Paradiesvogel, der ein bisschen blind durch die Gegend flattert! Dann passt bloß auf, dass Ihr nicht noch Wegelagerern ins Netz fliegt! Und jetzt seht zu, dass Ihr weiterkommt, bevor ich es mir noch anders überlege!«

Der Offizier schüttelte verständnislos den Kopf, warf Konrad noch einen verächtlichen Blick zu, riss sein Pferd am Zügel herum, rammte dem aufwiehernden Tier die Sporen in die Flanken und preschte los. Die kroatischen Söldner jagten, mit angsteinflößenden Lauten ihre Rösser anfeuernd, in wildem Galopp hinterher.

Konrads braver Fuchswallach, der bisher mit ihm so besonnen unterwegs war, ließ sich durch diese ungestüm losrasende Herde tatsächlich aus der Ruhe bringen und fing unvermittelt an zu steigen. Wieder einmal vom aufgewirbelten Staub eingehüllt, konnte er sich gerade noch – mit um den Pferdehals geschlungenen Armen – festhalten und so diese Attacke seines Wallachs aussitzen. Noch ein paar Pferdelängen tänzelten die beiden quer über die Landstraße, bis dann sein Ross nach einigen beruhigenden Worten und gut dosiertem Körpereinsatz in seinen ausgewogenen Trab zurückfand. Dass er aus dieser Begegnung mit den wilden Kroaten ohne Blessuren davonkam, konnte er kaum glauben. Sein frech vorgetragenes Schauspiel hatte tatsächlich funktioniert! Er schüttelte, in sich hinein grinsend, seinen Kopf, schnaufte noch ein paar Mal kräftig durch und war froh, dass die letzten eineinhalb Meilen bis zur Ortschaft Katlenburg ohne weitere Aufregungen verliefen.

Nach dem Wegkrug musste Konrad nicht lange suchen. Er lag unterhalb der Burganlage mitten im Ort, direkt an der Landstraße, die weiter nach Herzberg führte. Schon aus einiger Entfernung wurde deutlich, dass dieses Wirtshaus nicht nur beim Burgschreiber beliebt war. Vor seiner Tür sowie schräg gegenüber auf einem freien Platz standen etliche Fuhrwerke und Kutschen. Es war inzwischen Mittagszeit und offensichtlich waren viele Gäste im Haus, die sich ebenfalls den weit über die Grenzen des Orts bekannten, leckeren Schweinebraten schmecken ließen. Als Konrad direkt vor dem Wegkrug vom Pferd sprang, kam sofort ein Knecht herbeigeeilt, der ihm seinen Fuchswallach abnahm.

»Seid uns willkommen, Herr! Wenn es Euch recht ist, werde ich Euer Ross nach hinten auf den Hof führen und es mit Wasser und Heu versorgen.«

Konrad lächelte ihm mit einem dankbaren Kopfnicken zu.

»Das nennt man Gastfreundschaft! Ein paar Hände Hafer könnten auch nicht schaden!«

Konrad warf dem Knecht einen Mariengroschen zu, schnallte die Staffelei vom Rücken, griff seinen Schnappsack und stieg über ein paar schiefe, verwitterte Eingangsstufen in den übervollen Schankraum. Fuhrleute, Kaufleute, Reisende, ein lärmendes Stimmenwirrwarr empfing ihn. Neben dem leckeren Bratengeruch, der Konrad sofort in die Nase zog und ihm das Wasser im Mund zusammenlaufen ließ, schwebte über allem eine dicke Dunstwolke. Der Pfeifenrauch schien undurchdringlich, und der Geruch von hart arbeitenden Männerkörpern und von Reisenden, die schon länger kein Bad mehr genommen hatten, füllte den Rest des Raums aus. Das war sicherlich nichts für feine Nasen, doch für Konrad kein Problem, denn in den Zelten eines Heerlagers waberte immer eine brisante Mischung der verschiedensten menschlichen Ausdünstungen.

Konrad sah sich orientierend um. Kein Mensch nahm von ihm Notiz. An den langen Bänken, die in mehreren Reihen den Raum füllten, war kein Platz zu finden. Als er den Kopf etwas herunternahm, um unter der Hochnebel ähnlichen Rauchwolke hindurchzuschauen, entdeckte er in der äußersten Ecke, gleich neben der Theke, einen kleinen Tisch, von dem ihm jemand zuwinkte. Konrad zwängte sich mit seinem sperrigen Gepäck durch die eng gestellten Reihen. Nur ein älterer, hagerer Mann, der ihn aus glasigen Augen neugierig anschaute, hockte in dieser düsteren Ecke.

»Kommt ruhig zu mir!«, forderte er ihn auf.

Die krächzende Stimme hatte einen fast unheimlich wirkenden Unterton. Seine krummen, knochigen Finger zeigten in den Raum.

»Von hier aus kann man alles Treiben gut beobachten.«

Konrad lehnte die unhandliche Staffelei an die Wand, legte den Schnappsack und darauf seinen breitkrempigen Hut ab und rückte sich den freien Hocker zurecht. Der alte Mann starrte auf Konrads ausgefallene Kopfbedeckung, nahm sie auf und ließ die als Zierrat angebrachten bunten Bänder durch seine Finger gleiten. Dann sah er ihn argwöhnisch an.

»Merkwürdig – genau so einen nicht alltäglichen Hut habe ich schon einmal gesehen!«

Er fasste sich grübelnd an seinen ungepflegten, lang wuchernden Bart.

»Ja, genau! Jetzt hab ich's! Es mag vor zwei Wochen gewesen sein, da kam hier schon jemand mit so einem merkwürdigen Gestell wie dem Ihren und auch mit so einem Hut, den ebenfalls solch auffällige, bunte Bändern zierten, zu uns ins Gasthaus.«

Eine Hitzewelle durchflutete Konrads Körper. Welch dummer Zufall! War es möglich, dass der richtige Zeichner aus Frankfurt tatsächlich genau hier in Katlenburg Rast gemacht hatte? Angst überfiel ihn, dass seine Tarnung jeden Moment auffliegen könnte. Gott sei Dank war Konrad noch nicht dazu gekommen sich vorzustellen, und so hatte er, was den Namen betraf, noch alle Optionen. Schweiß perlte auf seiner Stirn. Er blickte in ein skeptisches Gesicht und obwohl die Augen des alten Mannes recht müde wirkten, schienen sie doch die glänzenden Schweißperlen zu zählen, um so die sichtbar gewordene Anspannung zu ergründen. Konrad holte tief Luft. Wieder einmal mehr musste er sich schnell eine möglichst glaubhafte Geschichte ausdenken und sie mit unterstützender Gestik und Mimik gut verkaufen.

„Auf was habe ich mich da nur eingelassen!", dachte er, riss Augen und Mund auf und klopfte mit der flachen Hand auf den Tisch, um sein gespieltes Erstaunen zu unterstreichen.

»Das ist ja unglaublich! Das könnte tatsächlich der Mengler gewesen sein!«

»Mengler – Mengler? Ja, natürlich! Jetzt erinnere ich mich! Ich hatte mit ihm gesprochen, und er stellte sich als Edmund Mengler vor.«

Konrads Hals fühlte sich plötzlich so trocken an wie die staubige Landstraße, über die er gekommen war, und er hatte noch nichts zu trinken. Ihm klebte fast die Zunge am Gaumen, und er hatte Mühe, den nächsten Satz herauszubringen.

»Er ist – genau wie ich – als Zeichner für unseren Auftraggeber Merian aus dem fernen Frankfurt unterwegs.«

Konrad schüttelte mit gespieltem Erstaunen seinen Kopf.

»Das Einzige, was mich wundert, ist die Tatsache, dass sich dieser Schwerenöter so weit im Norden aufhält!«

Konrad musterte sein misstrauisches Gegenüber, und er schmückte seine Geschichte weiter aus.

»Ihr müsst wissen, dass im ganzen Kaiserreich Zeichner unterwegs sind, dass aber jeder sein fest zugewiesenes Gebiet hat. Ja, und die bunten

Bänder, die sind sozusagen unser Zunftzeichen. Die tragen alle Künstler, die für den ehrenwerten Herrn Merian zeichnen.«

Der alte Mann blickte Konrad regungslos an und ließ nicht erkennen, ob er ihm diese Geschichte abgekauft hatte. Mit einem Räuspern und einer Verlegenheitsfrage versuchte Konrad die Situation zu meistern.

»Ist es in diesem Gasthaus immer so voll?«

Das Schweigen des alten Mannes löste sich.

»Nun ja, unsere Köchin, die dicke Berta, versteht ihr Handwerk. Wer einmal hier war, der kommt immer wieder!«

»Ihr gehört wohl auch zu den Stammgästen?«, fragte Konrad.

Der alte Herr nahm einen kräftigen Schluck aus seinem Becher und lachte kurz auf.

»Das will ich meinen! Ich sitze hier jeden Tag, genau auf diesem Platz. Das war und ist mein Zuhause.«

Konrad sah ihn verwundert an.

»Ihr meint, Ihr wohnt hier? Oder wie soll ich das verstehen?«

»Na ja, nicht direkt. Also, mir hat der Wegkrug mal gehört.«

Den Kopf auf beide Hände aufgestützt, fuhr er mit fast weinerlicher Stimme fort: »Erst starb meine Frau nach einer Lungenentzündung. Dann hat so ein gestriegelter und fein herausgeputzter Offizier meinen beiden Söhnen Flausen in den Kopf gesetzt, und sie haben sich als Söldner für diesen unsäglichen Krieg von ihm anwerben lassen. Und zu allem Überfluss ist dann auch noch meine Tochter mit so einem zwielichtigen Kaufmann durchgebrannt.«

Mit einem tiefen Seufzer starrte er in seinen mit Wein gefüllten Becher, um dann noch einmal einen kräftigen Schluck zu nehmen.

»Und das alles passierte in nur einem halben Jahr.«

Er sah Konrad mit feuchten Augen an.

»Das war für mich einfach zu viel! Allein mit diesem Wirtshaus weitermachen, ohne meine Frau, die, zusammen mit der Berta, die gute Seele in der Küche war, dazu hatte ich keine Kraft mehr. Ich habe den Wegkrug dann vor einem Jahr verkauft. Nun hause ich in einer Kammer hinten, direkt über dem Pferdestall.«

Er wischte sich ein paar Tränen aus dem faltigen Gesicht. Konrad klopfte ihm mitfühlend auf die Schulter. Der alte Herr senkte den Kopf.

»Wie Ihr seht, ist mir nicht viel geblieben!«, kam es resignierend über seine Lippen.

»Aber habt Ihr denn beim Verkauf keinen angemessenen Preis ausgehandelt?«, wollte Konrad wissen.

»Der Hans, der jetzige Wirt, hatte damals kaum Rücklagen, aber wenigstens habe ich das Wohnrecht und das Recht, hier an diesem kleinen Tisch jeden Tag Speis und Trank zu mir zu nehmen, und zwar so viel ich will.«

Der Wirt stand nicht weit entfernt hinter der Theke und hatte das Gespräch zum Teil mit verfolgt. Mit einem Krug voll Wein und einem zusätzlichen Becher für Konrad kam er an den Tisch.

»Na, Fritz, wie ich vernommen habe, hast du ja wieder jemanden gefunden, der dir Gesellschaft leistet und dir geduldig zuhört!«

Er stellte Konrad den Becher hin und füllte ihn mit dem leckeren Tropfen.

»Seid mir willkommen, mein Herr, und da Ihr warten musstet, trinkt den Ersten auf Kosten des Hauses! Gegen den Hunger würde ich Euch unseren saftigen Schweinebraten empfehlen. Ich schicke gleich die Magd mit einer Portion vorbei.«

»Sehr liebenswürdig! Euer Braten macht ja weit ins Land von sich reden!«

Der Wirt tat ein wenig erstaunt, fühlte sich aber auch sichtbar geschmeichelt.

»So? Wer hat uns denn empfohlen?«

Konrad wollte mit einer kleinen Lüge gleich einmal eine Fährte legen und versuchen, seinem Auftrag näher zu kommen.

»Ich traf vor ein paar Tagen den Burgschreiber von der Heldenburg. Der erzählt mir, dass er auf dem Weg nach Herzberg nie einfach so an Eurem Wirtshaus vorbeireitet, ohne sich vorher bei Euch zu stärken.«

Der Wirt stutzte und auch der alte Mann schaute Konrad erstaunt an.

»Ihr kennt Otto Berlein? Wann genau habt Ihr ihn getroffen?«

Konrad merkte, dass er auf der richtigen Spur war. Er musste aber vorsichtig sein, damit er sich in seinem Lügennetz nicht verstrickte.

»Wie gesagt, ich bin als Zeichner im Auftrag des Herrn Merian aus dem fernen Frankfurt unterwegs, und so habe ich mich vor rund zehn Tagen mit der Heldenburg beschäftigt und ihn dabei kennengelernt.«

Nun ging Konrad in die Offensive.

»Warum fragt Ihr?«

Mit einem Lächeln hakte er nach: »Hat er etwa die Zeche geprellt?«

Der Wirt schüttelte nur den Kopf, drehte sich um und ging wortlos wieder hinter die Theke. Der alte Mann hingegen rückte seinen Hocker näher an Konrad heran.

»Wir haben das Gefühl, als ob da irgendetwas nicht stimmt! Otto Berlein ist nämlich seit vielen Jahren bei uns Stammgast. Er macht regelmäßig auf dem Weg nach Herzberg, wenn er zum Fürsten gerufen wird, auf seiner Hin- und Rückreise bei uns Rast. Bisher dauerte sein Aufenthalt im Schloss aber nie länger als zwei Tage. Das heißt, er hätte schon längst wieder bei uns einkehren müssen!«

Der Alte rückte Konrad fast auf den Schoß und sprach mit gedämpfter Stimme weiter.

»Als er vor einer Woche seinen Braten aß, nahm ein Mann bei ihm Platz, und es dauerte gar nicht lange, da wurde der Fremde laut, und sie fingen an, sich heftig zu streiten.«

Konrad versuchte sich von dem Alten, der ihn fast umklammerte, etwas zu lösen, und lehnte seinen Oberkörper zurück.

»Konntet Ihr feststellen, wer der Fremde war?«

»Das Gesicht hatte ich hier noch nie gesehen! Doch was ich dann später aufschnappte, lässt mich mutmaßen, dass unser Otto in irgendetwas Mysteriöses verstrickt ist.«

Der Alte blickte um sich, erhob sich von seinem Hocker, fasste Konrad am Arm und zog ihn in Richtung Hinterausgang. Auf dem Hof angekommen, zeigte er auf ein Fenster über dem Pferdestall.

»Seht, dort oben habe ich meine Kammer! Jeden Tag nach dem Mittagsmahl ziehe ich mich zu einem Nickerchen hierher zurück. Und genau so war es auch an diesem besagten Tag.«

Konrad fragte erstaunt nach: »Ja, Moment mal, habt Ihr nicht soeben gesagt, Ihr hättet etwas Geheimnisvolles gehört? Wie kann das sein, wenn Ihr geschlafen habt?«

»Wartet doch ab, seid nicht so ungeduldig!«

Er blickte um sich und sah dann Konrad mit zusammengekniffenen Augen an.

»Ich war gerade oben angekommen und hatte, um die stickige Luft aus meiner Kammer zu lassen, das Fenster geöffnet. Da hörte ich auf dem Hof zwei Stimmen. Die eine war unverkennbar der Brummbass von Otto Berlein.«

Konrad wurde langsam nervös.

»Ihr macht es wirklich spannend! Sagt, konntet Ihr was verstehen?«

»Zunächst schon, da wurde der Streit von drinnen fortgesetzt. Otto sagte: „Ich werde auf keinen Fall Euer verruchtes Spiel weiter mitmachen", und er fügte hinzu: „So war das nicht abgesprochen!" Ja, und sein Gegenüber brüllte zurück: „Wenn Ihr das Silber nicht wieder rausrückt, dann müsst Ihr die Konsequenzen tragen!"

Als ich mich dann ans Fenster traute, sah ich den Fremden hastig vom Hof marschieren, und Otto rief: »Ich werde darüber Bericht erstatten! Ich lass mich nicht erpressen und schon gar nicht von einer Amtsperson!«

Konrad war in heller Aufregung. Die Informationen waren mehr, als er zu hoffen gewagt hatte.

»Konntet Ihr denn noch mit dem Burgschreiber sprechen?«

Der Alte schüttelte deprimiert den Kopf.

»Leider nicht! Er hat sich von unserem Knecht gleich sein Pferd bringen lassen und ist dann Hals über Kopf aufgebrochen. Das war bisher das Letzte, was ich von ihm gesehen habe!«

Konrad griff sich ans Kinn. Grübelnd hakte er nach: »Er hat den Fremden also eine Amtsperson genannt und von Silber gesprochen. Das ist ja merkwürdig!«

Konrad wurde immer nachdenklicher und fragte aufgeregt weiter: »Wie sah der Fremde aus, was für ein Gewand trug er?«

»Nun – er war von Kopf bis Fuß schwarz gekleidet. Das heißt, mit einer Ausnahme, denn zur Kniebundhose trug er weinrote Strümpfe. Ansonsten war es eine recht dürre, große Erscheinung. Ach ja, da fällt mir noch ein, als er vom Hof stampfte, da hatte ich das Gefühl, als ob er das rechte Bein ein wenig nachzog.«

»Donnerwetter, Ihr habt eine hohe Beobachtungsgabe! Ihr könntet Euch glatt bei Graf Tilly als Spion bewerben! Aber Spaß beiseite, das sind sehr wertvolle, hochinteressante Hinweise.«

»Ich sage ja, da stimmt doch was nicht! Übrigens, unser Knecht hat noch gesehen, wie draußen vor dem Gasthaus zwei Gestalten mit den Pferden auf den Unbekannten warteten.«

Der Alte sah Konrad fragend an.

»Könnt Ihr Euch denn auf das alles einen Reim machen, oder habt Ihr gar einen Verdacht, wer dieser Fremde sein könnte?«

Konrad neigte den Kopf abwägend hin und her. Er wusste, dass er dem alten Wirt gegenüber den wahren Grund seiner Reise auf gar keinen Fall kundtun durfte. Er musste, um weiterhin unauffällig Erkundungen einzuholen, die Rolle des Zeichners unbedingt weiterspielen. Konrad hatte zwar einen Verdacht, doch da gab es auch noch eine paar Ungereimtheiten, die ihn momentan total verwirrten. Der alte Mann stellte sich nun genau vor Konrad und sah ihn aus seinen immer noch glasigen Augen an.

»Könnt Ihr jetzt verstehen, warum ich glaube, dass Otto in argen Schwierigkeiten steckt?«

Er hielt sich entsetzt die Hand vor den Mund.

»Wer weiß, was ihm inzwischen zugestoßen ist!«

Konrad klopfte ihm auf die Schulter.

»Lasst mal den Kopf noch nicht hängen! Da ich ohnehin auf dem Weg nach Herzberg bin, um dort das Schloss zu zeichnen, werde ich die Gelegenheit nutzen und mich umhören. Auf meinem Rückweg werde ich Euch Bericht erstatten.«

Der Alte trat einen Schritt zurück und musterte Konrad.

»Ihr wollt auf das Schloss? Na, wenn das mal kein Zufall ist.«

»Ihr glaubt mir nicht?«, fragte Konrad.

Er griff unter seinen Umhang und holte sein Begleitschreiben, das er vom Amtmann in Salzderhelden bekommen hatte, hervor.

»Hier,

schaut selbst! Dieses ist mein Empfehlungsschreiben von der Heldenburg.«

Der alte Mann staunte nicht schlecht und nickte mit dem Kopf.

»Wenn Ihr solch ein Schreiben mitbekommt, dann müsst Ihr in Salzderhelden ja gute, kunstvolle Arbeit abgeliefert haben!«

Er dreht sich um und winkte Konrad mit dem Papier in der Hand zu.

»Dann folgt mir mal! Ich habe da etwas, worauf man in Herzberg bestimmt schon wartet.«

Im Schankraum angekommen, hielt der Alte kurz inne, sah sich um, verschwand hinter der Theke und drückte dann Konrad eine Leinenumhängetasche in die Hand.

»Der Otto Berlein brach so überhastet auf, dass er glatt seine Dokumente vergaß.«

Während Konrad die Tasche übernahm, fasste ihn der alte Herr am Arm und zog ihn an sich heran.

»Steckt sie schnell unter Euren Umhang, denn Hans, der Wirt, wollte eigentlich schon die Tasche mit einem Boten nach Herzberg schicken und so eine Belohnung einfordern. Wenn der jetzt mitbekommt, dass ich sie Euch einfach so mitgebe, dann bekomme ich bestimmt Ärger!«

Verschmitzt grinste der Alte Konrad an und hielt ihm gleich die offene Hand hin. Konrad lächelte zurück, griff in die Börse und gab ihm dankend zwei Silbermünzen, die seinem Gegenüber ein zufriedenes Lächeln ins faltendurchfurchte Gesicht zauberten. Förmlich überwältigt von all den Neuigkeiten machte Konrad sich sofort auf den Weg. Bei all den Gesprächen war er ganz darüber hinweggekommen, den leckeren Braten zu probieren. Aber die Aufregung verdrängte seinen Hunger.

In zügigem Trapp hatte Konrad mit seinem Wallach Katlenburg bald hinter sich gelassen. Da die Landstraße aus dem Ort heraus immer geradeaus führte, brauchte er sich nicht groß zu konzentrieren. Für die Landschaft um sich herum hatte er kein Auge mehr, denn vor sich sah er den Amtmann aus Salzderhelden. Konnte er der Unbekannte gewesen sein?

„Amtsperson", das hatte der alte Wirt aufgeschnappt. Der Fremde hatte Ähnlichkeit mit einer Amtsperson! Und um irgendwelches Silber war der Streit entbrannt. Ein schwarzes Gewand hatte er getragen. Der Amtmann aus Salzderhelden trug ebenfalls ein schwarzes Gewand! Konrad versuchte sich zu erinnern. Trug er auch weinrote Strümpfe? Konrad war verwirrt, denn selbst wenn er sie getragen hätte, passte nicht die Beschreibung als großer, dürrer Mann, der sein rechtes Bein nachzog. Oder doch? Hatte er ihn beim Treffen im Amtshaus überhaupt gehen sehen? Er versuchte seine unaufhörlich kreisenden Gedanken zu ordnen.

Wenn er es tatsächlich gewesen war, so könnte er sich, weit weg von der Heldenburg, mit Otto Berlein getroffen haben, um von ihm das Versteck der vielen Silbermünzen herauszubekommen. Hatte der Amtmann am Ende den Burgschreiber gar in einen Hinterhalt gelockt, ihn ermordet und beseitigt? Hatte er sich etwa längst die gesamten Rücklagen der Salzderheldener Salzsiederfamilien einverleibt? Konrad parierte seinen Wallach durch und kam unverzüglich zum Stehen.

»Moment mal«, sagte er zu sich selbst, »das würde ja bedeuten, dass er mit dem Bürgermeister und mir nur ein makabres Spiel treibt, um den Schein zu wahren und alles zu vertuschen, und lacht sich jetzt eins ins Fäustchen, während ich hier umherirre!«

Kopfschüttelnd nahm Konrad die Zügel auf und wollte gerade seinen Weg fortsetzen, als ihn ein junger Hirte anlächelte. Gedankenversunken hatte er gar nicht bemerkt, dass direkt neben ihm eine vielköpfige Schaf- und Ziegenherde weidete.

»Donnerwetter! Sag´ nur nicht, dass du ganz allein auf diese vielen Tiere aufpasst!«, sprach Konrad den Jungen an.

»Nein, nein, Herr! Mein Meister, also ich meine der richtige Hirte, der ist dort hinten am Bach. An der Oder, so heißt er nämlich! Er sucht eine geeignete Stelle, wo unsere Herde das frische Harzwasser saufen kann.«

Konrad drehte sich Richtung Bach und traute seinen Augen nicht. Kaum hundert Schritte entfernt tauchte der Hirte aus einem Gebüsch, das das Wasser säumte, auf. Je näher er kam, umso deutlicher erkannte er auf seinem Kopf einen großkrempigen Hut, der über und über mit Vogelfedern geschmückt war. Konrad sprang vom Pferd und eilte dem Hirten entgegen. Der blieb verunsichert stehen und nahm mit seinem Hirtenstab vorsichtshalber eine drohende Abwehrhaltung ein.

»Keine Sorge«, rief Konrad ihm zu, »ich komme in friedlicher Absicht!«

»Was wollt Ihr von mir? Wer seid Ihr überhaupt?«, fragte der Hirte mit grimmigem Gesicht.

»Ich bin der Zeichner Mengler auf dem Weg zum Schloss Herzberg, und da ich ein Auge für ausgefallene Dinge habe, ist mir Eure gefiederte Kopfbedeckung ins Auge gestochen!«

Der Hirte rammte den Stab in den Wiesenboden, nahm den Hut ab und wiegte ihn in seinen Händen.

»Ja ja, ein feines Stück, nicht zu vergleichen mit meinem alten Hirtenhut, dem das Wetter schon kräftig zugesetzt hatte. Aber Euer Hut mit den bunten Bändern kann sich auch sehen lassen!«, antwortete der Hirte und lachte nun deutlich entspannt Konrad an.

»Sagt, die vielen bunten Federn, habt Ihr die alle selbst gesammelt?« ‚fragte Konrad.

»Nein, nein, um ehrlich zu sein, den habe ich vor ein paar Tagen gefunden.«

Das, was Konrad vermutet hatte, dass dieses ausgefallene Stück dem Burgschreiber gehörte, wurde nun immer wahrscheinlicher.

»Gefunden – einfach so am Wegesrand?«

»Nicht am Wegesrand! Ich habe den Hut Richtung Osten, zwischen den Orten Lindau und Gieboldehausen, an eben diesem Bach gefunden. Er hatte sich im Gehölz einer Erle, genauer gesagt an einem abgebrochenen Ast, der halb im Wasser hing, verfangen. Ich habe dieses edle Stück einfach mit meinem Hirtenstab herausgeangelt.« Konrad nahm den Hut in seine Hände und musterte ihn von allen Seiten. Die Beschreibung, die der Salzderheldener Bürgermeister von sich gegeben hatte, passte bis ins Detail. Sogar die drei Greifvogelfedern steckten an ihrem Platz! Konrad überlegte, ob der Hut bei der Suche nach dem Burgschreiber nützlich sein könnte, und unterbreitete dem Hirten ein Angebot.

»Sagt, guter Mann, was haltet Ihr davon, wenn ich Euch den Hut abkaufe?«

»Ihr scheint Euch ja wirklich in das Exemplar verguckt zu haben!«

Der Hirte sah Konrad, verschmitzt lächelnd, aus zusammengekniffenen Augen listig an.

»Was ist er Euch denn wert?«

Konrad griff in seinen Beutel und holte zwei Taler heraus. Die Augen des Hirten wurden zwar schon etwas größer, aber sofort zog er den Hut zurück und forderte nach.

»So ein seltenes Stück sollte Euch schon etwas mehr wert sein! Und überhaupt, wie schütze ich mich dann den ganzen Tag gegen die Sonne?«

Konrad sah ihn mit einem wohlwollenden Lächeln an.

»Ihr seid mir ja ein ganz Ausgefuchster! An Euch ist ein wahrer Handelsmann verloren gegangen! Also – dann will ich mal nicht so sein.«

Konrad holte eine weitere Münze hervor und hielt dem Hirten als Ersatz seinen Hut hin.

»Überlegt nicht zu lange, sonst ziehe ich mein Angebot doch noch zurück!«

Schnell griff der Hirte zu, tauschte die Hüte aus und ließ die Silbermünzen unter seinem Umhang verschwinden. Konrad setzte sich die neue Kopfbedeckung auf und schwang sich auf sein Pferd.

»An welcher Stelle habt Ihr ihn nochmal gefunden?«, rief Konrad dem Hirten schon im Anreiten zu.

»Eine viertel Meile hinter dem nächsten Ort Lindau müsst Ihr linker Hand Richtung Wulften reiten. Da kommt Ihr dann wieder ans Ufer der Oder. Wenige hundert Schritt hinter Wulften steht die besagte große Erle mit dem abgebrochenen Ast, an dem der Hut hing. Ihr könnt den Baum gar nicht verfehlen! Aber sagt, warum wollt Ihr dort unbedingt hin?«

Doch Konrad ließ den kopfschüttelnden Hirten stehen, schnalzte mit der Zunge, sein Wallach trabte an, und er verschwand wortlos in die aufgezeigte Richtung. Er hatte sich vorgenommen, ab dem Fundort des Hutes an der Oder entlangzureiten und nach weiteren Anhaltspunkten, die das Verschwinden des Burgschreibers womöglich erklären konnten, Ausschau zu halten.

Tatsächlich fand er bald die besagte Erle. Der Hirte hatte offensichlich die Wahrheit gesagt. Wie beschrieben, gab es den abgebrochenen Ast, der von dem Baum ins Wasser ragte. Konrad hielt kurz inne. Hier konnte sich ohne Weiteres der Hut verfangen haben. Und wieder begannen die Gedanken zu kreisen. Wieso war der Hut in der Oder gelandet? War Otto Berlein etwa vom

Pferd gestürzt? Aber auf der anderen Seite: Wenn ihm das passiert wäre, dann hätte er sein geliebtes Stück bestimmt wieder herausgeangelt! Oder hatte er vielleicht am Bach sein Pferd getränkt, und dabei war ihm dann der Hut vom Kopf gerutscht? Aber nein, auch in diesem Fall hätte Otto Berlein alles unternommen, um ihn wieder herauszufischen! Konrad hoffte, dass sich nicht seine schlimmste Befürchtung, dass der Burgschreiber am Ende doch überfallen wurde, bewahrheiten würde. Hierbei könnte in einem Kampf der Hut ins Wasser geschleudert worden sein.

In Gedanken vertieft, aber unaufhörlich mit den Augen das Gelände abtastend und nach weiteren Hinweisen für seine Theorien suchend, ritt Konrad in mäßigem Schritttempo, dicht am munter vor sich hin plätschernden Bach entlang.

Es wurde Spätnachmittag, die Sonne stand schon tief, und Konrads Magen erinnerte ihn knurrend daran, dass er sich den leckeren Braten im Wegkrug in Katlenburg nicht gegönnt hatte.

Plötzlich vernahm er kaum hundert Schritt entfernt ein paar blökende Ochsen. Als er den Kopf hochnahm und nach vorn sah, erblickte er eine massive Holzbrücke. Es musste die Landstraße nach Herzberg sein, die so über die Oder geführt wurde. Auf ihr mühten sich vier massige Zugtiere, einen über und über mit Sandsteinplatten beladenen Wagen fortzubewegen. Während Konrad sich der Brücke mit seinem Wallach im Schritttempo näherte, stieg ihm unvermittelt ein immer intensiver werdender Geruch in die Nase. Er brauchte nicht lange zu überlegen, denn das, was ihn da empfing, war der ihm allzu vertraute Duft des Krieges. Eine sich tief in das Gedächtnis einnistende Mischung aus süßlichem Leichengeruch und bestialisch stinkenden Verwesungsausdünstungen, so, wie er über Schlachtfelder waberte und wie ein Nebel des Todes alles einhüllte. Konrad bekam schlagartig eine Gänsehaut. Hatte er doch eigentlich den Krieg hinter sich gelassen, wurde er in diesem Moment von den Bildern des Schreckens wieder eingeholt.

An der Brücke angekommen, fing sein Wallach an, mit Kopf und Schweif wild um sich zu schlagen. Das Tier versuchte, sich des riesigen Schwarms Aasfliegen zu erwehren, der unter dem Bauwerk hervorquoll und die beiden surrend empfing. Konrad wendete sein Ross und band es, einige Pferdelängen abseits, an einen Strauch an. Er nahm seinen Hut ab, presste ihn vor Nase und Mund und stieg unter die Brücke. Was ihn dort erwartete, ließ ihn erschaudern. Bis zur Hüfte im Wasser und zur anderen Hälfte zwischen den Holzstützen der Bachquerung lagen die Überreste eines Leichnams. Wild aus dem nahen Wald hatte sich schon reichlich bedient. Viel war nicht mehr übrig geblieben, und doch erkannte Konrad, dass der Schädel des Toten eingeschlagen war. Die wenigen verdreckten und mit Blut verkrusteten Gewandreste gaben keinen weiteren Aufschluss darüber, zu welchem Stand die Person einst gehört hatte. Auch von einem Hut, falls der Tote je einen trug, war weit und breit nichts zu sehen. Sollte er wirklich in diesem Moment die fehlende Kopfbedeckung in seinen Händen halten?

Fassungslos und vor Übelkeit würgend, entfernte sich Konrad vom Ort des Grauens. Wenn das wirklich die sterblichen Überreste von Otto Berlein waren, dann war er hier vermutlich in einen Hinterhalt geraten und dabei sein Hut tatsächlich in den Bach gefallen! Obwohl einiges dafürsprach, hoffte Konrad, dass der Burgschreiber, aus welchen Gründen auch immer, noch im Schloss Herzberg verweilen würde.

Die Dämmerung hatte schon eingesetzt, als er den Flecken Herzberg endlich erreichte. Seine intensive Suche entlang der Oder hatte mehr Zeit gekostet, als ihm lieb war. Über dem Ort thronte die mächtige Schlossanlage, die Residenz des Herzogs Georg von Braunschweig-Lüneburg. Das Ziel seiner Erkundungsreise war erreicht.

Konrads Magen meldete durch abermals lautstarkes Knurren, dass es höchste Zeit wurde, seinem ausgelaugten Körber wieder Nahrung zuzuführen. So entschied er sich, vorerst in den nächsten Gasthof einzukehren und bei Speis und Trank diesen aufregenden Tag abzuschließen. Als er mit seinem Wallach in die Dorfstraße einbog, passierte er zunächst das Vorwerk, den Versorgungshof des Herzberger Schlosses, hinter dem, am Geruch deutlich auszumachen, das Brauhaus lag. Genau gegenüber wurde er auf ein einladendes Schild aufmerksam. Reichlich mit geschnitzten Weinreben dekoriert, stand in goldenen Lettern zu lesen: „Weinschenke und Ordonnanz-Haus, Beckers Hof".

Nur wenige Augenblicke später tauchte Konrad in eine lautstark tönende Gaststube ein. Übervoll mit Menschen ging es drunter und drüber. Viele Gäste lagen sich singend in den Armen. Einige freizügig gekleidete Mädchen rekelten sich laut juchzend zwischen den an ihnen herumfingernden Männern und heizten so die Stimmung noch mehr an. Konrad war sprachlos. Er hatte in seinen vier Kriegsjahren so manch ausgelassenes Saufgelage miterlebt, aber dieses brodelnde Szenenspiel setzte allem die Krone auf. Gerade hatte er seine Staffelei neben der Eingangstür abgestellt und war nur wenige Schritte gegangen, da fiel ihm auch schon die erste, fast barbusige Gespielin um den Hals und bot ihm ungeniert ihre Liebesdienste an. Der Wirt hatte ihn trotz des Durcheinanders allerdings längst entdeckt, stieß die aufdringliche Dame zurück und führte Konrad in einen ruhigeren Nebenraum, in den schon ein paar andere Reisende geflüchtet waren.

»Ihr müsst entschuldigen, aber man kann sich seine Gäste nicht immer aussuchen!«

Konrad atmete erst einmal tief durch.

»Ich muss gestehen, dass ich selten eine so ausgelassene Feier gesehen habe!«

»Feier ist gut! Seit ein paar Tagen ist das hier der Normalzustand, und es scheint kein Ende zu nehmen. Zwei Verrückte schmeißen mit ihren Talern nur so um sich und halten jedermann frei. Und das hat sich natürlich herumgesprochen! Auf der einen Seite füllt sich zwar meine Kasse, aber die normalen Gäste, so wie Ihr, müssen darunter leiden.« »Zwei Verrückte? Das ist ja unglaublich! Wer sind die Männer, und woher haben sie so viel Gulden?«

»Gute Frage! Ich kann es mir auch nicht so richtig erklären. Soweit ich weiß, stammen die beiden Burschen aus dem Oberharz, und wie mir von einem Fuhrmann gestern zugetragen wurde, sollen die da eher zu den zwielichtigen Gestalten gehören und es faustdick hinter den Ohren haben.«

Der Wirt zuckte mit den Achseln und schüttelte ratlos den Kopf.

»Wahrlich unangenehme Zeitgenossen, aber ich muss auch sehen, wo ich bleibe, und beim Begleichen ihrer Zeche sind sie mir bisher nichts schuldig geblieben.«

Konrad legte den Schnappsack, die Tasche mit den Dokumenten vom Burgschreiber und seinen Hut neben sich ab und ließ sich das köstliche Mahl, das ihm eine Magd servierte, schmecken. Der Wirt hatte ihm den großen Hunger wohl angesehen. Mehrere dicke Scheiben von geräuchertem Schinken, dazu gleich vier Spiegeleier und einen ordentlichen Kanten Brot waren eine gut mundende Belohnung für die Anstrengungen des langen Tages.

Konrad nahm sich gerade einen erfrischenden Schluck vom Hauswein, als die Tür aufgestoßen wurde und aus dem Gastraum ein torkelnder Mann hereinstürzte. In seinen Armen hielt er zwei junge Frauen, die lauthals lachend mit ihm hin- und herschwankten. Ohne Umschweife stolperte das Dreiergespann auf Konrad zu. Eine der beiden freizügig gekleideten Mädchen setzte sich direkt an seine Seite. Sie kroch förmlich in Konrad hinein, drückte ihm einen schmatzenden Kuss auf und griff ihm unvermittelt und hemmungslos in den Schritt. Der Mann und das zweite Mädchen flegelten sich ungeniert vor Konrad auf den Tisch, sodass der gesamte köstliche Inhalt des Weinkrugs sich quer über die Holzplatte ergoss.

Ruckartig sprang Konrad auf, schubste dabei das Mädchen von sich und entging so dem überschwappenden Wein, indes landete die junge Frau unsanft mit dem Hinterteil auf dem Boden. Der Mann und seine Gespielin wälzten sich nun vor Lachen auf dem vor Wein triefenden Tisch.

»Seid Ihr immer so zärtlich zu den Damen, junger Herr?«, prustete der Mann dem sich langsam wieder fangenden Konrad entgegen.

»Ihr werdet gleich auf meine Kosten einen vollen Krug bekommen! Ihr seid, wie alle hier im Gasthaus, herzlich eingeladen!«

Konrad wusste nicht, was er zu so viel Dreistigkeit sagen sollte. Er wischte einfach mit der flachen Hand die Sitzbank trocken und nahm wieder Platz. Auch sein Gegenüber setzte sich mit seinem Anhängsel auf dem Schoß zu ihm.

»Ich habe Euch und vor allem Euren auffälligen Hut gleich beim Hereinkommen bemerkt. Übervoll mit bunten Vogelfedern, ein wirklich ausgefallener Kopfschmuck, den Ihr da tragt! Davon gibt es bestimmt nicht viele!«

Mit zusammengekniffenen Augen fixierte er den Hut.

»Er gefällt mir – sagt, wo habt Ihr ihn her, wo bekommt man solche Prachtexemplare?«

Konrad kam das Interesse am Hut des Burgschreibers schon etwas seltsam vor, und er überlegte, wie er reagieren sollte, ohne zu viel preiszugeben.

»Also, das gute Stück habe ich, als ich mein Pferd zur Tränke an einen Bach führte, gefunden.«

»Das nenne ich Glück! Wo war denn das genau?«, fragte der Mann mit deutlich abzulesender Anspannung im Gesicht.

»Wisst Ihr, ich bin nicht aus dieser Gegend, aber ich meine, es war gleich hinter der Ortschaft namens Katlenburg. Ja, genau, ich erinnere mich! Da fließt der Bach recht dicht an der Landstraße entlang. Er hatte sich in einem abgebrochenen Ast verfangen. Das kam mir gerade recht. Ihr müsst wissen, mein alter Hut war schon ziemlich löchrig.«

Der Mann lehnte sich auf dem Stuhl zurück. Mit argwöhnischem Tonfall in seiner Stimme sprach er weiter.

»So so, bei Katlenburg also! Schon merkwürdig, was heutzutage alles so in Bächen herumschwimmt, findet Ihr nicht auch?«

Er sah Konrad misstrauisch an. Doch der hielt dem stechenden Blick regungslos stand und wartete seelenruhig ab.

»Ich mache Euch einen Vorschlag: Da mir der Hut so gut gefällt, kaufe ich ihn Euch ab. Ich gebe Euch – sagen wir Fünf Taler, und obendrein dürft Ihr Euch die ganze Nacht mit meinen Gespielinnen amüsieren. Na, was sagt Ihr dazu?«

Nach diesem erstaunlichen Angebot war Konrad mit einem Schlag klar, dass der Hut für den Mann eine Bedeutung hatte. Für fünf Taler könnte er sich fünf Hüte kaufen, und dann auch noch das schlüpfrige Angebot mit seinen Begleiterinnen! Konrad schüttelte den Kopf.

»Ich fürchte, ich muss Euch enttäuschen! Der Hut ist unverkäuflich.«

Während sich die beiden jungen Frauen schon in Pose schmissen, um mit Konrad in seine Kammer zu steigen, saß der Mann fassungslos da. Dieser Moment dauerte allerdings nur kurz. Im nächsten Augenblick beugte er sich über den Tisch, hielt Konrad mit dem vor ihm liegenden Schinkenmesser in Schach und ergriff den Hut.

Konrad regierte schlagartig. Er sprang auf, schlug dem Mann mit einer schnellen, reflexartigen Bewegung das drohende Messer aus der Hand, zog seinen gut einen Fuß langen Dolch, rammte die scharfe Blankwaffe durch den Hut und fixierte ihn so auf der Tischplatte. Der Mann ließ vor Schreck sofort den Hut los und torkelte einen Schritt zurück. Abwechselnd Konrad und den Dolch anstarrend, schrie er los: »Seid Ihr von Sinnen? Ihr wisst wohl gar nicht, mit wem Ihr Euch anlegt?«

Die Miene des Mannes verdunkelte sich zusehends. Vor Wut überschäumend, hob er drohend die rechte Faust. Konrad blieb ohne Regung stehen und zeigte seinem Gegenüber mit dieser Haltung, dass er bereit war, einer weiteren Auseinandersetzung nicht aus dem Weg zu gehen. Sichtlich überrascht und beeindruckt polterte der Mann wütend los: »Ich habe es im Guten probiert, und so wahr ich hier stehe, auch wenn Ihr Euch nicht auf den Handel einlasst, ich hole mir den Hut, ob Ihr wollt oder nicht!«

Mit diesen Worten stolperte er, mit seinen Gespielinnen im Gefolge, weitere Flüche ausstoßend zurück in den Gastraum. Konrad konnte gerade noch hören, wie er aufgebracht »Das werdet Ihr noch bereuen!« brüllte, bevor er endgültig verschwand.

Alle im Raum atmeten hörbar auf und nickten Konrad bewundernd zu. Er nahm wieder Platz. Gleich darauf gesellte sich ein Gast vom Nachbartisch zu ihm.

»Ist es gestattet? Ich bin stark beeindruckt, mein Herr! Ich glaube, keiner hier im Raum hätte sich das gegen diesen wilden Burschen getraut. Er hat sich nicht zum ersten Mal so aufgeführt!«

»Dann seid Ihr öfter in diesem Gasthaus?«, fragte Konrad.

»Nein, das nicht, aber ich bin hier vor zwei Tagen aus Braunschweig angekommen und in Geschäften mit dem Fürstenhaus unterwegs. Gleich am ersten Abend sind mir zwei Trunkenbolde aufgefallen, und der, der Euch gerade belästigt hat, ist einer der beiden. Mit großspurigen Sprüchen haben die Burschen angegeben. Sie haben versucht sich mit ihren Heldentaten gegenseitig zu überbieten. Zuhörer, die sie allesamt freihielten, hatten sie ja genug.«

Konrad wurde immer hellhöriger.

»Ihr sagtet „Heldentaten"? Was für Heldentaten?«

»Nun, sie prahlten, sie hätten da einen gefährlichen Auftrag an Land gezogen, bei dem es ordentlich was zu verdienen gab, einen Auftrag, der von höchster Stelle abgesegnet worden sei. Quasi hätten sie dem da oben auf dem Hügel, damit meinten sie offensichtlich den Herzog, einen großen Gefallen getan und für ihn ein Problem aus dem Weg geräumt, das der Obrigkeit viele silberne Taler wert gewesen sei.«

»Heißt das etwa, sie haben jemanden ...«, Konrad konnte den Satz nicht zu Ende bringen, denn schon mischte sich der fremde Gast erneut ein.

»Sie haben jemanden im Auftrag umgebracht, ich denke, genau das heißt es. Sonst hätten sie wohl nicht so viel Taler bekommen, um hier Tag für Tag alle Menschen freizuhalten. Vorausgesetzt natürlich, die prahlerische Geschichte stimmt.«

»Ihr zweifelt? Zuzutrauen wäre zumindest dem Schurken, den ich ja soeben aus nächster Nähe kennenlernen durfte, sicherlich einiges.«

»Da pflichte ich Euch bei, und außerdem: Woher sollten diese Burschen sonst so viel Barschaft haben? Ich glaube, dass nun auch Ihr Euch vor ihnen in Acht nehmen müsst. So, wie Ihr dem

Kerl zugesetzt habt, ist das bestimmt für den Halunken noch nicht erledigt!«

Konrad trank nur noch einen Becher Wein und zog sich bald auf seine Kammer zurück. Er wollte auf keinen Fall in der Nacht überrascht werden, und da sich sein Zimmer nicht absperren ließ, stellte er zwei Hocker lose aufeinandergestapelt hinter die Tür, um bei einem unverhofften Eindringling vorgewarnt zu werden.

Es war inzwischen tiefe Nacht. Die Lärmkulisse, die aus dem Gastraum über den Treppenaufgang nach oben drang, war unwesentlich leiser geworden. Konrad hatte zwar seine müden Augen geschlossen, doch nicht nur wegen der vielen Geräusche war an einen ruhigen Schlaf nicht zu denken. Immer und immer wieder versuchte er, sich auf das heute Erlebte einen Reim zu machen. So lag er auf der Strohmatratze, in der rechten Hand seinen langen Dolch und neben ihm auf dem Bett die schussbereite Radschlosspistole, die ihm der Amtmann mitgegeben hatte.

Irgendwann zollte er dann doch der Erschöpfung Tribut und dämmerte hinüber ins Reich der Träume. Stille, endlich Stille, bis es ihn durchfuhr! Als ob er von einem Blitz getroffen wurde, richtete sich Konrad schlagartig auf. Mit weit aufgerissenen Augen starrte er zur Tür, doch es waren keine umgestürzten Hocker, die ihn so abrupt zurück in die Wirklichkeit holten. Vielmehr strömten all seine Gedanken, die er bisher nicht richtig ordnen konnte, auf einen ihn erleuchtenden Punkt zu.

»Genau, das ist es!«, quollen unvermittelt die Worte aus seinem Mund.

Schweißtropfen perlten ihm über die Stirn und rannen brennend in seine Augen. Wie in Trance setzte Konrad sein Selbstgespräch fort.

»Der alte Wirt im Wegkrug von Katlenburg sagte doch: „Vor dem Gasthaus warteten auf den Fremden, der mit dem Burgschreiber gestritten hatte, zwei zwielichtige Burschen mit den Pferden." Sollten diese beiden etwa dieselben sein, die im Hinterhalt an der Brücke Otto Berlein aufgelauert und ihn erschlagen hatten und die hier im Gasthaus nun seit Tagen ihren Mordlohn versoffen und verhurten? Dann war am Ende der schwarz gekleidete Fremde der Auftraggeber, denn der wollte sicherlich verhindern, dass der Burgschreiber seine Drohung wahr machte und hier auf dem Schloss dem Fürsten Bericht erstattete. Na klar, dann hat der Bursche heute Abend den auffälligen Hut des Burgschreibers wiedererkannt und wollte ihn nur haben, um ihn verschwinden zu lassen!«

Konrad war inzwischen hellwach. Er wischte sich den Schweiß aus seinem Gesicht und sprang auf.

»Dann wäre ja, wenn die beiden Burschen die Wahrheit gesagt haben, der Auftraggeber nicht der Amtmann aus Salzderhelden, sondern tatsächlich jemand hier oben im Schloss. Und wenn Otto Berlein dem Herzog Bericht erstatten wollte, dann kann es eigentlich nur einer seiner Hofbeamten gewesen sein, der genau das vereitelt hat!«

Nur an einem Punkt rätselte Konrad weiter herum. In den Wortfetzen, die der alte Wirt aufgeschnappt hatte, war von Silber die Rede. Woher wusste der Hofbeamte von den Silbermünzen der Salzsiedergemeinschaft, die der Burgschreiber im Auftrag des Bürgermeisters versteckt hatte? Aber es sah so aus, als ob es bei dem Streit im Wegkrug um das Versteck ging. Wenn Konrad sich nicht irrte, wenn seine Gedanken den richtigen Weg gegangen waren, dann musste er bei den Nachforschungen im Schloss sehr vorsichtig sein. Nur so konnte er die Person herausbekommen, die hinter allem steckte! Konrad schüttelte seinen Kopf.

»Auf was habe ich mich da nur eingelassen?«, sagte er zu sich selbst, bis die Stille durch lautes

Gebrüll und polternde Geräusche unterbrochen wurde.

In einer Hand den Dolch, griff er mit der anderen sofort nach seiner Pistole, steckte sich die Waffe in den Gürtel, räumte die Hocker zur Seite und öffnete vorsichtig die Kammertür. Nur ein, zwei Gäste, die verschreckt aus ihren Zimmern auf den Flur getreten waren, starrten verängstigt zur steilen Treppe, als warteten sie darauf, dass Luzifer persönlich jeden Moment erscheinen würde. Tumultartiger Lärm dröhnte aus dem Untergeschoss hoch. Dann ein schriller Schrei! Wie oft hatte er als Soldat genau diesen letzten, markerschütternden Jammerlaut aus nächster Nähe gehört! Es war der Augenblick, wenn sich ein spitzes Stück Eisen in einen Körper bohrt und ein Mensch mit letzter Atemluft ins Jenseits glitt. Konrad tastete sich vorsichtig auf den Stufen zum Gastraum hinunter. In der Stube lagen etliche Tische und Bänke kreuz und quer übereinander. Auf dem Fußboden wälzte sich stöhnend ein blutverschmierter Mann. Die beiden jungen Frauen, die Konrad als Gespielinnen dienen sollten, hockten sich gegenseitig umklammernd, schluchzend und zitternd in einer Ecke. Von der Eingangstür kam ihm wild gestikulierend der Wirt entgegen.

»Ich hab´s ja gewusst, ich hab´s ja gewusst! Es konnte einfach kein gutes Ende nehmen!« Mit diesen Worten blieb er wie angewurzelt vor Konrad stehen.

»Was um alles in der Welt ist hier geschehen?«

Mit bebender Stimme und apathisch wirkendem Blick stammelte er weiter.

»Sie haben die beiden wilden Burschen abgeholt! Die haben sich mit Händen und Füßen gewehrt. Den einen haben sie gleich vor der Tür abgestochen. Dann sind sie mit ihnen davongaloppiert.«

Konrad machte einen Schritt auf ihn zu.

»Wer hat sie abgeholt? Wer waren die Männer? Habt Ihr sie gekannt?«

Der Wirt stand mit starrem Blick und weit aufgerissenen Augen da. Sein Mund öffnete sich zwar, aber er brachte kein Wort über seine Lippen. Konrad schüttelte ihn kräftig durch.

»Wer – sagt schon, wer waren die Männer? Antwortet!«

Der Wirt fing sich wieder und sah Konrad aus angsterfüllten Augen an.

»Sechs – es war ein halbes Dutzend Reiter. Sie hatten ihre breitkrempigen Hüte tief in ihre Gesichter gezogen. Sie trugen alle lange, schwarze Umhänge. Ich konnte keinen erkennen.«

»Ist Euch nicht doch irgendetwas aufgefallen? Irgendein Anhaltspunkt, der ihre Herkunft verraten hat? Überlegt noch mal!«

Der Wirt schloss kurz die Augen.

»Die Satteldecke! Auf der Satteldecke war ein Wappen!«

Er öffnete wieder die Augen.

»Es war das Wappen unseres erlauchten Fürsten! Das Wappenschild derer von Braunschweig-Lüneburg! Einer der Reiter hat mich fast über den Haufen geritten, dabei habe ich es ganz nah gesehen.«

»Seid Ihr sicher? Das würde ja heißen ...«, Konrad unterbrach den Satz, denn es passte zu seiner Annahme, dass der Auftraggeber der Mordgesellen aus dem Schloss kam. Wahrscheinlich waren die Burschen zu redselig geworden und mussten deshalb aus dem Weg geräumt werden! Dies Ereignis zeigte ihm eindrucksvoll, dass er sehr, sehr vorsichtig vorgehen musste, um nicht auch noch sein eigenes Leben zu verwirken.

Die Morgenröte hinter den blassen Harzbergen kündigte einen für Konrad spannungsgeladenen Tag an. Heute wollte er mit dem Hut des

Burgschreibers den geheimnisvollen Unbekannten herausfordern. Er hoffte, ihn so weit zu provozieren, dass er sich durch sein Tun und Handeln verraten würde. So weit der Plan, den er sich zurechtgelegt hatte. Nur was dann? Selbst wenn man ihn zum Herzog vorließe, würde der ihm glauben? Oder stimmte am Ende sein Gedankengebilde doch nicht, und die Soldaten des Fürsten würden ihn gar wegen falscher Anschuldigungen in den Kerker sperren.

In Gedanken vertieft begann er den Aufstieg zum Schloss. Sein Ross ließ er gut versorgt im Stall des Gasthauses zurück. Steil führte die schmale Zuwegung aus dem Flecken Herzberg hinauf auf den Bergsporn, der, rund 150 Fuß über dem Ort, einen idealen Platz für die imposante Vierflügelanlage bildete. Da es noch sehr früh am Morgen war, beschloss Konrad, die Torwachen noch nicht zu stören. So baute er auf dem Vorplatz seine Staffelei auf und begann, das Schloss zu skizzieren. Eingerahmt von sieben jungen Linden; ein idealer Standort zum Erfassen der Gebäudefront mit dem vorderen Torturm, dem sich anschließenden Zwinger und der Ostseite, der auf Mauerwerk einer alten Burganlage aufgesetzten, langgezogenen Fachwerkwand.

Konrad war ganz in seinem Element. Lange hatte er nicht mehr die Zeichenfeder in der Hand gehalten. Einst seine große Leidenschaft, war es wie ein Wink des Schicksals, nun in der Person des Edmund Mengler wieder zu ihr zurückzufinden. Es fühlte sich so gut an, dass er für den Augenblick alles um sich herum vergaß. Nach einigen Momenten hatte er sogar das Gefühl, als würde ihm jemand die Hand führen, so wie es einst, bei seinen ersten Versuchen, sein Vater Robert getan hatte.

Konrad hielt kurz inne. „Vater, wo magst du jetzt wohl sein!", dachte er, und unwillkürlich griff er nach seinem Amulett. Die geschwungenen Konturen des Heidenportals waren oft die Übungslinien gewesen. Sein Vater hatte sie mit ihm zusammen immer wieder gezeichnet und ihm dabei vermittelt, dass man nur mit einer lockeren Hand geschwungene Linien perfekt ausführen kann. Konrad schloss die Augen und tauchte für einen Moment in seine Vergangenheit ab. Er musste in sich hineinschmunzeln, denn auch Johanna sah er plötzlich vor sich, Johann, wie sie im Hüttenwerk in Hirzenhain auch genannt wurde. Ob sie, wenn sie ihr Amulett in den Händen hielt, auch an ihn denken würde?

Ein Quietschen und Knarren riss Konrad abrupt aus seinem Tagtraum. Das massive, mit

Eisenbändern beschlagene Außentor zum Schloss öffnete sich und ein Einspänner, begleitet von fünf schwerbewaffneten Reitern, fuhr auf Konrad zu. Die junge Dame, die gekonnt die Zügel führte, parierte direkt neben ihm ihren bildschönen Glanzrappen durch, und die zweirädrige Kutsche kam unmittelbar an seiner Staffelei zum Stehen. Während sich die Reiter sofort um Konrad platzierten, strich sich die Dame die Kapuze ihres langen Samtumhangs vom Kopf und sprach ihn an: »Seid mir gegrüßt, mein Herr! Welch seltener Anblick auf unserem Schlossberg! Ein wahrhaftiger Künstler, wie mir scheint, hat sich zu uns verirrt!«

Nach dem edlen Ross und der kostbaren Robe zu urteilen, hatte er eine wahre Dame vor sich. Er war irritiert, ja sogar etwas verlegen, und musste schnell möglichst angemessene Worte finden. Blitzschnell legte er die Zeichenfeder aus der Hand, machte eine tiefe Verbeugung und schwenkte dabei seinen Hut.

»Edmund Mengler, Zeichner des ehrenwerten Matthäus Merian aus dem fernen Frankfurt, zu Euren Diensten!«

Konrad hatte sich kaum wieder aufgerichtet, als ihn unvermittelt einer der Reiter grob mit seinem Degen von hinten anstieß.

»... zu Euren Diensten, Hoheit ... so heißt das, du Dummkopf!«

Sofort mischte sich die Dame ein.

»Lasst es gut sein, Leutnant Hoffmann!«, herrschte sie den Offizier ungehalten an, um dann um so sanfter im Tonfall sich wieder Konrad zuzuwenden.

»Verzeiht, ich vergaß mich Euch vorzustellen! Mein Name ist Anna Eleonore von Braunschweig-Lüneburg. Ich bin sozusagen die Hausherrin auf Schloss Herzberg.«

Konrad verbeugte sich nochmals.

»Halten zu Gnaden, Eure Hoheit, ich konnte ja nicht ahnen, dass ich Euch auf diesem Weg begegnen würde.«

Die Herzogin lächelte ihn huldvoll an.

»Soll das etwa heißen, Ihr hattet vor, mich zu treffen?«, fragte die Fürstin erstaunt.

»Eure Hoheit, mein Weg führte mich von Eurer Burg in Salzderhelden direkt hierher. Auf der Suche nach bedeutenden Motiven machte mich Euer dortiger Amtmann auf dieses imposante Schloss hier in Herzberg aufmerksam.«

Konrad holte das Empfehlungsschreiben aus seinem Schnappsack und hielt es hoch.

»Dazu bat er mich, nach dem Burgschreiber Otto Berlein Ausschau zu halten. Der war bereits vor über einer Woche zu Euch aufgebrochen und ist somit in Salzderhelden längst überfällig.«

»Otto Berlein, an den erinnere ich mich gut! Bei seinem letzten Besuch, das muss vor einem Vierteljahr gewesen sein, habe ich diesen lustigen Naturkundler aus Salzderhelden kurz getroffen. Er brachte mir ein paar von ihm selbst gesammelte Kräuter für meinen Leibkoch mit.«

Die Herzogin sah Konrad nachdenklich an.

»Und der soll hier bei uns schon seit etlichen Tagen im Schloss weilen, ohne dass er sich bei mir angemeldet hat?«

»Eure Hoheit, ich weiß nur, dass er von einem Boten aus Herzberg vor etwa zehn Tagen aufgefordert wurde, sich unverzüglich mit seinen Inventarbüchern zum Schloss auf den Weg zu machen.«

Die Herzogin schüttelte ihren Kopf und sah dabei den Leutnant ihrer kleinen Schutztruppe auffordernd an.

»Langsam habe ich das Gefühl, dass, seitdem der Herzog in Geschäften in Braunschweig weilt, hier in unserer Residenz so einiges nicht mehr mit rechten Dingen zugeht. Habt Ihr ihn vielleicht in den letzten Tagen gesehen?«, fragte sie den Leibgardisten.

»Eure Hoheit, ich kann mir nicht vorstellen, dass er bei uns weilt! Es wäre mir bestimmt nicht entgangen.«

Die Fürstin musterte nochmals Konrad ganz genau.

»Was ist mit dem Hut, den Ihr da tragt? Mit dem ausgefallenen Federschmuck sieht dieser, soweit ich mich erinnere, dem des Burgschreibers frappierend ähnlich!«

»Eure Hoheit, den Hut fand ich am Ufer der Oder, dem Bach, der bei der Ortschaft Katlenburg dicht an die Landstraße reicht. Da der meinige schon sehr gelitten hatte, habe ich ihn gegen dieses herrenlose Stück kurzerhand ausgetauscht.«

»Wie es auch immer sei, ich werde nun meine tägliche Morgenrunde um Herzberg fahren, und ich würde mich freuen, wenn Ihr, mein lieber Herr Mengler, mir anschließend noch etwas Gesellschaft leistet und mir ein wenig Eure Kunst des Zeichnens demonstriert.«

Die Herzogin wies Konrad noch an, sich in der Schlossküche versorgen zu lassen, schnalzte mit der Zunge, gab die Zügel frei und ihr feuriger Glanzrappe trabte mit ihr und dem Einspänner leichtfüßig davon.

Als sich Konrad am Tor auf die Schlossherrin berief, wurde er unverzüglich zu ihrem Leibkoch geführt und von diesem überschwänglich mit köstlichsten Leckereien verwöhnt. Konrad gingen die Augen über. So ein Morgenmahl hatte er noch nie serviert bekommen! Nicht nur frisch gebackenes Brot stand vor ihm auf dem hergerichteten Tisch: Weiterhin gab es zur kräftigen Morgensuppe gebratenes Hühnchen, Rühreier mit Schinkenspeck, eine umfangreiche Platte Harzer Käsespezialitäten und obendrein einen süßlichen vollmundigen Wein.

Das reichliche Mahl wollte verdaut werden, und so beschloss Konrad, im Burghof ein wenig auf- und abzuwandern und sich dabei gleich etwas näher umzusehen. Er stieg über eine Steintreppe aus dem Kellergeschoss, in dem die Schlossküche untergebracht war, hinauf in den rechteckigen, 58 mal 40 Schritt großen Hof. Bis auf eine Front der Vierflügelanlage waren die anderen Wände im ersten und zweiten Obergeschoss in Fachwerkbauweise ausgeführt. Sofort ins Auge fiel ihm ein mit figürlichen Schnitzereien reich verzierter, quadratischer Turm. Im mittleren Gefach, direkt unterhalb der Turmspitze, entdeckte Konrad eine große Uhr. Ganz vertieft und fasziniert von diesem technischen Meisterwerk bemerkte er gar nicht, wie sich ihm ein Mann von hinten näherte.

»Unser Schlossturm, ein wahres Schmuckstück«, klang es fast im Flüsterton nah an Konrads Ohr.

Konrad erschrak, zuckte zusammen und machte schnell einen Ausfallschritt zu Seite.

»Oh, ich wollte Euch nicht erschrecken, mein Herr!«

Konrad lief es eiskalt über den Rücken. Vor ihm stand ein dürrer, großer Mann im schwarzen Gewand und mit genau den weinroten Strümpfen zur Kniebundhose, wie es ihm der alte Wirt in Katlenburg beschrieben hatte.

»Wer seid Ihr, und was treibt Ihr hier?«, fragte er weiter.

Konrad musste sich kurz sammeln. „Jetzt nur nichts Falsches sagen!", dachte er. Mit einer Verbeugung und geschwenktem Hut stellte er sich vor.

»Halten zu Gnaden, mein Name ist Edmund Mengler, Zeichner im Auftrag des ehrenwerten Matthäus Merian aus dem fernen Frank ....«, die letzte Silbe ging im unvermittelt erschallenden lauten Hufgetrappel unter.

Mit schwungvoller Fahrt steuerte die Herzogin ihren Einspänner durch das Torhaus auf den gepflasterten Burghof. Sofort sprang ein Pferdeknecht herbei und fasste den Rappen am

Kopfgeschirr. Ein Diener und eine Kammerfrau eilten ebenfalls auf den Hof, um der Fürstin aus der einachsigen Kutsche zu helfen. Der in schwarz gekleidete Mann deutete mit einem Kratzfuß einen Gruß an und auch Konrad verbeugte sich tief.

»Ah, da seid Ihr ja, Herr Mengler! Ich hoffe, das Morgenmahl hat Euch gemundet? Ihr müsst wissen, ich kann einfach zu früher Stunde, bis auf etwas frisches Obst, noch nichts speisen! Ich freue mich daher auf die Mittagstafel! Die ist so reichlich, dass ...«, die Herzogin machte eine abwinkende Bewegung, »na, Ihr werdet die vielen leckeren Gerichte auch noch kosten können!«

Den Hofbeamten schien sie gar nicht zu beachten, nur ihren Diener sprach sie an: »Fritz, führe unseren Gast schon mal in den blauen Salon! Ich werde mich kurz frischmachen, und dann bin ich gespannt, Eure Zeichenkunst zu bewundern!«

Schon im Weggehen begriffen, hielt sie kurz inne, drehte sich um und sprach den Mann im schwarzen Gewand an.

»Ach, ich vergaß! Herr von Stolzleben, zur Mittagsstunde möchte ich, dass Ihr kurz zu uns kommt! Ich hoffe, Eure wertvolle Zeit lässt es zu.«

Mit diesen ironisch ausgesprochenen Worten verschwand die Fürstin mit ihrer Kammerfrau im Treppenturm des Palas. Der Hofbeamte erwiderte die Bitte der Herzogin nur mit einem sich verfinsternden Gesicht, für Konrad ein deutliches Zeichen, dass zwischen diesem unheimlich wirkenden Mann und der Herzogin nicht alles im Reinen war.

Konrad überlegte erneut, ob – und wenn ja, wie – er seinen Verdacht gegenüber der Fürstin äußern sollte. Allerdings machte ihm die soeben erlebte Szene durchaus auch Mut. Er beschloss, zunächst noch etwas mehr über seinen Verdächtigen herauszubekommen.

Je länger er auf die Herzogin warten musste, umso nervöser wurde Konrad. Doch als dann die Kammerdame ihre Herrin ankündigte, die Tür öffnete und die Fürstin mit einem warmen Lächeln eintrat, löste sich bei ihm schlagartig die Anspannung. Konrad erhob und verbeugte sich. So nah war er einer Dame von so hoher Geburt noch nie gekommen!

Er fühlte sich im ersten Moment vom Anblick ihres Auftritts wie geblendet. Sie trug ein großzügig geschnittenes, sanft fallendes Kleid aus edler, pastellblauer Seide. Die gebauschten Ärmel waren zu den nackten Unterarmen hin mit aufwändigen Spitzenstickereien und Perlen verziert. Das tiefe Dekolleté gab einen ihn verzaubernden Blick auf ihren schlanken Hals und den oberen Ansatz ihrer hochdrapierten Brüste frei. Ihre zarte, schneeweise Haut wurde von einem dreireihigen Perlencollier geschmückt. Ihre Taille unterstrich ein schmales, tiefrotes Samtband mit einer stilisierten Rose, in deren Zentrum eine weitere große Perle glänzte. Zur Krönung des Auftritts schmückten ihr rotblondes Haar viele gedrehte Schläfenlocken mit eingedrehten Seidenbändchen, die, mit kleinen Perlen verziert, die Pracht vervollkommneten.

»Behaltet Platz, Herr Mengler! Ich muss gestehen, Ihr seid mir eine willkommene Abwechselung! Ich habe zwar durch meine Kammerdamen ganz nette Gesellschaft, aber die Konversation begrenzt sich doch sehr auf das tägliche Allerlei. Am besten, ich höre jetzt auf zu reden, und Ihr zeigt mir Eure Kunst.«

Konrad hatte bereits seine Staffelei aufgebaut und die Ledermappe mit Menglers Entwürfen daraufgelegt. Er öffnete sie und brachte die erste Zeichnung in Position.

»Darf ich Eure Hoheit bitten, etwas näher heranzutreten!«

Die Herzogin fing an, die Sammlung von Zeichnungen durchzublättern. Sie nahm Blatt für

Blatt in ihre Hände. Ausführlich betrachtete sie jedes noch so kleine Detail.

»Unglaublich! Ihr wart wirklich an all diesen Orten, habt all die Schlösser, Kathedralen, Burgen und Städte mit eigenen Augen gesehen und dann mit Eurer Feder festgehalten?«

Einmal mehr schien Konrad in der Rolle des Edmund Mengler zu überzeugen. Er fing an, sich in der Person des Künstlers richtig wohlzufühlen. Die Fürstin brachte einen tiefen Seufzer hervor.

»Ich beneide Euch, Herr Mengler! Aber so ein freies Leben ist wohl ein Privileg der Männer. Während ich hier das Schloss hüten muss, ist mein Gemahl, der Herzog, ständig unterwegs.«

»Eure Hoheit, es ist sicherlich ein Vorzug, reisen zu dürfen, aber in diesen schweren Kriegszeiten ist es auch nicht ungefährlich durch die Lande zu ziehen!«

Als die Fürstin eine Zeichnung zurücklegen wollte, rutschte ein Blatt aus der Mappe und fiel zu Boden. Konrad bückte sich blitzschnell und hob es auf. Hierbei rutschte ihm sein Amulett aus dem Gewand, und bevor er es wieder wegstecken konnte, hatte sie es schon entdeckt.

»Herr Mengler, was tragt Ihr da um Euren Hals?«

Schnell griff sie zu und betrachtete das kleine Kunstwerk.

»Was hat das zu bedeuten? Das sieht ja aus wie ein – ein ...«, Konrad ließ sie nicht ausreden und ergriff das Wort.

»Ein heidnisches Motiv – Eure Hoheit haben recht. Es ist das Relief vom Heidenportal, zu finden im ehrwürdigen Dom zu Wetzlar, meiner Heimatstadt.«

Erschrocken zog die Herzogin ihre Hand zurück und bekreuzigte sich.

»Das mag wohl sein, aber wie kommt Ihr dazu, so etwas zu tragen?«

Konrad fing an, ihr von seiner Jugendzeit, von seinem Vater und von der Lehre in Hirzenhain zu berichten und betonte, dass er dieses ihm so viel bedeutende Relief als Glücksbringer selbst angefertigt habe. Die Fürstin nahm es noch einmal in ihre Hände und betrachtete es nun umso genauer.

»Wie mir scheint, Herr Mengler, steckt Ihr voller Geheimnisse!«

Mit diesen Worten drehte und wendete die Herzogin das Amulett und hielt es sich sogar auf ihr Dekolletee. Das geschwärzte Eisen – mit den geschwungen Hörnern des Heidenportals – kam auf der schneeweißen Haut der Fürstin ganz besonders zur Wirkung.

»Eure Hoheit, ich muss gestehen, dass mir dieses Amulett schon in einigen gefährlichen

Situationen nicht nur Glück gebracht, sondern mir auch erstaunliche Kräfte verliehen hat.«

Die Herzogin zuckte zusammen und legte das kleine Kunstwerk zurück in Konrads Hände. Dabei bemerkte er, dass ihre Arme plötzlich von einer Gänsehaut überzogen wurden. Nochmals bekreuzigte sich die strenggläubige Fürstin.

»So langsam wird es mir ein wenig unheimlich mit Euch!«

Sie senkte kurz ihren Blick, um dann mit einem koketten Augenaufschlag Konrad anzuschauen.

»Ich muss Euch gestehen, dass Ihr mich ein wenig verwirrt! Es fühlt sich aufregend, um nicht zu sagen erregend, aber im nächsten Moment auch gleich wieder verboten an.«

Die Fürstin wandte sich ab, schritt auf eines der großen Fenster zu und sah hinaus.

»Bei Gott, was tu ich hier? Nur gut, dass uns niemand zuhört! Der Herzog wäre sicherlich empört, wenn er davon erfahren würde, wie sich seine Gemahlin einem wildfremden Mann gegenüber aufführt.«

»Eure Hoheit, es tut mir unendlich leid, aber glaubt mir, ich wollte Euch auf keinen Fall in Verlegenheit bringen! Seid versichert, Eure Hoheit, dass über das Geschehene und Gesagte kein Wort über meine Lippen nach außen dringen wird.«

Nicht gerade geübt in der hohen Kunst der Konversation mit hochrangigen Persönlichkeiten, wunderte Konrad sich über sich selbst, wie er spontan diesen Satz herausgebracht hatte. Dass er jemals eine Fürstin so verwirren könnte, hätte er in seinen kühnsten Träumen nicht gedacht. Aber auf der anderen Seite bahnte sich hier eine für ihn durchaus nicht unvorteilhafte Gesprächsebene an, um sein eigentliches Anliegen, den Mordverdacht an Otto Berlein, doch noch zu äußern.

Die Herzogin wandte sich wieder Konrad zu. Ihr sicherer Blick, gepaart mit einem Lächeln, zeigten ihm, dass es ihr offensichtlich doch nicht so zu Herzen ging. Womöglich hatte Konrad sie unterschätzt. Vielleicht wollte sie ihn ein wenig auf die Probe stellen! Oder war es gar nur ein Spiel einer gelangweilten Schlossherrin, für die jeder Gast ein gefundener Zeitvertreib war? Konrad bemühte sich, einen klaren Gedanken zu fassen.

»Macht Euch keine Sorgen! Auch wenn es so scheint, als ob ich hier im goldenen Käfig auf Schloss Herzberg – weit weg von allem – lebe, so bin ich doch weltoffener und auch politisch engagierter, als es manchem in meinem Umfeld lieb ist. Am besten, Edmund Mengler, Ihr steckt Euer Amulett schnell wieder an seinen Platz. Ich hoffe für Euch, dass die magische Kraft Eures Glücksbringers Euch – mit Gottes Hilfe – auch weiterhin beschützt.«

»Mit Verlaub, Eure Hoheit, da fällt mir ein Stein vom Herzen, denn ich wollte Euch auf keinen Fall ….«, die Herzogin unterbrach ihn, und ihre nächste Frage kam Konrad wie gerufen.

»Lasst es gut sein, lieber Herr Mengler, aber mir geht da doch unser Burgschreiber nicht aus dem Kopf! Seid ihr Euch sicher, dass er hier zu uns auf das Schloss Herzberg bestellt wurde?«

Konrad erzählte der Fürstin nochmals den Anfang der Geschichte und wie er vom Fundort des Hutes die Spur aufnahm und dann einen verwesten Leichnam fand. Ebenfalls erzählt er ihr, dass der Hut hier im Gasthaus für großes Aufsehen gesorgt hatte, dass zwei verwegene Burschen mit Talern nur so um sich warfen und dass Reiter, mit herzoglichen Wappen auf den Satteldecken, einen der beiden ermordeten und die Männer dann fortschleppten.

»Ihr seht mich erschrocken, Herr Mengler! Auch ich kannte, wie ich schon erwähnte, den Otto Berlein. Ich habe ihn als geradlinigen, ehrlichen Mann kennengelernt und glaube bestimmt, dass er sich nicht auf krumme Geschäfte eingelassen hat. Deswegen wundert es mich nicht, dass er direkt zu mir oder zum

Herzog wollte, um sein Herz auszuschütten. Es gibt in einer Residenz wie der unsrigen hier in Herzberg immer politische Spielchen und Machtinteressen von Personen, denen ihre Einflussnahme nicht ausreicht. Für mich ist unser Kämmerer so eine zwielichtige Figur, auch wenn es mein Gemahl, der Herzog, nicht wahrhaben will.«

Die Fürstin läutete eine Tischglocke, und ein Kammerdiener trat ein.

»Fritz, bittet Herrn von Stolzleben zu uns, und auch Leutnant Hoffmann soll sich bereithalten.«

Konrad hängte den Hut und die Leinentasche mit den Büchern der Heldenburg demonstrativ an die Staffelei und stellte sich direkt daneben, während die Herzogin auf einem prunkvoll verzierten Hochlehnenstuhl Platz nahm. Als der Hofbeamte angekündigt wurde, stockte Konrad der Atem. Der Kämmerer trat ein. Die hagere, große Gestalt, das schwarze Gewand, rote Strümpfe zur Kniebundhose und nun auch noch der hinkende Gang, so, wie der alte Wirt aus Katlenburg den Fremden beschrieben hatte: Alles passte! Konrad hatte keine Zweifel mehr, dass er den Verantwortlichen für das Verschwinden des Burgschreibers vor sich sah.

»Eure Hoheit – was kann ich für Euch tun?«, erklang seine hohe Stimme, wobei die Aufmerksamkeit nur kurz der Herzogin galt. Der Hut, Otto Berleins Hut und die Tasche, zogen seinen Blick magisch an.

»Wie ich bemerke, Herr von Stolzleben, scheint Ihr den Hut und die Tasche zu kennen!«, übernahm die Fürstin selbstsicher das Wort.

Sichtlich verunsichert kam seine Antwort.

»Der Hut?«, ein nervöses Zucken überzog sein Gesicht.

»Wenn mich nicht alles täuscht, handelt es sich hier um das ausgefallene Stück von Otto Berlein. Ja, und auch die Tasche könnte ihm gehören.«

Mit zusammengekniffenen Augen fixierte er nun Konrad.

»Doch wie um alles in der Welt kommt dieser Herr, der Herr Zeichner dazu ...?«

Konrad wollte antworten, doch die Herzogin übernahm das Wort. Ihr Tonfall wurde schärfer.

»Dieser Herr Zeichner heißt Edmund Mengler; er hat den Hut am Oderbach gefunden, und die Tasche lag herrenlos im Wegkrug in Katlenburg. Findet Ihr das nicht merkwürdig?«

Der Kämmerer gab den Ahnungslosen.

»In der Tat, Eure Hoheit, das verwundert mich wirklich! Das alles müsste er ja schon vor einem viertel Jahr dort verloren haben! Da war Otto

Berlein das letzte Mal hier auf Schloss Herzberg. Ich erinnere mich noch genau, denn er legte mir die Inventarbücher vor und wollte mal wieder eine nicht unbedeutende Summe für eine Dachreparatur am Junkerhaus der Heldenburg herausschlagen.«

Konrad konnte sich nicht mehr zurückhalten und polterte regelrecht los: »So, so, vor einem viertel Jahr wollt Ihr den Burgschreiber gesehen haben! Merkwürdig ist nur, dass man Euch vor einigen Tagen im Wegkrug in Katlenburg zusammen mit Otto Berlein gesehen hat, dass Ihr im Streit auseinandergegangen seid und dass er seitdem verschwunden ist!«

Der Kämmerer lief rot an, schäumte vor Wut und machte drohend einen Schritt auf Konrad zu. Der aufgebrachte Hofbeamte legte jeden Respekt gegenüber der Fürstin ab. Sein Gesichtsausdruck und die Körpersprache zeigten Konrad deutlich, dass er auf der richtigen Spur war, aber auch, dass mit dem einflussreichen Mann nicht zu spaßen war. Seine Stimme überschlug sich förmlich.

»Was glaubt Ihr, wer Ihr seid, dass Ihr mir, dem Kämmerer des Herzogs Georg von Braunschweig-Lüneburg, diese haltlosen Unterstellungen auftischt! Ich habe das Schloss schon seit mehr als zwei Wochen nicht mehr verlassen und kann Euch mindestens ein Dutzend Menschen benennen, die das bezeugen können!«

Aufgeschreckt durch die laute Stimme öffnete Leutnant Hoffmann, der Offizier der Leibgarde, die Tür. Mit der Hand am Degen stand er da und sah die Fürstin fragend an, die ihm aber sofort mit einer Handbewegung deutete, die Tür wieder zu schließen.

Der Kämmerer hatte in seiner Rage davon überhaupt keine Notiz genommen. Er machte einen weiteren Schritt mit geballter linker Faust und ausgestrecktem rechten Zeigefinger auf Konrad zu.

»Dahergelaufene Künstler wie Ihr sollten sich sehr in Acht nehmen, was sie behaupten! Her mit der Tasche, diese Dokumente sind nicht für unbedarfte Hände bestimmt! Ihr könnt von Glück reden, dass sich der Herzog auf Reisen befindet, sonst würde er Euch in den Kerker werfen lassen!«

Nach diesem Einschüchterungsversuch griff die Fürstin mit angehobener Stimme ein.

»Herr von Stolzleben, mäßigt Euren Ton! Nur weil der Herzog nicht zugegen ist, müsst Ihr nicht glauben, dass Ihr in meiner Gegenwart wie ein gewöhnlicher Bauer herumbrüllen könnt! Herr

Edmund Mengler besitzt mein vollstes Vertrauen, und es gibt da durchaus weitere schlüssige Hinweise für die Richtigkeit seiner Behauptungen. Ich weiß zwar noch nicht, was hinter all dem steckt; aber glaubt mir, sobald der Herzog wieder im Schloss weilt, werden wir der Sache auf den Grund gehen!«

Selbstbewusst erhob sich die Fürstin von ihrem Stuhl.

»Unterschätzt mich nicht, Herr von Stolzleben! Ob das Vertrauen, das mein Gemahl in Euch hegt, bis in letzter Konsequenz gerechtfertigt ist, werden wir sehen. Ich kann Euch nur empfehlen, geht noch einmal in Euch und denkt darüber nach, was Ihr sagt! Da Ihr die Dokumente, wie Ihr selbst sagtet, erst vor einem viertel Jahr geprüft habt, wird Herr Mengler die Tasche wieder mit nach Salzderhelden nehmen!«

Der Hofbeamte wollte nochmals das Wort ergreifen, doch die Herzogin komplimentierte ihn mit einer Handbewegung hinaus.

»Wie ich Euch bereits sagte, Herr Mengler: Dieser Kämmerer ist eine machtbesessene, durchtriebene Persönlichkeit! Leider mit zu großem Einfluss hier im Schloss! Der Herzog wird in wenigen Tagen zurückerwartet. Bis dahin müssen wir Geduld haben.«

Sie rief Leutnant Hoffmann von ihrer Leibgarde herein. Der stand, wie sie Konrad versicherte, garantiert nicht unter dem Einfluss des Hofbeamten, ganz im Gegenteil, der Offizier war der Fürstin treu ergeben. Ihn beauftragte sie, herauszubekommen, ob und wann Reiter das Schlossgelände verlassen hatten. Er sollte auch nach undichten Stellen im Umfeld des Kämmerers suchen, um so mehr Erkenntnisse zu sammeln.

Die Herzogin hatte sich ihren Appetit durch das Szenenspiel des Hofbeamten nicht verderben lassen. Wie angekündigt, hatte Konrad die Ehre, an der fürstlichen Tafel Platz zu nehmen. Die Schlossherrin hatte nicht zu viel versprochen. Nicht weniger als sechs Gänge wurden von ihrem Leibkoch aufgefahren. Angefangen von einer würzigen Kräutersuppe über frisch gefangene Bachforellen aus der um den Schlossberg fließenden Sieber bis hin zu aufwändig dekoriertem Fasan hatte Konrad noch nie einen solchen Augen- und Gaumenschmaus erlebt. Alle Leckereien wurden von Kammerdienern auf glänzenden Silbertabletts serviert und die köstlichen Weine in kunstvoll gravierten Glaspokalen gereicht.

»Ja, mein lieber Herr Mengler«, meldete sich mit einem tiefen Seufzer die Fürstin zu Wort,

»das Schloss hat schon bessere Zeiten erlebt! Auch wenn es nicht so scheint, ist dieses Tafelsilber der kleine Rest von dem, was mir noch geblieben ist.«

Konrad sah die Herzogin erstaunt an.

»Eure Hoheit, heißt das etwa, dass Ihr beraubt worden seid?«

»Oh nein, wo denkt Ihr hin! So weit ist es nun doch noch nicht gekommen! Der Herzog hatte vor zwei Monaten Anweisung gegeben, alles an Silber und Gold, ja sogar den Großteil meines geliebten Schmucks nach Burg Scharzfels zu schaffen. Dieser Umstand ist dem unsäglichen großen Krieg geschuldet, denn der greift so langsam auch hier auf das Harzgebiet über, und unser Schloss Herzberg kann leider nicht so gut verteidigt werden wie die noch nie eroberte Burg Scharzfels. Ich hoffe inständig, dass die unsicheren Zeiten bald vorbei sind und wir hier in diesen historischen Mauern wieder unbeschwerte Feste feiern können!«

Nach dem Speisen hatte dann die Fürstin nochmals Muße, sich von Konrad in die Kunst des Zeichnens einführen zu lassen. Er nahm sich inzwischen sogar die Freiheit, der kunstinteressierten Herzogin an der Zeichenfeder die zarte Hand zu führen, um ihr genau diese schwungvollen Bewegungen zu vermitteln, wie es einst sein Vater mit ihm getan hatte. Allerdingst war mittlerweile ihre erste Kammerdame zugegen, und auch sie versuchte, es ihrer Herrin gleichzutun. In dieser gelösten Stimmung, in der sich die Damen gegenseitig zulachten und köstlich amüsierten, platzte der Offizier der Leibgarde hinein.

»Eure Hoheit, Ihr müsst mir verzeihen, aber es gibt neue Erkenntnisse, die ich Euch unverzüglich mitteilen muss!«

»Schon gut, Leutnant Hoffmann, kommt näher und sprecht!«

»Eure Hoheit, ich habe von der Torwache einen Mann zum Reden gebracht. Es ist so, wie Ihr schon immer befürchtet habt! Unser Kämmerer hat überall im Schloss seine Verbündeten. So haben die Männer der Wache von ihm die Anweisung bekommen, dass sie ihn sofort benachrichtigen sollen, wenn Herr Mengler das Schloss verlässt. Was dann passieren wird, kann man sich unschwer denken, denn erst heute Morgen sind sechs unserer Reiter in aller Herrgottsfrühe in den Flecken aufgebrochen und haben da angeblich in der Wein- und Ordonnanzschenke für Ordnung gesorgt. Was auch immer in diesem Fall unter Ordnung zu verstehen ist!«

Die Herzogin war empört und machte sich Luft.

»Dieser gerissene von Stolzleben! Was für Abgründe werden sich da noch auftun! Es wird höchste Zeit, dass mein Gemahl, der Herzog, zurückkommt und ihn zur Rede stellt.«

Konrad meldete sich zu Wort.

»Eure Hoheit, wie es aussieht, haben unsere Verdächtigungen den Kern des Sachverhalts getroffen. Nur so richtig beweisen können wir es ihm immer noch nicht!«

Der Offizier unterbrach Konrad.

»Nun, Herr Mengler, da haben wir hier im Schloss, in einem ganz speziellen Gewölbe, durchaus Möglichkeiten, ihn zum Reden zu bringen!«

Der Leutnant wandte sich an die Herzogin.

»Eure Hoheit, gebt mir den Befehl, dann nehme ich unsere getreuen Leibgardisten und spanne ihn auf die Streckbank. Ich bin mir sicher, dass er uns eine Menge zu erzählen hat!«

Die Fürstin sah ihren Offizier erschrocken an.

»Herr Leutnant, nicht so forsch! Das will alles wohl überlegt sein! Es steht mir nicht zu, ohne eine Entscheidung des Herzogs so zu handeln, auch wenn der von Stolzleben es tausend Mal verdient hätte.«

Konrad mischte sich ein.

»Eure Hoheit! Was haltet Ihr davon, wenn ich ihm auf den Zahn fühle? Denn wir wissen ja immer noch nicht, aus welchem Grund er dem Burgschreiber die Mordgesellen auf den Pelz geschickt hat. Und, wenn ich ihn mir vorknöpfe, dann seid Ihr außen vor und erbost nicht den Herzog.«

»Herr Mengler, ich muss schon sagen, für einen Künstler seid Ihr erstaunlich unerschrocken! Habt Ihr mir etwa etwas verheimlicht?«

»Eure Hoheit, wie Ihr ja bereits wisst, war auch ich nicht immer Zeichner. Vielleicht nur so viel, ich gehöre nicht gerade zu den ängstlichen Menschen, und ich bin durchaus in der Lage, mich zu verteidigen, wenn ich angegriffen werde!«

»Genau das, Herr Mengler, macht mir Sorgen! Dass Ihr mit dem Kämmerer fertig werdet, daran zweifle ich nicht, aber wir haben es hier offensichtlich mit einem ganzen Komplott zu tun. Wer weiß schon, wie viel Galgenvögel auf Rechnung des von Stolzleben bereitstehen, um auch Euch nach dem Leben zu trachten! Eure Anschuldigungen wird unser Kämmerer nicht auf sich sitzen lassen!«

Die Fürstin schritt zum Fenster, verweilte dort kurz und unterbreitete dann ihren Vorschlag.

»Meine Herren, was im kranken Kopf unseres Hofbeamten vorgeht, mag ich mir gar nicht vorstellen. Wir müssen reagieren, und zwar unverzüglich! Ich schlage vor, dass Ihr, Herr Mengler, auf der Stelle aufbrecht. Ihr nehmt den Einspänner, tragt meinen langen Umhang, setzt die Kapuze auf, zieht sie Euch ein wenig ins Gesicht und Leutnant Hoffmann wird die Kutsche, wie er es immer tut, mit seinen Männern begleiten. So wird die Wache annehmen, dass ich mal wieder ausfahre. Da ich durchaus nicht nur am frühen Morgen mit dem Einspänner unterwegs bin, wird man keinen Verdacht schöpfen. Bevor Ihr, Herr Leutnant, mit der Kutsche zurückkommt, verweilt noch geraume Zeit unten im Flecken. So fliegt der Schwindel nicht gleich auf!«

Die Herzogin rieb sich vor Freude über ihren Einfall und den schnell geschmiedeten Plan die Hände.

»Ich freue mich schon auf das Gesicht von unserem Kämmerer, wenn er die List bemerkt!«

Es war eine kurze, aber herzliche Verabschiedung. Konrad hatte es geschafft, trotz des Standesunterschieds, eine Vertraute für sich zu gewinnen. Wie es die Fürstin vorausgesehen hatte, ließen die Wachsoldaten die Kutsche mit einer tiefen Verbeugung passieren. Im Flecken steuerte Konrad den Einspänner auf den Hof des Gasthauses. Der Wirt eilte heraus und bekam einen großen Schreck, als er die Kutsche und die Gardesoldaten der Herzogin erkannte. Als Konrad jedoch am Hintereingang die Kapuze herunternahm und sich des Umhangs entledigte, blickte er in ein erstauntes Gesicht.

»Verdammt noch mal, habt Ihr mir einen Schreck eingejagt! Was hat das zu bedeuten? Was soll diese Maskerade? Ich dachte schon, die Fürstin persönlich stattet meinem Haus einen Besuch ab!«, plapperte der Wirt aufgeregt drauflos.

»Ich komme direkt vom Schloss und muss schnellstens Herzberg verlassen. Könnt Ihr Euren Knecht anweisen, unverzüglich mein Pferd zu satteln?«, antwortete Konrad.

Der Wirt stieg nervös von einem Bein aufs andere.

»Ganz wie es Euch beliebt, mein Herr! Ich habe mir gleich gedacht, dass Ihr gar kein Künstler seid und in höherer Mission einen Auftrag des Herzogs verfolgt.«

Schon zum Stall gehend drehte er sich nochmals um, kam zu Konrad zurück und sprach im Flüsterton weiter.

»Ich weiß nicht, ob es für Euch von Bedeutung ist: Seit heute Mittag lungern hier im Gastraum zwei Gestalten herum, die, wie ich glaube, nichts Gutes im Schilde führen. Soeben, als Ihr auf den Hof gefahren seid, haben sie ganz lange Hälse bekommen, und drüben, im Schatten des Brauhauses, wartet ein dritter Bursche mit den Pferden. Also, wenn Ihr mich fragt, warten die hier auf jemanden.«

»Habt Dank für Eure Aufmerksamkeit, der Herzog wird´s Euch vergelten!«

Der Leutnant, der alles mit angehört hatte, beschloss abzuwarten, ob diese Gestalten tatsächlich auf Konrad warteten und ob sie ihn, sobald er vom Hof ritt, verfolgen würden. Wenige Augenblicke später saß Konrad auf und trabte gemächlich durch den Ort. Der Leutnant hatte ihm noch vorsorglich zur besseren Verteidigung einen Degen und eine schussbereite Pistole überreicht.

Es kam, wie der Wirt vermutet hatte. Konrad war gerade hinter dem Vorwerk des Schlosses auf die Richtung Salzderhelden führende Landstraße eingebogen, da schickten sich auch die drei Männer an, hinterherzutraben. Der Leutnant übergab den Einspänner in die Obhut des Wirtes und nahm seinerseits mit seinen Gardesoldaten in gebührendem Abstand die Verfolgung auf.

Da Konrad die Staffelei, die ihn noch beim Reiten auf dem Herweg behinderte, im Schloss gelassen hatte, konnte er nun seinen Wallach ganz anders fordern. Er drückte die Unterschenkel zusammen, schnalzte mit der Zunge, erhob sich in einen leichten Sitz und schon begann sein Pferd mit raumgreifendem Galopp davonzueilen. Auf der Handelsstraße, die aus Herzberg durch ein langes Waldstück fast schnurgerade herausführte, entwickelte sich eine wilde Hetzjagd. Konrad war ganz in seinem Element. Die Erfahrungen, die er in den letzten vier Jahren als Kavallerist gesammelt hatte, kamen ihm in dieser angespannten Situation zugute. Der Vorsprung vor den Verfolgern war allerdings recht gering, und da der Wallach des Bürgermeisters kaum von seinem Herrn bewegt worden war und somit kaum über Ausdauer verfügte, war es nur eine Frage der Zeit, bis man ihn einholen würde. Daher entschied er sich für eine Taktik, die, so hatte er von Hauptmann Delgado einst gelernt, vom Überraschungseffekt lebte.

Die Devise hieß: „Angriff ist die beste Verteidigung". Konrad drehte sich um. Der Abstand schrumpfte stetig. Wie er vermutet hatte, war der Wallach nicht in der Lage, das angeschlagene scharfe Tempo über längere Distanz zu halten. Unvermittelt stoppte Konrad sein Ross durch, wendete es fast auf der Stelle, um dann gleich wieder in entgegengesetzter Richtung auf die Verfolger loszupreschen.

Als Konrad aus seinem selbst aufgewirbelten Staub auftauchte, parierten die Männer erschrocken die Pferde durch. Die Überraschung war gelungen. Wild schreiend und ohne sein Tempo zu vermindern, raste er in geduckter Körperhaltung auf die drei Reiter zu. Bei unzähligen Attacken war Konrad genau so auf seine Gegner losgestürmt. Die hastig abgefeuerten Schüsse der offensichtlich gefechtsunerfahrenen Verfolger verfehlten ihn.

In der rechten Hand führte Konrad den Degen, dicht am Kopf des Wallachs, geradewegs nach vorn gerichtet. So sprengte er die verdattert dreinschauenden Reiter auseinander, wobei er einen der Verfolger mit einem gezielten Stich die Halsschlagader aufschlitzte. Der Mann schrie auf, das Blut spritzte und er stürzte vom Pferd. Konrad riss erneut sein Ross herum, ließ den Zügel auf den Sattel fallen, zog die schussbereite Steinschlosspistole und feuerte. Das laute Knallen und das funkensprühende Mündungsfeuer brachte seinen Wallach schlagartig aus der Fassung. Panisch wiehernd stemmte das Ross den massigen Körper über die Hinterbeine in die Höhe. Um sich festzuhalten, ließ Konrad sofort die abgeschossene Pistole fallen und griff dem aufgeschreckten Tier in die Mähne. Doch als dem Steigen auch noch wildes Buckeln folgte, verlor selbst der reiterfahrene Kavallerist sein Gleichgewicht. Der Wallach katapultierte ihn kopfüber aus dem Sattel.

Mit Glück landete er direkt neben der Landstraße in einer weichen Senke. Schnell rappelte er sich hoch. Den Degen kampfbereit in seiner rechten Hand, hielt er in geduckter Körperhaltung Ausschau nach den Verfolgern. Nur zehn Schritt vor sich sah er plötzlich einen der Männer mit erhobenen Händen stehen, während sein Kamerad, von einer Kugel getroffen, mit blutender Wunde stöhnend am Boden saß. Der leblose Körper des dritten Burschen lag nur ein kleines Stück entfernt. Aus der aufgeschlitzten Halsschlagader sickerte unaufhaltsam sein Lebenssaft und speiste eine – den Staub der Landstraße einfärbende – Blutlache.

Als Konrad sich anschickte, auf die beiden Männer zuzugehen, vernahm er Pferdegetrappel und die Stimme von Leutnant Hoffmann.

»Das Ganze halt!«

Der Offizier sprang vom Pferd und eilte auf Konrad zu, während seine Leibgardisten sich um die beiden übriggebliebenen Verfolger kümmerten.

»Alle Achtung, Herr Mengler! Wie ich sehe, habt Ihr Euch schon selbst helfen können!«

»Leutnant Hoffmann, trotzdem bin ich froh, Euch zu sehen! Leider hat einer nicht überlebt, aber ich hoffe, dass Ihr aus den anderen beiden noch etwas über ihren Auftraggeber in Erfahrung bringt.«

Der Offizier lachte auf.

»Darauf könnt Ihr Euch verlassen! Es gibt im Schlosskeller Mittel und Wege, unsere Vögelchen zum Zwitschern zu bringen! Ich verspreche Euch, wir werden es Euch in Salzderhelden wissen lassen.«

Inzwischen hatten die Gardesoldaten Konrads Wallach wieder eingefangen, und so setzte er seinen Ritt fort.

Es war spät geworden. Konrad beschloss, im Wegkrug in Katlenburg einzukehren, sich zu stärken und erst am nächsten Morgen seine Reise fortzusetzen. Auch diesmal war das Gasthaus fast bis auf den letzten Platz gefüllt.

Der alte Wirt saß wie jeden Tag auf seinem Stammplatz und beobachtete die Leute. Er hatte Konrad beim Hereinkommen sofort erkannt und winkte ihm zu.

»Da seid Ihr ja schon wieder! Kommt näher und setzt Euch zu mir!«, rief er Konrad zu.

»Ich freue mich, Euch so schnell und wohlbehalten wiederzusehen! Konntet Ihr im Schloss etwas über Otto Berlein in Erfahrung bringen?«

Konrad berichtete ihm vom Treffen mit der Herzogin und dem Kämmerer und von der gerade erlebten Attacke. Nach einem kräftigen Schluck aus seinem Becher wischte sich der alte Wirt mit der Hand über den Mund und sah dabei Konrad nachdenklich an.

»Das passt zu dem, was ich gehört habe! Es gibt nämlich aufregende Neuigkeiten, die Euch garantiert interessieren!«

Konrad rückte näher heran.

»Ihr macht mich neugierig!«

»Gestern, Ihr hattet den Hof kaum verlassen, da tauchte Hermann, unser langjähriger Lieferant für Beeren und Pilze, auf. Er wohnt an der Landstraße nach Herzberg, in Gieboldehausen. Vor zehn Tagen, also genau zu der Zeit, als sich hier bei uns Otto und der Fremde gestritten hatten, war Hermann in seinem Sammelrevier, im Wald an der Oder, unterwegs.«

Konrad rutschte vor Neugier auf seinem Hocker hin und her.

»Nun, kommt! Macht es nicht so spannend! Hat er was gesehen?«

»Und ob! Als er sich am Bach erfrischte, da hörte er plötzlich ein lautes Schreien. Er konnte zwar nicht verstehen, was die Männer sprachen, aber was dann folgte, so sagte er, ließ ihm das Blut in den Adern stocken. Er warf sich schnell auf den Boden und versteckte sich im hohen Uferbewuchs.«

Der alte Wirt setzte erneut den Becher an den Mund und leerte ihn mit einem Zug.

»Ach, entschuldigt, Ihr seid doch bestimmt auch durstig, ich hole Euch schnell...!« Konrad ließ ihn nicht ausreden und hielt ihn am Arm fest.

»Bleibt sitzen, das hat Zeit! Erzählt lieber weiter! Hat er etwa den Mord an Otto Berlin beobachtet?«

»Ja, tatsächlich hat er einen Mann gesehen, auf den die Beschreibung passt. Der ritt in Richtung Herzberg, und auf der Brücke, die über die Oder führt, versperrte ihm ein anderer Reiter, im schwarzen Gewand, den Weg. Im selben Moment, sagte er, sprangen zwei Burschen unter der Brücke hervor und zerrten ihn, also wahrscheinlich Otto Berlein, vom Pferd.«

»Ja, und dann, was taten die Männer?«

»Er sagte, der auf dem Pferd habe dann nochmals wild gestikulierend auf ihn eingeredet, und dann passierte es: Die beiden Burschen schleppten unseren Otto unter die Brücke, haben ihm seinen Hut vom Kopf gerissen, ihn in den Bach geworfen und mit einem dicken Stein mehrfach auf ihn eingeschlagen, bis er sich nicht mehr rührte.«

Der alte Wirt senkte den Blick. Tränen rannen ihm über die Wangen. Schluchzend kamen ihm die nächsten Worte über seine Lippen.

»Der brave Otto, einfach den Schädel eingeschlagen und liegengelassen! Der Teufel soll die Mistkerle holen!«

»Und die Beschreibung passt wirklich auf den Burgschreiber?«, fragte Konrad nach.

»Wir können uns ziemlich sicher sein, denn Hermann sah noch den Hut im Bach an sich vorbeischwimmen, einen Hut geschmückt mit vielen Federn. Nur Otto hat so einen getragen. Den gibt es so bestimmt nicht noch mal!«

Der alte Wirt schüttelte seinen Kopf und schlug wütend und hilflos zugleich auf die massive Tischplatte.

»Und dann hat Hermann noch gesehen, wie der Mann auf dem Pferd den Galgenvögeln gleich jedem einen Beutel zugeworfen hat und mit seinem Ross Richtung Herzberg davongestürmt ist. Die Mordgesellen haben sich lachend gegenseitig auf die Schultern geklopft und sind dann in die gleiche Richtung geritten. Klingende Münze für ein unschuldiges Leben! Mögen den Mordgesellen ihre Silberlinge im Hals stecken bleiben, auf dass sie daran ersticken!«

Konrad hatte genug gehört. Die Gewissheit, dass er sowohl den Mördern wie auch dem Auftraggeber der Gräueltat begegnet war, stand nun für ihn fest. Allerdings bereitete ihm die Frage nach dem Grund für den hinterhältigen Mord nach wie vor Kopfzerbrechen.

3. Die Rückkehr

In Gedanken an all das Erlebte und an Otto Berlein bestieg er nach unruhigem Schlaf am frühen Morgen seinen Wallach. Ohne einer lästigen Soldatenpatrouille zu begegnen, erreichte er Salzderhelden schon zur Mittagszeit.

Freudig wurde Konrad von der Wirtstochter Johanna im Gasthaus zum Salze empfangen. Mit ein paar schnellen Schritten eilte sie auf ihn zu, um dann aber kurz vor ihm innezuhalten.

»Sieh da, der Herr Künstler! Und ich dachte schon, dass Ihr, ohne Euch zu verabschieden, einfach auf und davon seid!«

Sie verschränkte ihre Arme vor der Brust.

»Wo um alles in der Welt habt Ihr Euch herumgetrieben?«

Konrad lächelte Johanna an.

»Schön, dass Ihr mich vermisst habt! Ich freue mich auch, Euch zu sehen!«

Johanna zog die Augenbrauen hoch und legte kess ihren Kopf auf die Seite.

»Bildet Euch ja nicht zu viel ein!«

Sie ging wieder ein paar Schritte auf Distanz.

»Es ist nur so: Ich hatte von meinem Vater gehört, dass Ihr mit dem Pferd vom Bürgermeister davongetrabt seid und dass Ihr vorher noch beim Amtmann wart.«

»Und nun seid Ihr genauso neugierig wie Euer Vater? Zu Eurer Beruhigung: Das Ross habe ich schon wieder abgegeben, und zwar unversehrt, denn ob Ihr es glaubt oder nicht: Ich kann tatsächlich reiten!«

Johanna fühlte sich veralbert, drehte sich auf dem Absatz um und marschierte, die Tür hinter sich zuschlagend, in die Küche. Konrad wollte gerade am Stammtisch Platz nehmen und sich etwas stärken, da stürmte der Bürgermeister herein. Ganz außer Atem blieb er wortlos vor ihm stehen und schnaufte durch.

»Der Herr Gassner, Gott sei es gedankt!«

Mit diesen Worten fiel er Konrad um den Hals.

»Ihr glaubt gar nicht, wie erleichtert ich bin, Euch so schnell und unversehrt wiederzusehen! Als mein Knecht mir berichtete, dass Ihr meinen Wallach zurückgebracht habt, bin ich gleich aufgebrochen. Als verantwortlicher Salzgraf musste ich schon wieder unten bei den Solepumpen einen Streit schlichten. Mit unserer Salzsiedergemeinschaft gibt es nichts als Ärger! Aber was erzähle ich Euch das!«

Der Bürgermeister drückte Konrad auf einen Stuhl am Stammtisch und setzte sich hinzu.

»Da hier in der Gaststube im Moment nichts los ist und auch der neugierige Gustav nicht zu sehen ist, bleiben wir gleich hier.«

Der Bürgermeister rückte nah an Konrad heran, wischte sich mit einem Leinentuch den Schweiß von seiner Stirn und atmete nochmals tief durch.

»Also, was habt Ihr herausbekommen?«

»Es gibt leider keine guten Neuigkeiten«.

Konrad legte den Hut vom Burgschreiber, den er zuvor auf einen Stuhl platziert hatte, auf den Tisch. Dem Bürgermeister stockte der Atem. Mit weit aufgerissenen Augen und offenem Mund nahm er ihn zögerlich in seine Hände.

»Der federngeschmückte Hut von Otto Berlein!«

Er starrte Konrad mit angsterfülltem Gesicht an.

»Oh, nein! Bitte sagt nicht, dass das alles ist, was von ihm übriggeblieben ist!«

»Ich würde Euch gern bessere Nachrichten überbringen, aber nach allem, was ich erfahren habe, sieht es ganz so aus, als ob der Burgschreiber aus einem Hinterhalt angegriffen und getötet wurde.«

Der Bürgermeister ließ entsetzt den Hut sinken. Mit einem Schlag war sein Gesicht so bleich wie die gekalkten Wände der Gaststube. Er rang nach Luft.

»Der Otto ist tot? Ermordet? Einfach umgebracht? Wieso? Wer hat das getan?«

Konrad erzählte nun ausführlich, was er in Katlenburg und Herzberg erlebt hatte, dass es bei einem Streit um irgendwelches Silber gegangen war und dass das wahrscheinlich der Grund sei, warum der Burgschreiber sein Leben ließ. Der Bürgermeister sprang auf und lief vor dem Tisch hin und her.

»Silber, um Silber gab es den Streit! Otto hat doch wohl nicht das Versteck unserer bitter verdienten Silbermünzen verraten! Oder hat er sie gar dabei gehabt, und sie wurden ihm geraubt?«

Plötzlich blieb er wie angewurzelt stehen und bekreuzigte sich.

»Bei Gott, das würde ja heißen ... nein, nein, das glaub ich nicht!«

Wild gestikulierend ging er wütend auf Konrad los und griff ihn bei den Armen.

»Ihr müsst Euch irren! Otto ist – Otto war vertrauenswürdig! Der hat garantiert nichts ...«

Er ließ Konrad wieder los und starrte ihn aus panischen Augen an.

»Sonst, wenn ich die Taler nicht zurückzahlen kann, dann ...«

Seine Verzweiflung ließ den ohnehin nicht großen Mann regelrecht in sich zusammenfallen. Er schlug sich die Hände vor sein Gesicht, sank auf die Knie und fing an zu schluchzen.

»Sonst werden mich die Salzderheldener Salzsieder bestimmt am nächsten Baum aufknüpfen!«

»Dass er die Münzen dabeigehabt hat, glaube ich nicht, und sicher ist auch nicht, ob er das Versteck preisgegeben hat. Und woher sollte der Kämmerer aus Herzberg wissen, dass Ihr dem Burgschreiber die Rücklagen der Salzsiedergemeinschaft anvertraut habt? Welchen Grund sollte er gehabt haben, den Hofbeamten in Euer Geheimnis einzuweihen? Das Ganze ist doch ziemlich rätselhaft! Findet Ihr nicht auch?«

Der Bürgermeister wischte sich die Tränen von den Wangen, und ein Ausdruck von Hoffnung kehrte in sein Gesicht zurück.

»Aber wenn man Otto nicht wegen unserer Taler umgebracht hat, warum dann?«

Konrad griff nach der Leinentasche, die er zusammen mit seinem Schnappsack an die Wand gelehnt hatte.

»Schaut hier! In dieser Tasche sind die Bücher, die Otto Berlein geführt hat. Als der Bote aus Herzberg hier auftauchte und den Burgschreiber zum Schloss zitierte, da sollte er auch die Bücher mitbringen.«

»Ja schon, aber wie kommt Ihr an diese Dokumente? Und was haben die jetzt mit seinem Tod zu tun?«

Beide setzten sich wieder an den Stammtisch.

»Die Tasche mit den Büchern hat er nach dem Streit in Katlenburg vergessen, und als ich bei der Herzogin dem Kämmerer begegnete, wollte er sie unbedingt haben.«

Konrad nahm nachdenklich eines der beiden Bücher heraus.

»Und wenn ich es mir recht überlege, können die drei Reiter, die mich verfolgten, es auf genau diese Dokumente abgesehen haben!«

Konrad fing an, in den Büchern zu blättern.

»Wisst Ihr, ich habe bisher noch keine Zeit gefunden, einen Blick hineinzuwerfen.«

Konrad sah den Bürgermeister mit zusammengekniffenen Augen an.

»Nehmen wir mal an, hier, auf diesen Seiten, stehe viel mehr als nur das übliche Inventarverzeichnis, der Lagerbestand oder die Mängelliste der Gebäude.«

Der Bürgermeister folgte gespannt Konrads Überlegungen. Die Blutleere in seinem Kopf wich der gewohnten, rotbraunen Gesichtsfarbe.

»Ihr meint, in den Büchern muss etwas so Wichtiges stehen, dass es ein Menschenleben wert ist?«

»Nun, vielleicht sollte ich sie, bevor wir sie dem Amtmann überreichen, mit auf mein Zimmer nehmen und einmal gründlich durchsehen.«

Der Bürgermeister stand auf und lief wieder aufgeregt vor dem Tisch auf und ab, bis er abrupt innehielt.

»Ich habe eine andere Idee! Was haltet Ihr davon, wenn ich Euch für die nun freigewordene Stelle des Burgschreibers vorschlage? Ich kann mir vorstellen, den Amtmann zu überzeugen, denn schließlich geht es ja auch um sein Erspartes, das wir wiederfinden müssen. Als Burgschreiber würdet Ihr natürlich auf der Burg wohnen, und Ihr könntet Euch dann überall frei bewegen und Euch umsehen, ohne Argwohn zu erwecken.«

Konrad war sprachlos. Er als Burgschreiber? Schreiben, Lesen und auch Rechnen hatte er ja gelernt. „Das hört sich nach Sicherheit an", dachte er. Weg vom Krieg und in aller Stille hinter den dicken Mauern seinen Frieden finden! Und außerdem könnte er dann jeden Tag in den Gasthof gehen und Johanna besuchen. Der Gedanke gefiel ihm.

»Umsehen? Ihr meint, ich soll da oben nach dem Versteck suchen?«

»Also wenn Ihr es schafft unsere Taler wiederzufinden, dann seid Ihr hier in

Salzderhelden ein gemachter Mann! Dann erfülle ich Euch jeden Wunsch, und auch der Amtmann wäre Euch zu großem Dank verpflichtet. Die Gunst einer solchen Amtsperson ist nicht zu verachten, und wer weiß, ob Ihr sie nicht noch einmal brauchen werdet! Kommt, gebt mir die Hand drauf, dass Ihr mir die Münzen der Salzsiedergemeinschaft zurückbringt.«

In dem Moment, als Konrad zustimmte und der Bürgermeister ihn umarmte, öffnete sich die Tür, und der Wirt kam herein.

»Oh, der Herr Künstler ist wieder aufgetaucht! Und wie ich sehe, gibt´s gerade ein freudiges Wiedersehen, oder gibt es gar was zu feiern?«

Der Bürgermeister lachte kurz auf.

»Schön, dass du endlich auftauchst, wir sind schon halb verhungert, und mächtigen Durst haben wir obendrein. Mit dem Feiern hast du gar nicht so unrecht!«

Er packte Konrad und schob ihn vor sich her, bis er kurz vor dem Wirt stehenblieb.

»Darf ich vorstellen, Konrad Gassner, der neue Burgschreiber der Heldenburg!«

4. Die Schatzsuche

Es kam, wie es der Bürgermeister vorausgesagt hatte: Nach kurzem Entsetzen über den Tod von Otto Berlein willigte der Amtmann ein und ernannte Konrad hochoffiziell zum neuen Burgschreiber. Konrad durfte die Urkunde selbst schreiben und verzieren, bevor der Amtmann sie unterzeichnete, mit dem Siegel des Herzogtums Braunschweig-Lüneburg versah und sie im Dabeisein des Bürgermeisters überreichte. Mit ein paar markigen Worten über Ehrlichkeit, Treue und Pflichtbewusstsein stellte er Konrad der Burgbesatzung vor.

»Wie Ihr seht, sind hier nicht einmal zwanzig Seelen! Es ist der kleine Rest einer einst stattlichen Truppe. Früher schickten noch Fürsten ihre Söhne auf die Burg ins Junkerhaus. Hier wurden aus den Knaben dann richtige Männer gemacht. Aber seitdem Herzog Philipp II – vor 29 Jahren, am 4. April 1596 – kinderlos verstarb, verlor dieses Gemäuer schlagartig an Bedeutung. Dabei hatte er noch sechs Jahre zuvor für mehr Wohnlichkeit gesorgt und den kompletten Palas, den ersten Stock über dem Reisigenstall, in dem Ihr wohnen werdet, und auch die Hofseite vom Junkerhaus mit Fachwerk und Lehm neu aufbauen lassen.«

Der Amtmann schritt mit Konrad über den Burghof und blieb mit ihm am Brunnen stehen, um sich aus einem Eimer mit Wasser zu erfrischen.

»Die Hauptresidenz, Schloss Herzberg, habt Ihr ja bereits kennengelernt. Von dort kann Herzog Georg den Westharz mit seinen vielen Bergwerken besser verwalten. Er ist wahrlich ein gütiger Fürst und ein Segen für die schwer arbeitenden Menschen, die unter Tage aus den Stollen das wertvolle Erz fördern. Leider hat uns seine Hoheit hier auf der Heldenburg schon lange nicht mehr die Ehre erwiesen.«

Der Amtmann zeigte auf das Erdgeschoss des Palas.

»Hier, im unteren Teil des Ostflügels, wohnte einst der Hofmarschall mit seiner Familie. Aber seitdem wir keine aufwändige, fürstliche Hofhaltung mehr haben und auch keine Junker mehr beherbergen, ist auch dieser Beamte überflüssig geworden. Gleich neben seinen ehemaligen Wohnräumen befindet sich noch heute die Burgküche, und auf der anderen Seite des Treppenturms geht es hinunter in den kühlen Vorratskeller. Der wurde übrigens davor auch schon mal als Kerkerraum genutzt. Ein wirklich düsteres unmenschliches Loch!«

Dann blickte er zu den beiden aufgesetzten Fachwerkstockwerken.

»Das sind – oder ich sollte besser sagen, das waren – die Gemächer unseres Fürsten Philipp. Der Palas ist nun schon lange verwaist. Bevor im Jahr 1600 das Amtshaus unterhalb des Küchengartens gebaut wurde, hatte mein Vorgänger hier in diesen Räumen – nach dem Tod des letzten grubenhagenschen Herzogs – sogar kurzzeitig seine Amtsräume. An dieser Front seht Ihr noch die beiden Treppentürme. Der linke führt in das Junkerhaus und der rechte in die ehemaligen Gemächer der Fürstenfamilie. Gleich daneben seht Ihr die Kapelle, in der wir uns dann bestimmt jeden Morgen zur Frühandacht treffen.«

Der Amtmann drehte sich mit Konrad nach Westen zur anderen Hofseite.

»So schwenken wir unseren Blick vorbei am Junkerhaus zum angrenzenden Bergfried.«

Beide legten ihre Köpfe in den Nacken und sahen nach oben zum spitz zulaufenden, mit Rotbuntsandsteinplatten gedeckten Dach.

»Da steht er nun, der letzte Fluchtpunkt unserer Burg! Dieser mächtige, quadratische Brocken hat bis zu neun Fuß dicke Mauern.«

Der Amtmann legte seine Hände an den Mund und brüllte aus Leibeskräften hinauf.

»Heiner, alles in Ordnung da oben?«

Nur einen kurzen Augenblick später hörten die beiden aus den rundum angeordneten, mannshohen Schießscharten seine Antwort: »Dacht´ ich es mir doch! Ich habe Eure Stimme gleich erkannt, Herr Amtmann! Ich melde keine besonderen Vorkommnisse.«

»Danke, Heiner, und weitermachen!«

Der Amtmann wandte sich wieder zu Konrad.

»Das ist unser ältester, aber zugleich auch zuverlässigster Soldat. Da seine Gelenke nicht mehr mitspielen, bleibt er immer da oben. Er wird von uns jeden Tag mit Speis und Trank versorgt. Aus schwindelerregenden 75 Fuß Höhe hat unser Heiner wirklich den totalen Überblick. Der sieht nicht nur, wenn sich irgendwelche bösen Burschen über das Ilme- oder Leinetal nähern, sondern dem Wachhund entgeht auch nichts, was hier auf dem Hof passiert! Auch wenn er nur noch unter Schmerzen laufen kann, sind seine Augen und Ohren hingegen im ausgezeichneten Zustand.«

Vom Brunnen marschierte der Amtmann mit Konrad ein Stück weiter in die Mitte des quadratischen, 25 mal 25 Schritt großen Innenhofs.

»Dieses prachtvolle, dreistöckige Steingebäude ist das wohl wichtigste der Heldenburg. Es ist unser großes Speicherhaus. Über den Treppenturm da drüben gelangt Ihr auf die oberen Vorratsböden. Wenn Ihr die Steintreppe auf der anderen Seite des Gebäudes hinaufsteigt, dann steht Ihr entweder in der gut gefüllten Waffenkammer oder in den Schlafkammern unserer Küchenmagd Minna, der Köchin Ernestine und auch der Pferdeknecht Wilhelm hat dort seine Bettstatt.«

Der Amtmann hatte Konrad bisher nicht zu Wort kommen lassen. Er war ganz in seinem Element.

»So, mein lieber Burgschreiber nun kommen wir zu eurem neuen Zuhause! Direkt hier, an der Südseite, zwischen dem Torhaus und Speicherhaus, stehen wir nun vor dem Reisigenstall, und darüber – im ersten Stock – befinden sich das Arbeitszimmer und eine Kammer, und die sogar mit eigenem Kamin.«

Er klopfte Konrad auf die Schulter und schüttelte ihm die Hand.

»An dieser Stelle muss ich mich leider verabschieden, Ihr versteht, die Geschäfte rufen!«

Der Amtmann trat dicht an Konrad heran und sprach mit gedämpfter Stimme weiter:

»Und denkt daran: Eure Suchaktion nach dem Versteck, das Ihr hoffentlich bald findet, müsst Ihr unbedingt ganz diskret durchführen! Wenn das hier auf der Burg erst einer mitbekommt, dann weiß es am nächsten Tag gleich der ganze Flecken. Das müssen wir auf jeden Fall vermeiden! Haben wir uns verstanden?«

Konrad nickte, öffnete die windschiefe Tür neben dem Pferdestall und stieg die unmittelbar dahinter beginnenden Stufen zum ersten Stock hinauf. Der steilen Treppe folgte ein kleiner Flur, von dem es zur linken Seite auf den Wehrgang des Torhauses ging und zur rechten in sein neues Heim. Nach dem Eintreten beschlich Konrad ein merkwürdiges Gefühl. Es kam ihm so vor, als ob Otto Berlein nur mal eben seine Wohnung verlassen habe und jeden Moment zurückkehren könnte.

Mitten im Raum stehend, sah sich Konrad um. Im Arbeitszimmer herrschte Ordnung. Alles hatte seinen Platz, nichts lag herum. Unter dem Fenster zum Innenhof stand der massive Schreibtisch: ein Tintenfass mit mehreren Federn, ein Messer zum Schärfen der Federn, ein akkurat gefaltetes Leinentuch, das – schon beschmutzt durch Kleckse – wohl des Öfteren seinen Einsatz hatte, und fein säuberlich gestapelte, lose Blätter. Drei dicke Talgkerzen standen ausgerichtet an der hinteren Tischkante in Reihe und Glied. Auf der Sitzfläche des Schreibtischstuhls sorgte ein mit Stroh gestopftes Kissen für Bequemlichkeit. Die gegenüberliegende Wand war von einem stabilen Regal – in voller Breite, von der Zimmerdecke bis zum Dielenboden – zugebaut.

Konrad trat heran und staunte. Bücher über Bücher, so weit das Auge reichte! Fasziniert und neugierig zugleich zog er ein paar heraus. Schnell wurde ihm Otto Berleins Leidenschaft klar. Was Konrad in seinen Händen hielt, waren durchweg Werke, die sich mit Fauna und Flora beschäftigten. Doch es handelte sich nicht nur um gedruckte Bücher. Otto Berlein war selbst zum Autor geworden und hatte mit Tinte und Feder seine Erkenntnisse in Wort und Skizzen festgehalten.

Konrad ließ sich, ein Buch in den Händen, begeistert von den liebevoll gestalteten Seiten, auf den Schreibtischstuhl fallen. Alles das, was der alte Burgschreiber am Ufer der Leine und an den bewaldeten Hängen östlich von Salzderhelden gefunden und gesammelt hatte, war hier dokumentiert. Die handskizzierten Pflanzen, Blüten, Samen und Blätter hatte Otto Berlein erstaunlich detailgetreu wiedergegeben. Ja, sogar nach Gattungen, Arten und Unterarten waren sie sortiert! Wenn sich irgendetwas zum Verfeinern von Speisen eignete, gab es sogar Ziffern mit Querverweisen auf ein Rezeptbuch.

Konrad vergaß Raum und Zeit. Er konnte gar nicht aufhören zu blättern! Ein Buch nach dem anderen holte er aus dem Regal. Bewundernd schüttelte er seinen Kopf. „Was für ein Talent!", dachte er. Was für ein außergewöhnlicher Mann, der auf so grausame und sinnlose Weise ums Leben gekommen war und dessen Vermächtnis er nun in seinen Händen hielt! Wie viel Zeit musste Otto Berlein investiert haben, um alldem Gestalt zu geben, um all das zu erkunden und in fein säuberlich geschriebenen Buchstaben und Worten festzuhalten! Allein dieses Arbeitszimmer wirkte auf Konrad wie eine Schatzkammer der ganz besonderen Art, von dessen Existenz hier auf der Burg und im Ort sicherlich kaum jemand etwas ahnte.

So langsam konnte sich Konrad vorstellen, dass hier durchaus auch noch Geheimnisse darauf warteten, entdeckt zu werden. Dazu fielen ihm wieder die Bücher der Burg ein, die immer noch in der Leinentasche am Boden neben ihm standen. Schnell nahm er sie heraus und fing an, sie Seite für Seite gründlich durchzulesen. Warum nur war der Kämmerer in Herzberg so versessen darauf, sie an sich zu nehmen? Auf was für Hinweise würde er stoßen? Ganz in Gedanken versunken, sog er geradezu Wort für Wort in sich auf, bis er jäh aus seiner Konzentration gerissen wurde. Hufgetrappel und wenig später polternde Schritte auf der Treppe schreckten ihn hoch. Die Tür wurde aufgerissen und ein Soldat stand im Raum.

»Edmund Mengler? Der Amtmann hat mir gesagt, dass ich Euch hier finde!«

Doch bevor Konrad antworten konnte, redete der Mann schon weiter.

»Ah ja, jetzt erkenne ich Euch wieder! Ich war einer der Gardisten, die Leutnant Hoffmann bei dem Überfall auf Euch begleitet hatten.«

Konrad erhob sich erschrocken.

»Was ist passiert, dass Ihr mich hier in Salzderhelden aufsucht?«

Der Soldat griff mit der rechten Hand in die Stulpe seines linken Handschuhs und zog ein gesiegeltes Papier hervor.

»Ich überbringe Euch eine wichtige Nachricht von Ihrer Hoheit, Herzogin Anna Eleonore von Braunschweig-Lüneburg. Ich darf Euch auffordern, sie unverzüglich zu lesen und mir gleich eine Antwort für die Herzogin mitzugeben.«

Konrad nahm das Dokument, brach das Siegel und setzte sich wieder an den Schreibtisch.

»Soldat, tränkt derweil Euer Pferd! Unten im Hof neben dem Brunnen stehen Sandsteintröge, gefüllt mit Wasser. Wartet dort, ich werde inzwischen ein paar Zeilen zur Antwort niederschreiben.«

Gespannt auf die Botschaft der Fürstin, begann Konrad zu lesen.

Geehrter Herr Mengler,

in der Hoffnung, dass Ihr Euch noch in Salzderhelden aufhaltet, übersende ich, Anna Eleonore, Herzogin von Braunschweig-Lüneburg, diese Zeilen.

Betroffen habe ich von dem Überfall auf Euch Kenntnis genommen.

Das anfängliche Schweigen der zwei noch lebenden Übeltäter haben wir durch die peinliche Befragung gebrochen. Erschrocken mussten wir feststellen, dass beide Delinquenten zur Herzberger Schlosskompanie gehören. Sie haben sich zu Handlangern unseres Kämmerers gemacht und in seinem Auftrag gehandelt. Sie sollten sowohl Euch die Tasche mit den Büchern entreißen als auch Euch vom Leben zum Tode befördern. Der Güte Gottes und Eurem beherzten Handeln ist es zu verdanken, dass Ihr dieses zutiefst zu verabscheuende Vorhaben überlebt habt.

Auch für den Tod des Burgschreibers zu Salzderhelden, Otto Berlein, trägt der Untreue die volle Verantwortung.

Kurz nachdem Leutnant Hoffmann mit den Gefangenen uns erreichte, hat von Stolzleben, noch bevor wir seiner habhaft werden konnten, das Schloss heimlich verlassen. Mit ihm flohen zwei junge, verblendete Wachleute, die er sicherlich als Handlanger zu missbrauchen gedenkt. Da wir seine Flucht erst nach dem Verhör der abtrünnigen Soldaten festgestellt haben und inzwischen einiges an Zeit verstrichen ist, war die bisherige Nachsuche leider ergebnislos.

Hoffentlich erinnert Ihr Euch, dass ich Euch erzählte, dass mein Gemahl den Kämmerer vor zwei Monaten beauftragte, unsere kostbarsten Güter auf die Burg Scharzfels vor dem näher rückenden großen Krieg in Sicherheit bringen zu lassen. Wie wir im Verhör herausbekamen, waren damals auch diese beiden Burschen dabei. Als Vertraute des Kämmerers beichteten sie, dass nicht alle fünf getarnten Fuhrwerke nach Scharzfels gelenkt wurden, sondern dass die Burschen einen Wagen – im Auftrag des Kämmerers – zur Heldenburg begleitet haben.

Daher ist nicht auszuschließen, dass dieser Unhold mit seinen Schergen in Salzderhelden auftaucht, um sich mit dem Diebesgut aus dem Staub zu machen. Ich darf Euch deshalb um Vorsicht bitten! Solltet Ihr seiner habhaft werden, so würde Euch der Herzog bestimmt gern eine Belohnung zahlen. Und solltet Ihr dazu auch noch den entwendeten Wagen mit der kostbaren Ladung finden, wird sich auch hierfür der Herzog in aller Großzügigkeit dankbar zeigen.

Ich hoffe auf gute Nachrichten und auf ein Wiedersehen im Schloss Herzberg!

Konrad fühlte sich geehrt. Ein Brief von einer echten Herzogin, das konnte er kaum glauben! Durch die Zeilen kam immer mehr Licht in diese dunkle Geschichte. Konrad beeilte sich nun, der Fürstin möglichst stilvoll zu antworten, damit der wartende Reiter gleich wieder zum Schloss Herzberg aufbrechen konnte. Da er noch nie ein Schriftstück an eine so hochgestellte Person verfasst hatte, kam er auf die Idee, im Fundus des alten Burgschreibers nach Ähnlichem zu suchen. In der Ordnung, die Otto Berlein hinterlassen hatte, war es nicht schwer, eine Mappe voller Schriftverkehr mit dem Fürstenhaus zu finden. Konrad ließ sich beispielhaft inspirieren.

Durchlauchtigste Fürstin,

Ich darf meinem untertänigsten Dank Ausdruck verleihen, für die aufschlussreiche Nachricht, die meine bisherige Annahme, dass der Kämmerer der Fadenzieher ist, bestätigt. Ich habe die Wanderschaft als Zeichner abgebrochen und bin soeben von Eurem Amtmann hier auf der Heldenburg als Nachfolger des zu Tode gekommenen Otto Berlein als neuer Burgschreiber eingeführt worden. Da ich dadurch Zugriff auf alle Dokumente und Gebäude der Burg habe, werde ich mich unverzüglich auf die Suche nach Euren wertvollen Gütern begeben.

Eure Hoheit, ich muss Euch noch etwas beichten. Edmund Mengler ist lediglich mein Künstlername! Wie es zu diesem gekommen ist, dazu würde ich mich gern, bei einem nächsten Besuch, erklären. Mein richtiger Name ist Konrad Gassner. Ich bitte Euch untertänigst um Verzeihung, dass ich in Herzberg nicht meinen wahren Namen kundgetan habe!

Euer untertänigster, getreuer und gehorsamer Diener
Konrad Gassner

Als der Reiter mit Konrads Antwort den Burghof verließ, stürmte nur Augenblicke später der Amtmann die Treppe zum Arbeitszimmer hinauf.

»Ihr müsst ja im Schloss einen bleibenden Eindruck hinterlassen haben! Eine Botschaft von der Herzogin persönlich flattert nicht alle Tage auf die Burg! Deshalb verzeiht mir meine Neugier: Gibt es neue Erkenntnisse zum Tod von Otto Berlein?«

Konrad beschloss, dem Amtmann vorerst nichts von den heimlich nach Salzderhelden verschobenen Wertgegenständen aus dem Schloss zu berichten. Er wollte sich erst sicher sein, dass dieser Transport wirklich auf der Burg angekommen war. Denn auch hier gab es noch offene Fragen, Rätsel, die er lösen musste.

»Es gibt hochbrisante Neuigkeiten aus dem Schloss!«

Konrad erzählte sinngemäß den Inhalt der Botschaft und bat den Amtmann, die Wache anzuweisen, dass sie nach dem Kämmerer und seinen beiden Helfern die Augen offenhalten sollten.

Der Tag neigte sich langsam dem Ende zu. Konrad war überrascht von der absoluten Stille, die auf der Burg herrschte. Kaum ein Geräusch war zu vernehmen, und wenn doch, dann klang es nicht bedrohlich. Wie oft hatte er sich in den letzten Monaten, als er es leid wurde Soldat zu sein, nach einer so friedvollen Ruhe gesehnt! Kriegslärm in seinen vielen Facetten hatte sich bei ihm tief im Kopf eingebrannt. Das sich gegenseitig anfeuernde Grölen, lautes Fluchen, das herzzerreißende Schreien eines aufgespießten Kriegers, der helle Klang aufeinanderschlagender, funkensprühender Blankwaffen, das Prasseln der unzähligen Hufe, das panische Wiehern der Schlachtrösser, die peitschenden Musketensalven und das hämmernde, ohrenbetäubende Dröhnen der

Kanonen: Alles das verschmolz zu dieser unvergleichlichen Melodie des Krieges.

Lautes Pochen an der Tür! Konrad schreckte hoch und griff instinktiv nach seinem unter dem Kopfkissen liegenden Dolch. Ein matter Lichtschein fiel durch die offenstehende Tür aus dem Arbeitszimmer in seine Kammer. So lange und so fest hatte er schon lang nicht mehr geschlafen! Erneutes Pochen, und eine schüchtern klingende Stimme drang an seine Ohren.

»Ich bin es, Minna, die Küchenmagd! Herr Konrad, seid Ihr wach? Darf ich eintreten? Ich bringe Euch das Morgenmahl, wenn´s beliebt« ,flüsterte sie unsicher.

»Kommt nur herein und stellt es auf den Schreibtisch!« ,antwortete Konrad.

Mit einer Hand ein prall gefülltes Tablett balancierend betrat die junge Magd den Raum. Ein verlegenes Lächeln huschte über ihr Gesicht, als sie Konrad im Nebenraum auf dem Bett entdeckte. Schnell senkte sie ihren Blick, stellte das Morgenmahl auf den Tisch und verschwand, die Tür fast geräuschlos schließend, über die knarrende, steile Treppe zurück zum Burghof.

Konrad hatte noch bis spät am Abend in den Büchern des alten Burgschreibers geblättert, doch nichts Auffälliges entdeckt. Es waren alles Einträge, die, in Spalten wohlgeordnet, einen Sinn ergaben. Der einzige Anhaltspunkt war die Tatsache, dass Otto Berlein den Auftrag hatte, die Rücklagen der Salzsiedergemeinschaft irgendwo auf der Burg sicher aufzubewahren.

Konrad beschloss, zunächst einmal die einzelnen Burggebäude und möglichen Verstecke näher zu erkunden. Da er kein Aufsehen bei der Burgbesatzung erregen durfte, nahm er sich eines der Inventarverzeichnisse und schlenderte über den Hof. Es dauerte nur ein paar Augenblicke, bis der neue Burgbewohner vom Wachführer angesprochen wurde.

»Seid gegrüßt, Herr Burgschreiber! Habt Ihr eine erholsame erste Nacht verbracht?«

»Oh, danke der Nachfrage! Es ist ja wirklich gespenstisch ruhig in diesem alten Gemäuer!«

Der Soldat lachte auf.

»"Gespenstisch" ist der richtige Ausdruck. Also wenn Ihr mich fragt, mir ist es schon manchmal zu ruhig hier auf der Heldenburg!«

Er stellte sich breitbeinig, die Hände in seinen Waffengürtel verschränkt, vor Konrad. Mit wichtiger Miene und zusammengekniffenen Augen sprach er weiter.

»Als Feldwebel bin ich hier der ranghöchste Soldat, und wenn ich meinen Männern nicht ab und zu in den Hintern treten würde, dann wäre es bald vorbei mit der Disziplin!«

Konrad musste sich das Grinsen verkneifen, denn so richtig erstnehmen konnte er den um gut einen Kopf kleineren Mann mit einem so runden Bauch nun wirklich nicht. Bevor Konrad etwas sagen konnte, polterte der Feldwebel weiter drauflos: »Hinzu kommt, dass uns Herzog Georg offensichtlich vergessen hat! Schon lange nicht mehr war Seine Hoheit bei uns zu Gast. Ich glaube, die hohen Herrschaften haben die Heldenburg abgeschrieben! Der Otto, also ich meine unser alter Burgschreiber, hat wirklich alles versucht, dem Kämmerer in Herzberg ein paar Taler aus dem Beutel zu ziehen, doch wie Ihr gleich selbst sehen werdet, ist hier kaum was angekommen. Überall sind die Dächer löchrig, und es regnet hemmungslos rein. Nur gut, dass da oben, im zweiten Stock, keiner mehr wohnt!«

Der Feldwebel drehte sich Richtung Bergfried und zeigte nach oben.

»Schaut nur hinauf! Auch das Dach vom großen Turm hat etliche zersprungene Sandsteinplatten, und bei jedem Regen muss unser treuer Heiner gleich mehrere Eimer unterstellen, damit er nicht absäuft.«

Konrad schüttelte mitfühlend seinen Kopf.

»Na, dann werde ich mal bei Heiner meinen Rundgang beginnen, und da ich vor zwei Tagen das Vergnügen hatte, Ihre Hoheit, die Herzogin kennenzulernen, versuche ich über diesen Kontakt auf den misslichen Zustand aufmerksam zu machen.«

Der Feldwebel stutzte erstaunt.

»Moment mal! Ihr habt tatsächlich unsere Herzogin getroffen? Deshalb wollte der Bote direkt zu Euch!«

»So ist es! Ich war im Schloss bei der Fürstin, und wir haben angeregt geplaudert.«

Der Wachführer wurde plötzlich zum Schmeichler.

»Also, wenn Ihr irgendwie mal Hilfe braucht, oder wenn Euch irgendjemand von meinen Männern dumm kommt«, er machte einen Schritt zurück, zog seinen Degen ein Stück heraus, um ihn gleich wieder mit Schwung in der Scheide verschwinden zu lassen, »dann wendet Euch vertrauensvoll an mich!«

Und wieder verkniff sich Konrad ob der komischen Figur, die der Soldat darbot, ein Grinsen.

»Herr Feldwebel, ich werde bei Bedarf auf Euer großzügiges Angebot gern zurückkommen!«

Schon im Weggehen begriffen, drehte sich Konrad nochmals um.

»Ach, übrigens, Herr Feldwebel, ist der Kämmerer aus Herzberg in den letzten Monaten hier auf der Heldenburg zugegen gewesen? Oder hat er gar unseren Otto Berlein besucht?«

»Einer, der uns so wenig wohlgesonnen ist, der nichts vom Zustand der Burg wissen will, der traut sich hier nicht her!«

Den Eingang des Bergfriedes erreichte Konrad über das zweite Stockwerk des Junkerhauses. Von hier führte ein überdachter hölzerner Übergang zum Turm. Über eine 78 Stufen zählende Steintreppe folgte der anstrengende Aufstieg. Schnaufend oben angekommen hatte Heiner, der alte Burgsoldat, ihn längst gehört.

»Komm´ ruhig näher, ich hab Dich schon erwartet!«, duzte er Konrad frech mit seiner tiefen, rauen Stimme.

Konrad blieb, überrascht von dem unerwarteten Empfang, auf der letzten Stufe stehen und schaute sich um. Der alte Soldat stand, kaum zu erkennen, im Schatten einer mannshohen Schießschartennische. Nur durch schlitzartige Wanddurchbrüche drang etwas Licht in den quadratischen, fünfzehn mal fünfzehn Fuß großen Innenraum des Turms. Ein einfacher Hocker, ein kleiner, grober Tisch, auf dem zwei

Talglichter standen, eine Kommode, eine mit Wurmlöchern durchsetzte Truhe und ein Bett mit Strohmatratze: Das alles stand in einem engen Kreis in der Mitte des Raums.

»Schau´ dich ruhig um! Es mag vielleicht merkwürdig anmuten, wie meine Möbel aufgestellt sind, aber nur so kann ich, ohne dass sie mich behindern, um sie herumlaufen und durch die Scharten in alle Himmelsrichtungen die Gegend kontrollieren.«

Der alte Soldat trat auf Konrad zu und musterte ihn von oben bis unten.

»Ich bin der Heiner und fast so viel Jahre auf der Burg, wie es diese ehrwürdigen Mauern schon gibt. Wenn du in deinem Buch unter „L", wie lebendes Inventar nachsiehst, dann müsstest du mich eigentlich entdecken!«, tönte es mit heiserem Lachen aus seinem wuchtigen, großen Körper.

Nun konnte sich auch Konrad das Lachen nicht verkneifen.

»Ich hoffe, es macht dem jungen Herrn Burgschreiber nichts aus, dass ich ihn mit so wenig Respekt angesprochen habe, aber wer sich bis hier herauf in meine gute Stube wagt, der muss damit leben.«

»Kein Problem, ich bin Konrad!«

»Du gestattest, dass ich mich setze! Meine Knie spielen nicht mehr mit und wollen einfach den runden Bauch nicht mehr so recht tragen«, antwortete Heiner.

Konrad trat in eine der neun Schießnischen und sah durch die längliche, mannshohe Scharte ins Leinetal.

»Ein beeindruckender Ausblick! Von hier oben hat man ja wirklich alles unter Kontrolle!«

»Umso mehr, wenn man – wie ich – dazu noch ein Fernrohr hat! So kann ich ziemlich früh Freund und Feind unterscheiden und das nicht nur außerhalb der Burg.«

Konrad stutze und drehte sich zu Heiner um, der ihn verschmitzt anlächelte.

»Wie meinst du das? Wie soll ich das verstehen?«

»Nun ja! Ich bin zwar, mit 62 Lenzen, ein in die Jahre gekommener Soldat, das heißt aber noch lange nicht, dass Augen und Ohren und vor allem mein Geist ihre Dienste verweigern!«

Heiner kniff die Augen zusammen und strich sich über sein mit Bartstoppeln übersätes Gesicht.

»Ich will damit sagen, dass ich seit Jahren von hier oben mehr mitbekomme, als viele da unten auch nur ahnen!«

Konrad setzte sich auf sein Bett und beschloss, ihm ein wenig auf den Zahn zu fühlen. »Was gibt es denn hier schon Aufregendes zu beobachten?«

Stumm, als ob ihm die Worte fehlen würden, sah Heiner Konrad an. Sein starrer Blick durchbohrte ihn förmlich, bis er sich tief durchatmend streckte und zu plaudern begann.

»Nehmen wir zum Beispiel dich! Kaum ist der Otto Berlein heimtückisch ermordet, tauchst du hier auf und wirst neuer Burgschreiber. Gerade eben ins neue Amt eingeführt, trabt ein Bote von der Herzogin persönlich auf den Hof. Augenblicke später verlässt er wieder die Burg, und zwar mit einem Brief von dir. Gleich darauf stürmt der Amtmann zu dir ins Arbeitszimmer und verlässt es ganz aufgeregt wieder.«

Heiner grinste Konrad an und legte seinen Kopf in den Nacken.

»Da staunst du, was? Wäre es jetzt nicht normal, wenn sich mir die Frage stellt, ob du vielleicht etwas anderes bist, als du vorgibst?«

Konrad war sprachlos. Heiner hatte nicht geprahlt. Er schien tatsächlich alles mitzubekommen, was auf und um die Burg passierte! Auf jeden Fall war er nicht zu unterschätzen, und Konrad beschloss, ihn vorsichtig mit in seine Suche einzubeziehen.

»Du bist ein aufmerksamer Beobachter und scheinst ja deine Augen und Ohren wirklich überall zu haben. Aber sage mir mal, woher weißt du vom Mord an Otto Berlein? So lange ich auf der Burg bin, habe ich mit niemandem darüber gesprochen.«

Heiner stopfte sich schmunzelnd eine Pfeife und entzündete sie mit einem glimmenden Kienspann. Nach ein paar kräftigen Zügen blies er Konrad den Rauch direkt ins Gesicht.

»Auch außerhalb der Burg ist es von Vorteil, seine Ohren zu haben! In diesem Fall gehören sie zu einer jungen Dame, die auf den Namen Johanna hört.«

»Johanna? Die Johanna aus dem Gasthaus zum Salze? Was hast du mit der Tochter des Wirts zu schaffen?«

»Ob du es glaubst oder nicht, ich bin der Oheim der Johanna! Ab und zu bringt sie mir ein Stück saftigen Braten und einen Krug Wein in den Turm.«

Konrad sah ihn ungläubig an und schüttelte mit dem Kopf.

»Ja, sie hat euch, den Bürgermeister und dich, heimlich aus der Küche belauscht und mir von dem Gespräch berichtet. Das ergab sich allerdings rein zufällig, denn eigentlich wollte sie mir nur von einem jungen, stattlichen Herrn namens Konrad Gassner vorschwärmen.«

Konrad konnte es kaum glauben. Johanna war offenbar genauso neugierig wie ihr Vater! Auf der anderen Seite schmeichelte es ihm, dass sie sich für ihn interessierte.

»Dieses kleine Luder lauscht an der Tür und erzählt es gleich weiter!«

»Keine Sorge, sie läuft mit der Nachricht bestimmt nicht durch den Flecken! Bei mir ist die tragische Geschichte sicher aufgehoben, und dass sie es mir erzählt hat, ist mehr als verständlich. Der Otto und ich sind in den vielen gemeinsamen Jahren auf der Burg zu echten Freunden geworden. Otto und ich hatten keine Geheimnisse voreinander. Der eine war immer für den anderen da.«

Bei den letzten Worten versagte ihm die Stimme. Seine Augen wurden feucht. Tränen rannen ihm über die Wangen.

»Du kannst mir glauben, es war auch für mich eine Herzensangelegenheit, seine feigen Mörder zu finden!«, kam es mitfühlend aus Konrads Mund.

»Du kennst seine Mörder? Wer sind die? Hast du sie erwischt?«

»Ich bin diesem Abschaum zwar begegnet, wusste da aber noch nicht, ob sie es wirklich waren. Ein kleiner Trost ist, dass die Burschen von ein paar mysteriösen Reitern aus dem Weg geräumt wurden, dabei wurde einer der beiden auf der Stelle getötet. Aber viel wichtiger, ich kenne inzwischen den Auftraggeber dieser Mordgesellen!«

Heiner hatte sich wieder gefasst und sprang auf. Mit geballten Fäusten stand er vor Konrad.

»Wer ist dieses feige Schwein? Kenne ich ihn am Ende?«

Konrad hielt kurz inne. Er war sich unschlüssig, ob er den Namen preisgeben sollte.

»Komm´ schon, rede, wenn ich dir helfen soll! Und glaube mir, wenn dir einer nützlich sein kann, dann bin ich es! Also, raus damit! Wer war es?«

»Du wirst seinen Namen sicherlich kennen. Aber soweit ich weiß, ist er noch nie auf der Burg gewesen. Es ist der Kämmerer aus Herzberg.«

Fassungslosigkeit zeichnete sich in Heiners Gesicht ab. Erschüttert ließ er sich zurück auf seinen Hocker fallen.

»Ich glaube es nicht, von Stolzleben! Natürlich kenne ich den Namen des Kämmerers aus Herzberg! Otto hat sich schließlich oft genug über ihn beklagt. Der sitzt seit Jahren, wie eine Glucke, auf den Silberlingen des Herzogs. Der tut grad so, als ob es seine Taler sind, die er da verwaltet, und ich muss hier bei jedem Regenschauer sehen, wie ich meine Kammer trocken halte!«

Konrad hatte das Gefühl, dass das der letzte Funke war, den es noch brauchte, um Heiners Hilfsbereitschaft richtig zu entzünden.

»Sage mal Heiner, keiner kennt die Burg so genau wie du. Stelle dir vor, du müsstest auf der Heldenburg einen Schatz sicher aufbewahren. Wo würdest du ihn verstecken?«

Heiner sah Konrad prüfend an, nahm seine Pfeife auf, stopfte sie nach und entzündete sie erneut.

»Daher weht also der Wind! Der Herr ist ein Schatzsucher! Du weißt hoffentlich, dass solche Abenteurer nicht ungefährlich leben.«

»Da kann ich dich beruhigen! Erstens bin ich kein Abenteurer, und über meine Gesundheit brauchst du dir keine Sorgen zu machen, denn wehrhaft bin ich obendrein!«   Konrad kniete sich direkt vor ihm auf den Boden.

»Nein, Heiner, ich handele hier nicht im eigenen Interesse, sondern im höheren Auftrag. Und wenn es dich beruhigt, ich stehe treu und loyal zum Fürstenhaus! Und ganz besonders zu Ihrer Hoheit, der Herzogin Anna Eleonore, die ich bei meinem Aufenthalt im Schloss Herzberg persönlich getroffen und schätzen gelernt habe.«

»Du hast die Fürstin Auge in Auge wirklich kennengelernt?«

»So ist es! Eine beeindruckende Persönlichkeit, der man so schnell nichts vormacht. Aber kommen wir doch noch mal auf meine Frage zurück. Wo also würdest du in diesen Mauern etwas verstecken?«

»Da gibt es wahrlich eine Menge Möglichkeiten! Von den Speicherböden bis zum Kellergewölbe des großen Steinhauses, oder«, Heiner hielt kurz inne, »oder womöglich in unserem Käsekeller, dem früheren Kerker.«

»Ah ja, davon hat mir der Amtmann schon berichtet, dass in das düstere, kalte Loch einst Galgenvögel weggesperrt wurden. Aber wie kommst du gerade auf diesen Ort?«

»Nun, vor ungefähr 40 Jahren versuchte dort mal ein Häftling auszubrechen. Er wollte sich durch den Sandsteinmergel unter der Wand des darüberstehenden Junkerhauses hindurchbuddeln. Dummerweise ist er irgendwann auf massiven Fels gestoßen und vorbei war sein Versuch. Doch dabei hat er ein etwa zwölf Fuß tiefes Loch hinterlassen.«

»Und du meinst, das würde sich als Versteck eignen?«

»Wer weiß? Aber sage mir lieber erst mal, was du eigentlich suchst! Vielleicht kann ich dir dann besser helfen.«

Konrad musste schnell abwägen, wie viel er Heiner erzählen sollte? Wenn alles stimmte, was er ihm berichtet hatte, dann kannte keiner den Burgschreiber so gut wie dieser ausgefuchste, alte Soldat. Konrad sah in listig dreinschauenden Augen. Wie sollte er ihn einschätzen?

»Also gut, Heiner! Nur eins kann ich dir sagen, wenn du versuchst, mich hinters Licht zu führen, oder gar etwas von dem hier Gesprochenen zu irgendjemanden weiterträgst, dann lernst du einen ganz anderen Konrad Gassner kennen, und den wünscht du dir garantiert nicht zu erleben!«

Erschrocken erhob sich Heiner von dem Hocker und baute sich seinerseits drohend, seine tiefe Stimme erhebend, fast Nase an Nase, vor Konrad auf.

»Du willst mir Angst machen? So kommen wir nicht zusammen! Das versiegelt meinen Mund und du erfährst gar nichts.«

Heiner wandte sich ab, humpelte wieder in die Mauernische und blickte durch die Schießscharte nach draußen. Ratlos stand Konrad da. Er wusste, sein Auftritt hatte Heiner verletzt.

»Schade« , bedauerte Konrad.

Enttäuscht Schritt er zur Treppe. Er war schon auf der ersten Stufe nach unten, als sich der alte Soldat unvermittelt umdrehte.

»Nun seid mal nicht gleich eingeschnappt! Wenn hier einer allen Grund dazu hätte, dann wäre das ja wohl ich! Hier ist mein Vorschlag: Du kommst heute nach dem Abendmahl noch einmal wieder und bringst mir einen großen Krug Bier mit, und zwar von dem leckeren Einbecker Bockbier, das lagert ganz hinten links im Gewölbekeller des Speicherhauses. Derweil überlege ich, was mir noch so einfällt!«

Heiner setzte sich wieder auf seinen Hocker.

»Übrigens, wenn du glaubst, ich wüsste nicht, um was es bei deiner Schatzsuche geht, dann hast du dich gehörig geschnitten! Ich sagte doch, Otto und ich hatten kaum Geheimnisse voreinander.«

Grinsend sah er Konrad an. Es machte ihm sichtlich Spaß, sein Wissen scheibchenweise zu servieren.

»Wenn mich nicht alles täuscht, handelt es sich bei deinem Schatz um die Barschaft der Salzsiedergemeinschaft. Oder?«

Konrad schüttelte erstaunt seinen Kopf.

»Das ist doch wohl der Gipfel! Ich gebe mir alle Mühe, ein Geheimnis zu wahren, und du weißt längst alles und spannst mich hier auf die Folter!«

»Na ja, „alles" ist dann wohl doch übertrieben! Otto hat mir zwar davon erzählt, dass der Bürgermeister und der Amtmann ihm viele silberne Taler zur geheimen Verwahrung angetragen haben, aber wo er die edlen Münzen versteckt hat, das hat er dann doch nicht verraten! Aber da unser Otto ein gewiefter Mann war und vor allem ein Mann des Wortes und der Feder, kann ich mir vorstellen, dass du beim Studium seiner Bücher einen Hinweis über den geheimen Ort finden wirst.«

»Auf den Gedanken bin auch schon gekommen, vor allem weil der Kämmerer auch hinter den Büchern her war und sie mir abnehmen wollte. Aber beim ersten Durchblättern ist mir absolut nichts Merkwürdiges aufgefallen. Wo soll ich noch suchen?«

»Und doch bin ich mir sicher, dass es sich lohnt und die Bücher womöglich erst auf den zweiten Blick ihre Geheimnisse preisgeben. Nimm bitte jedes Wort, was sage ich, jeden Buchstaben unter die Lupe, denn Otto war ein Meister des Wortspiels! Ich denke, es wird ihm Spaß gemacht haben, das Versteck so zu tarnen, aber auch auf diesem Weg eine Nachricht für den Suchenden zu hinterlassen, und zwar in weiser

Voraussicht, falls ihm etwas zustoßen sollte. Was ja nun leider eingetreten ist!«

Heiner sprang auf, humpelte auf Konrad zu. »Also mein Junge, tun wir ihm den Gefallen! Lösen wir sein Rätsel.«

Konrads Jagdfieber war geweckt. Mit Heiner hatte er augenscheinlich einen findigen Verbündeten an seiner Seite. So viel Scharfsinn hätte er diesem greisen Burgsoldaten mit der beruhigenden Bassstimme auf den ersten Blick gar nicht zugetraut!

Es war noch genug Zeit bis zum Abendmahl, und so holte sich Konrad aus seinem Arbeitszimmer eine der dicken Kerzen, ein paar Kienspäne sowie Feuersteine und marschierte zum Käsekeller. Der lag auf der anderen Seite des Burghofs, unter der rechten Ecke des Junkerhauses. Acht Steinstufen führten hinunter zu einer mit schweren Eisenbändern beschlagenen Tür, die aus der Zeit, als der Raum als Kerker genutzt wurde, eine schmale vergitterte Durchreiche in ihrer oberen Mitte besaß. Obwohl sie nicht verriegelt war, musste Konrad alle Kraft einsetzen, um sie spaltbreit zu öffnen. Gerade genug, dass er hindurchpasste. Er entzündete die Kerze und trat ein.

Es war schon ein merkwürdiges, aber doch auch vertrautes Gefühl, das ihn befiel. Der ihm entgegenschlagende feuchtkalte, schimmlige Geruch erinnerte Konrad sofort an den unheimlichen Knochenkeller der Martinskapelle in Wetzlar.

„Wetzlar, wie lang ist das her!", dachte er. Auch damals erregte ihn das Abenteuer. Was würde ihn hier erwarten? Nur etwa drei mal vier Schritte maß der Raum. Ringsherum an den Wänden befanden sich Holzregale, und in der Mitte stand ein Tisch. Die Vorräte für die Burgküche wurden hier gelagert. Ziegenkäse, Schmalz und ein paar Würste füllten die Speicherbretter. Am Boden standen, in großen Tongefäßen aufbewahrt, gepökeltes Schweinefleisch und Sauerkraut, und an kräftigen Haken hingen geräucherte Schinken.

Konrad sah sich um. Von einem Loch in der Wand war nichts zu sehen. Er trat näher mit der Kerze an die Regale heran und leuchtete so, den Vorrat hin- und herrückend, die dahinterliegenden Wände gründlich ab. An dem dem Eingang gegenüberliegenden Mauerwerk, versteckt hinter einigen gestapelten Schmalzfässchen, schienen etliche Steine lose aufeinanderzuliegen. Konrad stellte die Kerze auf den Tisch ab, räumte das Regal komplett aus, nahm die Bretter heraus und stand nun unmittelbar vor den Steinen.

Was tun? Er probierte, einen Stein durch Drücken und Treten zu bewegen. Nichts Sichtbares rührte sich! Er dachte schon, er müsste sich einen dicken Hammer oder eine Axt besorgen, doch den Gedanken verwarf er gleich wieder. Zu viel Krach würde die Aufmerksamkeit der Burgsoldaten wecken! Grübelnd davorstehend, fiel ihm auf, dass sich zwischen zwei Steinen ein etwas breiterer Spalt befand. Er probierte, seine Finger hineinzustecken, aber es gelang ihm nicht. Da fiel ihm der Dolch ein, den er immer bei sich trug. So bohrte er die Spitze der Blankwaffe in den seitlichen Spalt. Durch Hin- und Herbiegen der Eisenklinge gelang es ihm die Steine zu verschieben und die Fuge zu weiten. Die gleiche Technik wandte er auf der anderen Seite an, und auch hier wurde die Lücke langsam größer. Bald hatte er genug Spielraum um die Finger beider Hände hineinzuschieben. Er presste sie mit aller Macht von links und rechts gegen den Stein und zerrte so fest er konnte. Nichts passierte! Er probierte es ein zweites, ein drittes Mal: ohne Erfolg!

Ratlos ließ sich Konrad auf den Tisch sinken. Um den schmerzenden Fingern Linderung zu verschaffen, schüttelte er seine Hände und blies ihnen kühlende Luft entgegen. Nochmals sah er sich die Spalten links und rechts vom Stein an. War dahinter wirklich der Hohlraum? Und wenn ja, war immer noch ungewiss, ob Otto Berlein ihn als Versteck auserwählt hatte.

Konrad musste sich Gewissheit verschaffen. Er nahm die Kerze vom Tisch, hielt das Licht so dicht es ihm möglich war, an den rechten Schlitz und presste gleichzeitig sein Auge auf der anderen Seite vor den Spalt.

»Ein Hohlraum!« „Eindeutig, ich muss dahinterfassen, dann könnte ich den Stein vielleicht herausziehen!", so dachte er.

Neue Hoffnung flammte auf. Beim Zurückstellen der Kerze fielen ihm die Schmalzfässchen ins Auge, die er auf dem Tisch gestapelt hatte. Dann kam ihm eine zündende Idee. Er nahm seinen Dolch, tauchte ihn in das Schmalz und strich damit die Haut der Handrückseiten ein. Die Fingerinnenseiten selbst hielt er fettfrei.

Konrad steckte die Finger in die Fugen, schloss die Augen, holte tief Luft und schob sie dann mit aller Kraft nach vorn. Schmerzen durchströmten seinen Körper. Er hatte das Gefühl, als wollte die Wand ihm die Hände zerdrücken. Kurz innehaltend, nach Luft hechelnd und mit zusammengebissenen Zähnen und letzter Willenskraft presste Konrad ein weiteres Mal die geschundenen Hände nach vorn. Es funktionierte! Das Schmalz erfüllte als Gleitmittel seinen Zweck, bis er plötzlich die Finger anwinkeln konnte und so den Stein von der Rückseite in den Griff bekam. Mit schmerzverzerrtem Gesicht machte er sich Luft und feuerte sich selbst an.

»Jetzt nicht nachgeben! Komm, komm, und zieh – zieh – zieh!«

Mit diesen Worten, die er, alles um sich herum vergessend, hemmungslos in den Raum brüllte, gab der Stein – erst langsam und dann mit einem kräftigen Ruck endgültig – nach. Konrad wurde von der Wucht der abrupt freiwerdenden Kraft – mit dem Stein in den Händen – nach rücklings auf den Tisch katapultiert. Sämtliche Schmalzfässer, die er dort abgestellt hatte, flogen im hohen Bogen auf den Boden.

Mit einem lang gezogenen „Jaaa!" spürte er schlagartige Erleichterung. In dem Moment, als er, in überschwänglicher Freude über seinen gelungenen Kraftakt, den Stein küsste, dröhnte plötzlich eine Stimme in den Raum: »Habe ich dich endlich erwischt, du diebische Elster!«

Immer noch auf dem Rücken liegend, reckte Konrad den Kopf nach hinten und sah spiegelbildlich verkehrt Ernestine, die Köchin im Türspalt stehen. In ihrer Hand hielt sie drohend einen großen Fleischklopfer. Konrad warf schnell den Stein weg und richtete sich auf. Doch bevor er sich rechtfertigen konnte, polterte sie mit kreischender Stimme auf ihn zu: »Ich glaube es nicht! Kaum auf der Burg angekommen, bedient Ihr Euch in meiner Speisekammer!«

Dann sah sie die Bescherung, die am Boden herumliegenden und zum Teil geborstenen Schmalzfässchen. Fassungslos machte sie einen weiteren Schritt auf Konrad zu und schlug mit dem Fleischklopfer auf den Tisch.

»Was treibt Ihr hier? Was um alles in der Welt habt Ihr hier bloß angerichtet?«

»Glaubt mir, es ist nicht so, wie es aussieht! Das, was Ihr hier seht, ist weiter nichts als ein großes Missgeschick! Ihr müsst wissen, dass ich gerade dabei bin nach dem Hausbuch der Burg das ganze Inventar und auch die Vorräte zu überprüfen. Heiner erzählte mir von einem Hohlraum hinter dem Regal, und genau dem wollte ich soeben nachgehen, und dabei habe ich mich wohl etwas ungeschickt angestellt.«

Konrad musste sich ein Grinsen verkneifen und machte ein betroffenes Gesicht.

»So, der alte Heiner hat Euch also angestiftet, und Ihr entpuppt Euch gleich als Tollpatsch! Na, das kann ja heiter werden! Dann seht jetzt gefälligst zu, wie Ihr den Schlamassel, den Ihr hier angerichtet habt, wieder aufräumt!«

Konrad wollte die Spannung aus der Situation herausnehmen und fiel vor der Köchin auf die Knie.

»Holde Ernestine, könnt Ihr mir noch einmal verzeihen?«

Im barschen Ton feuerte sie zurück: »Was soll das? Veralbern kann ich mich allein! Und im Übrigen könnte das alles nicht passieren, wenn nicht unsere Minna den Schlüssel mal wieder verbusselt hätte. Seitdem wird hier regelmäßig geklaut, als ob es auf der Burg nicht genug zu essen gäbe! Aber eins sage ich Euch, den Halunken, den kriege ich noch, und dann Gnade ihm Gott!«

Mit diesen Worten und einem Kreuz, das sie schlug, verschwand sie, und Konrad konnte sich ungestört weiter vorarbeiten. Nun gelang es ihm, die restlichen, nicht verfugten Steine recht schnell herauszunehmen. Dann war es endlich so weit! Vor ihm lag das erhoffte ehemalige Ausbruchloch. So, wie von Heiner beschrieben, war es mindestens zwei Manneslängen tief. Im Durchmesser hatte der damalige Gefangene es gerade so groß gebuddelt, dass ein menschlicher Körper hineinpasste.

Konrad nahm die Kerze, die bei seiner Bruchlandung ebenfalls vom Tisch gefallen war, wieder auf und entzündete sie neu. Am ausgestreckten Arm führte er das flackernde Licht vorsichtig ins Dunkel. Doch was er sah, war weiter nichts als gähnende Leere: keine Schatzkiste und auch von einer Kassette mit Münzen fehlte jede Spur! Enttäuschung machte sich breit.

»Es wäre ja auch zu schön gewesen!«, sagte er mit einem tiefen Seufzer leise vor sich hin.

Langsam zog er die Kerze zurück. Doch plötzlich, in der äußersten Ecke, bemerkte er ein kurzes Reflektieren des Lichtscheins. Noch einmal streckte er ungläubig seine Hand mit der Kerze, so weit er nur konnte, in die dunkle Öffnung. Nun erkannte er auch den Fels, an dem damals der Ausbruchversuch gescheitert war, und genau davor, am unteren Rand, ragte etwas Glänzendes aus einer Vertiefung des Kalkmergelbodens. Konrad hielt den Atem an. Was war das? Sollte seine schweißtreibende, schmerzhafte Arbeit doch nicht umsonst gewesen sein?

Mit der Kerze vorweg schob er sich Stück für Stück hinein in das enge Loch. Der Erbauer dieses Fluchtweges musste um einiges kleiner und vor allem schmaler gewesen sein. Je tiefer Konrad sich hineinzwängte, desto häufiger blieb er mit seinen breiten Schultern stecken. Enge, atemraubende Enge ließ sein Herz merklich schneller schlagen. Er hielt kurz inne und schnaufte ein paar Mal kräftig durch. Ein immer stärker werdendes, beklemmendes Gefühl beschlich ihn und drohte seine Bewegungen zu erlahmen. Gerade so, als wäre er ein Korken, der eine Flasche luftdicht verschloss, so kam er sich vor.

Die Flamme der Kerze wurde plötzlich immer kleiner, flackerte kurz auf und dann erlosch sie. Dunkelheit, stockfinstere Dunkelheit umgab ihn. „Bei Gott, was tu ich hier?", fragte er sich. Er mochte sich gar nicht vorstellen, wie über seinem eingekeilten Körper die ganze Last des über 30 Fuß hohen Junkerhauses stand und nur darauf wartete, ihn zu zerquetschen. Während er gierig nach Luft hechelte, fing es in seinem Kopf an zu pochen. Ein lähmendes Gefühl machte sich breit. Als ob seine Muskeln erschlafften, durchströmte eine eigenartige wohlige Wärme den ganzen Körper. Für einen Moment war es so, als ob ihm die Sinne schwinden würden, und ein langsam immer stärker werdendes Pfeifgeräusch legte sich auf seine Ohren.

»Nein, nein«, feuerte er sich an, »nicht aufgeben, komm, du schaffst das!«, brüllte er in das jedes Wort schluckende dunkle Loch.

Mit letzter Willenskraft stemmte sich Konrad, heftig atmend, mit den Fußspitzen im Mergelboden ab und drückte sich noch ein paar Mal nach vorn, bis er mit den Fingerspitzen gegen die Felsrückwand stieß. Endlich hatte er das Ende des Lochs erreicht. Hektisch tastete er den Boden ab und bekam einen Gegenstand zu fassen. Er war nicht sehr groß, sodass er ihn mit einer Hand fest greifen konnte. „Raus, nichts wie raus!", schoss es durch seinen Kopf. Mit der freien Hand schiebend, mit den Fußspitzen ziehend, arbeitete er sich mit beinahe schlangenförmigen Körperbewegungen rückwärts auf die Lochöffnung zu.

»Geschafft!«, hörte er sich aus weit aufgerissenem Mund keuchend sagen, als er erschöpft auf die Knie sank.

Mit tiefen Zügen sog er die kühle Raumluft in seine Lunge, die Kraft kehrte in die Muskeln zurück. Er richtete sich auf, wandte sich dem Lichtspalt der Tür zu und betrachtete den Fund aus dem Loch: ein Buch, nur ein Buch, das er in seinen Händen hielt! Das, was den Lichtschein der Kerze reflektiert hatte, waren keine Silbermünzen, sondern der glänzende Schriftzug auf der Hülle.

„Gedichteschatztruhe" stand in großen, silbernen Lettern zu lesen.

Konrad ließ das Buch sinken. Immer noch etwas außer Atem, stützte er sich an der Tür ab und schüttelte seinen Kopf.

»Was soll das denn?«, sagte er vor sich hin.

Er musste an Heiners Worte denken: „Otto war ein Mann des Wortes und des Schreibens", hatte er gesagt. Sollten sich in diesem Buch wirklich Hinweise auf das eigentliche Versteck finden? Nur wie kam überhaupt das Buch in das Loch? Konrad beschloss, der Sache unverzüglich auf den Grund zu gehen, setzte die Steine wieder ein, stapelte die Schmalzfässer zurück ins Regal und ging zurück in sein Arbeitszimmer.

Nach dem Abendmahl machte sich Konrad, wie verabredet, zu Heiner auf den Weg. Mit dem gefundenen Buch und einem großen Tonkrug Bier, den ihm die Küchenmagd Minna gerne gefüllt hatte, stieg er hinauf in die Turmspitze.

»Ah, der Herr Schatzsucher! Das wurde aber auch höchste Zeit, ich bin schon halb verdurstet!«, sagte Heiner mit vor Freude strahlendem Gesicht, entriss ihm den Krug und schenkte gleich zwei Becher randvoll.

»Komm, setze dich zu mir! Wie ich sehe, bist du fündig geworden. Schönes Buch, oder? Hast du die aufschlussreichen Gedichte denn schon durchgearbeitet?«

Konrad stutzte und sah Heiner ungläubig an.

»Moment mal! Soll das etwa heißen, du ...«, doch bevor Konrad den Satz beenden konnte, mischte sich Heiner mit schallendem Lachen ein.

»Ja, ich gebe zu, dass ich dir ganz bewusst vom ehemaligen Kerker erzählt habe! Als ob er eine Vorahnung gehabt hätte, hat Otto mir gebeichtet, dass er dort – für den Fall der Fälle – etwas Wichtiges in Gedichtform deponieren würde.«

Heiner zog die Schultern hoch und hob gleichzeitig beide Arme.

»Aber was drin steht, das weiß ich wirklich nicht. Das musst du schon selbst herausbekommen!«

Konrad zeigte Heiner seine geschundenen Handrücken.

»Hier, schau dir das an! Ich kann froh sein, dass die Finger überhaupt noch dran sind! Einen Augenblick lang habe ich schon gedacht, ich stecke mit meinem ganzen Körper fest, und die Last des Junkerhauses würde mich erdrücken.«

Heiner verzog mitleidsvoll sein Gesicht und fing unwillkürlich an, seine Hände aneinander zu reiben, so, als ob er Konrads Schmerzen spürte.

»Aber die Mühe hat sich gelohnt!«, jubelte Konrad.

Triumphierend hielt er das Buch hoch, um es dann an einer gekennzeichneten Stelle aufzuschlagen.

»Ich muss schon sagen, dein Otto ist wahrhaftig ein fantasievoller Mensch gewesen! Zunächst habe ich mich ja noch gefragt, was wohl der Gedichtband mit unserem Versteck zu tun hat. Aber dann, auf Seite 20, fand ich diese Zeilen. Hör genau hin, ob sie dir was sagen.«

„Silbern glänzt das Wasser im Mondenschein,
doch tief im Fels fällt kein Licht hinein.
So hab' acht steigst mit der Kerze du hinab,
denk' dran, aus Übermut wird schnell ein Grab."

Konrad blickte auf und sah Heiner erwartungsvoll an.

»Na, was sagst du? Das ist der einzige Text, den ich gefunden habe, der womöglich für unsere Suche einen Sinn ergibt. „Silbern" und „tief im Fels", das hört sich für mich wie ein Versteck an. Was meinst du? Fällt dir dazu was ein?«

Heiner strich sich grübelnd über die wild gewachsenen Bartstoppeln und schloss die Augen. Dann schnaufte er ein paar mal tief durch, nahm einen ausgiebigen Schluck Bier und nickte Konrad zu. Sein faltiges Gesicht gab den Rahmen für einen breiten, schmunzelnden Mund.

»Ja, ja, unser Otto war schon ein geistreicher und findiger Mann! Und wenn ich jetzt eins und eins zusammenzähle und „silbern" und „tief im Fels" und „Wasser" dazu, dann lande ich direkt ...«, er unterbrach den Satz, stellte seinen Bierbecher ab, fasste Konrad am Arm und zog ihn zu einer Schießscharte, die Richtung Süden zum Hof ausgerichtet war.

»Schau´ nach unten und sage mir, was du siehst!«

»Den Hof – und...«, Konrad drehte sich zu Heiner um, »...den Brunnen. Na klar, der Brunnen ist das Versteck! „Wasser und tief im Fels", er meint den Brunnen!«

Konrad schlug sich mit der flachen Hand vor die Stirn.

»Da hätte ich auch selbst drauf kommen können!«

»Das mag schon sein, aber was diesen Ort als Versteck noch auszeichnet, ist die Tatsache, dass Otto leibhaftig in den Brunnen hinabgestiegen ist, und zwar so, dass es jeder sehen konnte.«

»Moment, du meinst, er hat es nicht zu verheimlichen versucht?«

»Wie ich schon sagte, Otto Berlein war ein findiger, man könnte auch sagen, ein ausgebuffter Mann. Allein hätte er ja nie hinabsteigen können, und schon gar nicht mit einer schweren Kiste voller Münzen. Also hat er die Sache zu einer hochoffiziellen Brunneninspektion deklariert.«

Heiner forderte Konrad auf, sich wieder zu setzen und schenkte aus dem Tonkrug die Becher ein weiteres Mal voll. Mit nun zunehmend spürbarer Erregung sprudelte es nur so aus ihm heraus: »Ich erinnere mich noch genau. Die Aktion fand nur ein paar Tage, bevor er mir von den Münzen der Salzsiedergemeinschaft erzählte, statt. Er hatte dazu von unserem alten herrschaftlichen Einspänner, der immer noch neben dem Turm unterm Schleppdach steht, ein Wagenrad abbauen lassen. Das passt nämlich genau vom Durchmesser in die Brunnenöffnung. Nachdem dann vier Seile angebunden und über einen Haken mit dem langen Wassereimerseil verknotet waren, ging es hinab. Die drei kräftigsten Burschen unserer Wachsoldaten haben ihn gesichert.«

Nun war auch Konrad ganz gefangen von Heiners verwegen anmutender Geschichte.

»Das hört sich ja wirklich abenteuerlich an! Aber wie hat er dann die Münzen unauffällig mit hinuntergenommen?«

»Also, Otto hatte schon eine schwere Kiste dabei! Nach seinen Worten war die voller Werkzeuge, die er angeblich brauchen würde, um die Wände abzuklopfen und – wenn nötig – sie in Form zu hauen, damit er mit dem Rad nicht irgendwo hängen bleiben würde. Die Kiste wurde mittig auf das Wagenrad gestellt, und Otto nahm auf ihr Platz. Zum Ausleuchten des tiefer liegenden Wandabschnitts führte er eine Blendlaterne mit sich. Immer wieder schrie er „Halt!" nach unten oder nach oben, und Klopfgeräusche waren zu hören. So fuhr er Stück für Stück die rund 100 Fuß hinab, bis er den Wasserspiegel der Sole erreichte. Und jetzt kommt es: Irgendwann hörte ich ihn so laut schreien, dass ich schon dachte, das Seil sei gerissen und er ins Wasser gestürzt. Aber als er wieder oben auftauchte, da lag die Kiste umgekippt und leer auf dem Rad. Wild fluchend hörte ich ihn sagen, dass ihm alles Werkzeug ins Wasser gefallen sei. Er spielte diese Entrüstung sehr glaubwürdig.«

»Dieser clevere Kerl«, stellte Konrad fest, »hat also die Münzen irgendwo da unten gelassen und zur Tarnung sich zur leeren Kiste die

Geschichte einfallen lassen. Dann muss ich nur noch herausfinden, wo sich auf dem 100 Fuß langen Weg in die Tiefe das Versteck befindet!«

Heiner mischte sich ein und lachte kurz auf.

»"Nur noch herausfinden" ist gut gesagt, denn das Versteck ist, wie ich Otto kenne, bestimmt meisterhaft getarnt. Auf jeden Fall glaube ich nicht, dass er die kostbaren Silberlinge einfach ins Wasser gekippt hat, um sie nach Bedarf eines Tages wieder mühselig herauszufischen. Ich denke, Konrad, du musst die Brunnenwand überprüfen, und zwar gründlich.«

»Schön und gut, das hört sich logisch an, aber das Suchen nach den Münzen muss genau so unbemerkt wie das Verstecken geschehen.«

Heiner beugte sich vom Hocker nach vorn.

»Dann wenden wir noch einmal Otto´s Taktik an! Unter dem Vorwand, dass du als sein Nachfolger gezwungen bist, ebenfalls diese für die Burg überlebenswichtige Wasserversorgung zu überprüfen, sollte das Ganze möglich sein.«

Gleich am nächsten Morgen wurde der Plan umgesetzt. Die drei starken Burgsoldaten bereiteten erneut alles vor, allerdings mit einem Unterschied. Diesmal verließ Heiner den Turmausguck. Er humpelte schwerfällig die 78

Stufen der Steintreppe zum Hof hinunter und stand Konrad am Brunnenrand zur Seite. Mit seiner rauen, tiefen Stimme war er eine absolute Respektsperson. So konnte er jeden, der aus Neugier zu nahe kam, fernhalten.

Auf Konrads Handzeichen hin gab Heiner die Kommandos an die Burgsoldaten weiter. Mit einer Blendlaterne ausgerüstet, suchte Konrad Stein für Stein die Brunnenwand ab. Nach glattgehauenen Abschnitten folgten immer wieder auch zerklüftete Bereiche. Hierauf konzentrierte er sich ganz besonders. Konrad war sich sicher, an irgendeiner Stelle musste er auf ein Loch oder auf eine Nische in der Wand stoßen, doch wegen des Laternenlichtes warfen die herausragenden Felssteine unzählige Schatten. Diese bizarren Trugbilder erschwerten die Suche erheblich.

Etwa die Hälfte des 100 Fuß tiefen Brunnenschachts hatte er schon ohne Ergebnis zurückgelegt. Konrad beschlich das Gefühl, der Welt immer mehr zu entrücken. Über ihm die beständig kleiner werdende Öffnung, unter ihm ein schwarzer Schlund, der ihn zu verschlucken drohte. Längst reichte kein Handzeichen mehr zur Verständigung mit Heiner, und so rief er ihm die Kommandos zu.

Tiefer und tiefer ruckelte das Wagenrad mit ihm hinab, als plötzlich das diffuse Licht der Laterne unter ihm gespiegelt wurde. Mit einem langgezogenen »Haaalt!« klatschte das Kutschrad am tiefsten Punkt des Schachts auf das Brunnenwasser. Er war unten angekommen. Ohne Ergebnis angekommen! Enttäuscht schüttelte er den Kopf und rieb sich seine vom anstrengenden Schauen schmerzenden Augen.

»Das Schlitzohr hat die Münzen doch nicht etwa im kühlen Nass versenkt?«, überlegte er laut vor sich hin.

Konrad legte sich auf das Rad und fing an, mit ausgestreckten Armen durch die Speichen im eiskalten Wasser zu stochern. Doch wo er auch hingriff, nichts, rein gar nichts ertastete er mit seinen Händen.

„Eine Stange, ich brauche eine Stange, am besten gleich mit einem Haken!", waren seine hilflosen Überlegungen. Aber schon im nächsten Moment verwarf er die Idee. Otto hätte die Münzen nicht so einfach ins Wasser geworfen. Das wäre nicht die Handschrift eines kreativen Kopfes.«

Plötzlich dröhnte vom Brunnenrand der Brummbass von Heiner zu ihm in die Tiefe.

»Na, was ist da unten? Inspektion erfolgreich? Die Burschen hier oben haben langsam

Probleme, dich zu halten! Also beeile dich ein bisschen, sonst musst du am Seil hochklettern!«

Konrad blickte erschrocken nach oben und sah Heiners Kopf im diffusen Licht der Schachtöffnung. Ein herzhaftes Lachen schallte zu ihm herunter und entwickelte auf dem Weg nach unten einen schauervoll widerhallenden Klang. Konrad stellte sich kurz vor, dass die drei Burschen da oben wirklich loslassen würden. Aber so schnell diese beängstigenden Gedanken kamen, genauso schnell verdrängte er sie wieder. Heiner würde schon aufpassen, oder?

»Langsam aufwärts!«, kam sein frustriertes Kommando.

Mit einem kräftigen Ruck setzte sich das Kutschrad wieder in Bewegung. Konrad sagte nochmals leise die doch so schlüssig klingende Gedichtzeile auf: »"Silbern glänzt das Wasser im Mondenschein" – von wegen „silbern glänzt", hier unten glänzt gar nichts, und der Mond reicht erst gar nicht bis in diese Tiefe. Otto, Otto, was hast du dir nur dabei gedacht?«

Konrad hatte den Satz kaum beendet, da erfasste das Licht seiner Blendlaterne über ihm einen kaum mehr als drei Finger breit herausragenden Stein. Dieses nur gut einen Fuß im Durchmesser große Felsstück war leicht nach unten geneigt und warf nun, aus diesem Winkel angeleuchtet, auf der gegenüberliegenden Schachtseite einen fast kreisrunden Schatten.

»Halt! Sofort anhalten!«, schrie Konrad aus Leibeskräften so laut nach oben, dass Heiner es kaum noch zu den Burgsoldaten weitergeben musste. Schlagartig hielten die Männer inne, und das Rad kam mit ein paar Pendelbewegungen zum Stehen.

»Was ist das? Wie konnte ich den markanten Stein übersehen?«, flüsterte er ungläubig.

Konrad wurde sehr schnell klar, dass der Schatten nur aus dieser Perspektive und mit dem Lichteinfall von unten zu erkennen war. Vorsichtig hockte er sich auf den äußersten Rand des leicht ankippenden Rades, bewegte langsam die Laterne auf und ab und beobachtete dabei das auf der gegenüberliegenden Seite des Schachts erzeugte Schattenspiel.

Fasziniert sah er bei einer ganz bestimmten Stellung der Laterne, wie der Schatten in der Tat eine kreisrunde Kontur annahm. Kreisrund wie die Scheibe eines Vollmondes! Konrad reckte seinen Kopf weiter vor, als plötzlich drei übereinanderliegende, in den Fels gekratzte, mehrfach geschwungene Linien auftauchten. Sie lagen mitten im kreisrunden Schatten. Als Konrad die Konturen mit der Laterne direkt anleuchtete, erkannte er sogar ein leicht silbernes Schimmern. Ungläubig strich er vorsichtig mit dem Zeigefinger der rechten Hand in die Vertiefungen. Es gab keinen Zweifel, als er sich die Fingerkuppe im Lichtschein genauer ansah: Silberstaub glänzte an seiner Haut!

»Dieser Otto Berlein! Was für ein fantasievoller Bursche! Der hat doch tatsächlich Silberabrieb in die Kerben gestrichen«, stellte Konrad fasziniert fest.

Für ihn gab es keinen Zweifel mehr, dass er dem Ziel sehr nahe war. Wie von selbst bewegten sich seine Lippen.

»"Silbern glänzt das Wasser im Mondenschein", na klar, der kreisrunde Schatten ist der Mond, die drei geritzten Wellen stehen für das Wasser, und es glänzt wahrhaftig silbern.«

Konrad war ganz aus dem Häuschen. Am liebsten hätte er sofort seine Entdeckung nach oben gebrüllt. Doch wo war das Versteck? Gründlich leuchtete er, die Laterne ganz nah an der Wand entlangführend, jede noch so kleine Vertiefung ab. Doch er konnte weder einen Schlitz noch eine Fuge entdecken, in die er hineinfassen konnte, um womöglich – so wie im Kerker – einen Stein aus der Schachtwand zu ziehen.

»Konrad«, dröhnte Heiners Stimme in den Schacht, »egal, was du auch gerade da unten treibst, du solltest dich beeilen, denn bei den Männern hier oben lassen nun wirklich zusehends die Kräfte nach!«

»Durchhalten, unbedingt durchhalten!«, schrie Konrad mit bebender Stimme zurück. »Nur noch einen kurzen Augenblick!«

Konrad betastete nochmals die Wellenlinien. Der Stein, in den sie eingeritzt waren, kam ihm merkwürdig flach vor. Es hatte den Anschein, als ob Otto Berlein diesen Stein vorher in aller Ruhe bearbeitet, ihn mit hinuntergenommen und dann mit ihm – hier an Ort und Stelle, wie ein kleines Tor – das Versteck verschlossen hatte. Die Zeit lief ihm davon. Wenn es tatsächlich der Verschlussstein war, dann musste er sich auch bewegen lassen.

Konrad drückte mit aller Kraft wieder und immer wieder gegen den Stein. Nichts geschah! Er gab einfach nicht nach. In der Gewissheit, dass er jeden Moment von den Burgsoldaten hinaufgezogen würde, kauerte er sich mit dem Rücken gegen die gegenüberliegende Schachtwand. Er holte ein paar Mal tief Luft, setzte seine Füße an den flachen Stein, streckte die Beine durch und presste sie mit der Wut der Verzweiflung gegen den Fels.

Der Krafteinsatz mit seinem ganzen Körper zeigte Wirkung. Ein lautes Knacken, dann brach der Stein mitten durch und klatschte durch die Speichen des Wagenrads nach unten ins Brunnenwasser.

»Eine Steinplatte als Verschluss, genau wie ich es mir gedacht hatte!«, sprudelte es erleichtert aus Konrads Mund.

Er rappelte sich hoch und leuchtete mit der Laterne zum Versteck. Ein etwa zwei Fuß tiefes Loch, vollgefüllt mit glänzenden Silbermünzen! Die Rücklagen der Salzsiedergemeinschaft und des Amtmanns lagen vor ihm. Er hatte es geschafft!

Konrad nahm schnell die mitgeführte Kiste zur Hand, stellte sie unmittelbar unter die Wandöffnung und fing an, das edle Metall vorsichtig hineinzuziehen. Er fühlte sich wie im Rausch, so als hätte er einen wahrhaftigen Schatz gefunden. Konrad war gerade im Begriff, die letzten zwei, drei Hände voll einzustreichen, als sich ohne Vorwarnung das Wagenrad mit einem kräftigen Ruck in Bewegung setzte.

»Oh nein, bitte nicht!«, kam es ihm spontan über die Lippen, doch seine Stimme versagte es ihm, sein Flehen laut hinaufzubrüllen.

Kurz das Gleichgewicht verlierend, sah Konrad entsetzt nach oben, doch ihm war klar, dass die Männer nicht länger warten konnten. Sie mussten ihn heraufziehen, bevor ihre Kräfte ganz versagten und er in die Tiefe des dunklen Schachts stürzen würde. Schneller als ihm lieb war, näherte sich das Rad der Oberkante des Lochs. Wie gelähmt stand er da. Gebannt sah er auf die noch im Versteck liegenden Münzen.

Ein weiteres Rucken seines Untersatzes löste Konrad aus der Schockstarre. Schlagartig ließ er sich auf den Bauch fallen. Von Panik ergriffen, stieß er beide Arme durch die Speichen in das Felsloch. „Jetzt nur keine Münze zurücklassen!", schoss es ihm durch den Kopf. Mit aller Kraft presste er die Schultern nach unten gegen das Rad, so als wollte er die Speichen zur Seite oder sich gar durch sie hindurchdrängen, um so seinen Armen die nötige Länge zu geben. Das Wagenrad bewegte sich unaufhaltsam nach oben. Die Finger beider Hände zu einer Schaufel ineinander verkeilt, umfasste er so viel wie nur möglich der noch verbliebenen Silberlinge.

»Gerade noch geschafft!«, kam es Konrad erleichtert über die Lippen.

Vorsichtig balancierte er die wertvolle Fracht auf sich zu. Um durch die Speichen zu gelangen, musste er jedoch seine Hände kurz auseinandernehmen. Schon passierte es! Gleich mehrere Münzen stürzten hinab. Mit plumpsenden Einschlägen verschwanden sie in der Tiefe des Brunnenwassers.

Wenige Augenblicke später sah er in Heiners fragendes Gesicht. Konrad musste sich sehr beherrschen, um nicht auf der Stelle in Jubelstürme auszubrechen und womöglich dadurch alles zu verraten. Mit einem unauffälligen Kopfnicken gab er Heiner zu verstehen, dass die Aktion erfolgreich war.

Just schlug die Glocke der Salzderheldener Kirche zur Mittagszeit, als Konrad schnelle Schritte auf der knarrenden Treppe hörte. Schnaufend, nach Luft ringend und mit sich überschlagenden Stimmen polterten der Amtmann und der Bürgermeister in sein Arbeitszimmer. Um die beiden Herren zu sich zu bitten und dabei nicht unnötig Aufsehen zu erregen, hatte Konrad Minna, die Küchenmagd mit einem Krug Bier zum Amtmann geschickt und der wiederum seinen Knecht in den Flecken zum Bürgermeister.

»Gassner, sagt bloß, Ihr ...«, unterbrach der Amtmann seinen Satz und blickte fasziniert auf Konrads Schreibtisch. In Reih und Glied, so, als ob eine Kompanie Aufstellung genommen hatte, standen, zu je zehn Taler gestapelt, die verloren geglaubten Silbermünzen zum Begutachten bereit. Den Amtmann zur Seite schiebend, meldete sich der Bürgermeister aufgeregt zu Wort.

»Habe ich es Euch nicht gesagt!«

Mit diesen Worten schlug er dem Amtmann überschwänglich auf den Rücken.

»Auf unseren jungen Freund ist Verlass!«

Der Bürgermeister ließ sich auf den Schreibtischstuhl fallen und fing sofort an, die Münzen zu zählen. Ungeduldig trippelte der Amtmann von einem Bein aufs andere.

»Und – wie viele sind es? Sagt schon, ist alles da?«

Der Bürgermeister sah zuerst ihn und dann Konrad mit großen Augen an.

»Da fehlt was!«

»Was soll das heißen, da fehlt was?, fragte der Amtmann.

»Also, nach meiner Rechnung waren es 4450 Taler von der Salzsiedergemeinschaft, und wenn ich mich richtig erinnere, habt Ihr weitere 1500 Taler Otto Berlein zur Verwahrung übergeben.

»Ja, und weiter«, wurde der Amtmann ungeduldig, »wie viele sind es denn nun?«

»Es müssten danach zusammen 5950 Taler sein. Hier auf dem Tisch liegen aber nur 5908, so fehlen 42 Taler.«

Der Amtmann machte wütend einen Schritt auf Konrad zu.

»Konrad Gassner, sollten wir uns doch in Euch getäuscht haben? Wo habt Ihr den Rest?«

Aus Konrads Stolz über das Erreichte wurde unvermittelt Wut. Fassungslos machte er sich Luft und schlug so fest auf den Tisch, dass alle Münzstapel hochsprangen und in sich zusammenbrachen.

»Das ist doch die Höhe! Ihr kommt hier reingepoltert, die Gier in den Augen und ohne einen Dank auszusprechen, und lasst mich noch nicht mal zu Wort kommen!«

»Mäßigt Euren Ton!«, erhob der Amtmann laut seine Stimme.

»Und überhaupt, was soll das heißen, wir hätten Euch nicht einmal zu Wort kommen lassen?«

»Wenn ich mich an Euren Rücklagen bereichern wollte, dann wäre ich längst mit der gesamten Barschaft auf und davon! Wenn Ihr mich also weiter verdächtigen wollt, dann werde ich auf der Stelle Euer feines Salzderhelden und die Burg verlassen.«

Der Bürgermeister sprang auf und hob schlichtend seine Hände.

»Nein, nein, versteht uns nicht falsch, Konrad! Natürlich sind wir Euch dankbar, dass Ihr unser Bares wiedergefunden habt, und nicht jeder hätte sich dafür in Lebensgefahr begeben. Aber die fehlenden 42 Taler sind auch viel Geld, und da die Kasse stimmen muss, werde ich sie wohl oder übel ersetzen müssen, denn ich stehe gegenüber den Salzsiedern als Salzgraf in der Pflicht.«

Konrad hatte sich wieder beruhigt und nickte mit dem Kopf.

»Die Bergung, meine Herren, gestaltete sich äußerst schwierig. Ihr müsst wissen, der Brunnen war das Versteck, genauer gesagt ein Loch in der Brunnenwand, das von Otto Berlein raffiniert getarnt worden war. Als ich es endlich freigelegt hatte und schon, wie ihr seht, fast alles in meine Werkzeugkiste gepackt hatte, da versagten den Männern am Halteseil die Kräfte, und sie zogen mich ohne Vorwarnung zu früh wieder hinauf. Als ich dann in Windeseile die noch im Loch verbliebenen Münzen herausfischen wollte, sind mir etliche durch die Finger gerutscht und in das Brunnenwasser abgestürzt, und auch im Versteck sind sicherlich noch einige, die ich nicht mehr greifen konnte, zurückgeblieben.«

Nun nickte auch der Amtmann Konrad verständnisvoll zu.

»War wohl nicht einfach da unten? Na, sei es drum, ich denke, die fehlenden Taler, kann ich Euch ersetzen, Bürgermeister. Aber nur um des lieben Friedens willen, denn ich will mir nicht wieder tagelanges Gejammere Eurer Salzgenossen anhören!«

Der nächste Tag brach an. Konrad hatte schlecht geschlafen. Das ihm entgegengebrachte Misstrauen konnte er doch nicht so schnell abschütteln. Noch mehr traf es ihn, dass die beiden Herrschaften ihm ihre Münzen nicht zur weiteren Verwahrung überließen und die Kiste ohne einen Kommentar davonschleppten.

Zweifel kamen auf, ob er hier im Ort noch eine Zukunft hatte und ob die Aufgaben eines Burgschreibers ihn auf Sicht befriedigen würden. Gedanken schossen durch seinen Kopf. Vielleicht hatten die letzten vier Kriegsjahre ihn doch mehr geformt, als er sich eingestand, denn so sehr er Mord und Totschlag überdrüssig war, so sehr hatte ihn doch das Abenteuer der letzten Tage mitgerissen und längst verlorengegangene Lebensgeister in ihm neu geweckt.

Abenteurer, vielleicht war das seine Bestimmung! So lange der große Krieg noch dauern würde, wäre das als Alternative zum einst anvisierten Wanderhändler ein durchaus gangbarer Weg. Zweifelsfrei gab es in deutschen Landen noch mehr Schätze zu bergen. Nicht wenige Menschen vergruben ihre Wertgegenstände und starben darüber hinweg. Das Sammeln von Fakten, das Lösen mysteriöser Rätsel, das Aufstöbern der geheimen Orte: Was für ein spannendes, aufregendes Leben könnte das sein!

Konrad grübelte weiter. Vielleicht waren die harte Arbeit im Hüttenwerk, die seine Muskeln stählte, und die bei unzähligen Scharmützeln gesammelte Kampferfahrung nur so etwas wie eine Vorbereitung auf all das, was als Abenteurer noch auf ihn wartete! Der Gedanke daran gefiel ihm, und er musste unwillkürlich in sich hineingrinsen. Zufrieden ließ er sich auf den Schreibtischstuhl fallen, streckte die Beine aus und verschränkte die Hände hinter seinem Kopf. Konrad schloss die Augen und versuchte sich vorzustellen, wie er eines Tages, mit Taschen voller Silber und Gold, zurück nach Wetzlar gehen würde. Wie er seiner Mutter mit dem neuen Reichtum ein sorgenfreies Leben schenken konnte und wie er mit einem Erkundungstrupp die Suche nach seinem verschollenen Vater doch noch einmal aufnehmen könnte. Eingetaucht in diese

Traumwelt bemerkte er gar nicht, wie jemand leise die Tür öffnete.

»Hier versteckt Ihr Euch also!«

Konrad öffnete erschrocken die Augen und sprang auf.

»Johanna, was für eine Überraschung! Was treibt Euch auf die Burg?«

Sie hielt Konrad einen Korb, dessen Inhalt mit einem Leinentuch verdeckt war, unter die Nase.

»Schnuppert selbst! Was könnte da wohl drinstecken?«

Als Konrad den Korb erfasste, um ihn näher an sich heranzuziehen, berührte er ungewollt ihre Hände. Johanna zuckte zusammen und zog den Korb gleich wieder zurück.

»Wenn mich meine Nase nicht täuscht, dann müsste unter dem Tuch ein leckerer Braten versteckt sein. Oder?«

Konrad strich sich über seinen Bauch und lächelte Johanna an.

»Habt Ihr etwa das Gefühl, dass ich zu mager bin und hier oben auf der Burg verhungere?«

»Wo denkt Ihr hin! Ihr glaubt doch nicht etwa, dass dieses Mahl für Euch bestimmt ist! Konrad Gassner, was bildet Ihr Euch eigentlich ein? Ich bin damit auf dem Weg zu meinem Oheim Heiner. Das ist der Brummbär da oben im Turm.«

Konrad legte einen enttäuschten Gesichtsausdruck auf.

»Ja, ja, der Heiner, der hat es wirklich gut, aber wenn ich mir seinen Bauch so vorstelle: Nötig hat der die Zusatzportion wahrhaftig nicht! Ihr müsst wissen, ich habe ihn schon kennengelernt. Er ist tatsächlich ein netter – wie habt Ihr doch gleich gesagt? „Brummbär"«, wobei er das letzte Wort mit Auflachen fast verschluckte.

»Macht Euch nur lustig über meinen Oheim! Für mich ist er jedenfalls immer da. Er ist für mich so etwas wie ein Beichtvater. Mit ihm kann ich all meine Sorgen und Nöte besprechen, und sein Rat hat mir bisher immer geholfen.«

Johanna wandte sich schon ab und schritt auf die Tür zu, als Konrad ihr blitzschnell den Weg versperrte.

»Wartet! Ihr müsst entschuldigen, so war das nicht gemeint! Ich habe großen Respekt vor Eurem Oheim und habe selbst erfahren, dass er ein lebenskluger, umsichtiger Mann ist.«

Konrad dämpfte seine Stimme.

»Vielleicht bin ich ja nur ein wenig neidisch, dass so eine hübsche junge Frau ihn besucht und dabei noch so köstliche Sachen mitbringt.«

Johanna senkte ihren Kopf, um Konrad dann, mit gespielter Schüchternheit, von unten herauf anzusehen.

»Nun gut! Ich werde Euch noch einmal verzeihen«, hauchte sie mit schmeichelnder Stimme.

Während Johanna leichtfüßig die Treppe hinabstieg, eilte Konrad zum Fenster und sah ihr hinterher. Mit schwingenden Hüften schritt sie selbstsicher über den Hof. Konrad hatte das Gefühl, dass sie genau wusste, dass er sie beobachtete. Am gegenüberliegenden Treppenturm angekommen, öffnete sie die Tür. Bevor sie endgültig im Inneren verschwand, warf Johanna schnell noch einmal einen verstohlenen Blick zum Fenster von Konrads Arbeitszimmer, so, als wollte sie sich vergewissern, dass er auch ja ihren aufreizenden Gang über den Hof verfolgt hatte.

Konrad musste unwillkürlich schmunzeln. „Ein weiterer Grund doch in Salzderhelden zu bleiben!", dachte er. Beinahe hätte er über all den Abenteuern glatt vergessen, dass es da noch etwas anderes gab. Die Johanna aus dem Gasthaus war nicht zu vergleichen mit der burschikosen Johanna aus seiner Lehrzeit in Hirzenhain. Die Gefühle, die in ihm aufkamen, wenn die Tochter des Wirts vor ihm stand, ihn mit ihren großen, blauen Augen schüchtern ansah, diese Gefühle waren wirklich intensiv und neu für ihn. Dieses Kribbeln im Bauch irritierte ihn. Zwar gefiel es ihm, doch einordnen konnte er es noch nicht so recht.

Aber wie sollte er sich Johanna weiter nähern, wo ihr Vater strikt dagegen war. Außerdem hatte er mit Frauen, wenn es ums Flirten ging, überhaupt keine Erfahrungen. In der Soldatenzeit hatte er sich nie, wie viele seiner Kameraden, mit einer Trosshure eingelassen. Die einzige Frau, mit der er sich ausgiebig unterhalten hatte, war die Marketenderin Anna, die für ihn allerdings mehr einen Mutterersatz darstellte.

„Na gut", dachte Konrad, „dann wäre da noch die Herzogin, und die Unterhaltung und die Wortwahl schienen ihr ja gefallen zu haben". Entspannt lehnte er sich auf seinem Stuhl zurück und malte sich aus, wie er Johanna zum nächsten Treffen einladen würde, mit ihm einen Abend bei Kerzenschein und einem Glas Wein zu verbringen.

»Na klar, am besten frage ich sie gleich!«, sprudelte es, von der Idee selbst gegeistert, über seine Lippen.

Konrad zögerte keinen Moment, sprang auf, eilte die Treppenstufen hinunter und riss die Tür zum Hof auf. Er hatte so viel Schwung, dass er

Johanna, die offenbar noch einmal zu ihm wollte, einfach umlief. Der Zusammenprall ließ sich nicht mehr vermeiden. Während ihr Korb in hohem Bogen weggeschleudert wurde, konnte er Johanna gerade noch an sich ziehen und ließ sich mit ihr in einer Drehung zur Seite fallen. Mit einem Aufschrei landete sie auf Konrads muskulösem Körper und begrub ihn unter sich.

Konrad fiel zwar unsanft mit Hintern und Rücken auf das harte Hofpflaster, aber dafür spürte er Johannas feste, wohlgeformte weibliche Konturen nur zu deutlich. Und was er da fühlte, ließ spontan sein Blut in Wallung kommen. Eine Regung seiner Lenden ließen ihn peinlich berührt die Hände zurückziehen.

Johanna hingegen hatte sich vom ersten Schock erholt und grinste ihn herausfordernd an. Sie machte keine Anstalten, sich zu bewegen, und blieb ganz einfach auf ihm liegen. Konrad war irritiert. Mit einem Wutausbruch hatte er gerechnet, aber nicht damit, dass Johanna unübersehbar an dieser zweideutigen Lage Gefallen fand. Nur allmählich drückte sie ihre Arme durch und erhob sich aufreizend langsam, wobei sie, bewusst oder unbewusst, mit ihrem rechten Oberschenkel deutlich seine Männlichkeit streifte. Konrads Körper reagierte mit einem heftigen Zucken, so als ob ein Blitz in ihn eingeschlagen hätte. Wie gelähmt lag er da und versank in ihren großen, himmelblauen Augen. Er wünschte sich, dass dieses ihn warm durchströmende Gefühl nie enden würde.

»So viel Temperament hätte ich Euch gar nicht zugetraut!«, hauchte sie ihm entgegen. Konrad war immer noch sprachlos und starrte sie nur mit verklärtem Blick an.

»Na, was ist? Habt Ihr beim Aufprall Eure Sprache verloren, oder bin ich gar zu schwer für Euch?«, fragte sie ihn mit einem hinreißenden Lächeln.

Konrad löste sich aus der Starre und gewann seine Selbstsicherheit zurück.

»Nein, nein, äh ... wie könnte Euer zarter Körper mir zu schwer sein! Bleibt ruhig noch ein wenig liegen, wenn ich Euch als Unterlage dienen kann.«

Plötzlich wurde Johanna ganz lebendig, sprang auf, richtete ihr Kleid und antwortete scharfzüngig: »So bequem ist es nun auch wieder nicht, und überhaupt, was habt Ihr Euch eigentlich dabei gedacht, mich hier einfach über den Haufen zu rennen?«

Konrad richtete sich auf und klopfte sich den Staub ab.

»Es tut mir leid, und ich möchte mich für mein ungestümes Verhalten entschuldigen, aber da könnt Ihr mal sehen, wie Ihr mich mit Eurem Besuch durcheinandergebracht habt. Ich hatte Angst, Euch zu verpassen!«

»Mich zu verpassen? Wie soll ich das verstehen?«, sagte sie und sah ihn erstaunt an.

»Ich hoffe, Ihr versteht mich nicht falsch«, Konrad räusperte sich, »ich wollte Euch nämlich fragen, ob Ihr«, ihm versagte die Stimme.

»Nun macht es mal nicht so spannend! Raus mit der Sprache! Was wolltet Ihr mich fragen?«

Konrad merkte, wie ihm die Röte ins Gesicht schoss, doch dann quetschte er regelrecht den Satz heraus: »Also, ich würde Euch gern auf ein paar nette Gespräche bei einem Glas Wein zu mir einladen!«

Konrad hielt die Luft an, als er seinen Wunsch endlich herausgebracht hatte. Johanna senkte kurz ihren Blick und sah ihn dann mit einem um so betörenderen Augenaufschlag an.

»Ein paar nette Gespräche? So, so, warum sagt Ihr das denn nicht gleich? Ihr wisst aber, dass mein Vater nichts davon erfahren darf?«

»Er wird sicherlich bald seine Meinung ändern, wenn er erfährt, wie ich dem Amtmann und dem Bürgermeister aus einer sehr prekären Lage geholfen habe und dass ich im Auftrag der

Herzogin arbeite und dafür eine schöne Belohnung zu erwarten habe.«

Als er die Worte ausgesprochen hatte, erinnerte er sich, dass er eigentlich noch gar nichts darüber sagen sollte.

»Ich muss Euch allerdings bitten, dass das soeben Gesagte unter uns bleibt! Streng genommen ist es sehr vertraulich, und ich wollte nur damit sagen, dass ich bald kein armer Schlucker mehr bin und dass ich ehrbare Absichten habe.«

„Oh, Gott", dachte Konrad, „was rede ich hier eigentlich? Warum bringt mich Johannas Gegenwart immer wieder aus der Fassung?" Johanna lächelte ihn an.

»Ich weiß es zu schätzen, wenn Ihr so offen zu mir seid, und macht Euch im Übrigen mal keine Sorgen. Wem sollte ich es schon erzählen? Und meinen Vater könnt Ihr, wenn es denn mal so weit ist, selbst überzeugen.«

Johanna nahm ihren Korb wieder auf und war schon fast im Torhaus verschwunden, als sie plötzlich noch einmal zurückkam.

»Jetzt hätte ich doch beinahe vergessen, Euch noch von den drei Herren zu erzählen, von denen einer sich nach Euch erkundigt hat.«

Konrad stutzte erstaunt.

»Wer hat sich nach mir erkundigt?«

»Heute Vormittag, es war schon kurz vor der Mittagsglocke, kamen sie zu uns ins Gasthaus. Sie speisten und bezogen anschließend zwei Zimmer. Der Älteste, ein dürrer, ganz in schwarz gekleideter Herr, hat dann meinen Vater gefragt, ob ihm hier im Gasthaus ein Künstler, ein Zeichner begegnet sei.«

»Das war doch nicht etwa eine Gestalt, die rote Strümpfe unter der Kniebundhose trägt und beim Gehen leicht hinkt?«

»Das konnte ich nicht sehen, ich habe nur kurz einen Blick aus der Küche geworfen und habe dann das Gespräch von da aus zufällig mit angehört.«

»So, so, zufällig«, Konrad musste grinsen und daran denken, dass sie ja auch sein Gespräch mit dem Bürgermeister belauscht hatte.

»Na, egal, was hat denn Euer Vater geantwortet?«

»Der hat natürlich, da er Euch ja noch immer nicht so recht in sein Herz geschlossen hat, gleich losposaunt. Er sagte: „Ach, Ihr sucht wohl diesen jungen Mann, der meiner Tochter nachstellt?" Und zu allem Überfluss erzählte er den Männern noch, dass Ihr Euch auf der Burg aufhaltet! Ach ja, er konnte es natürlich auch nicht lassen, zu fragen, was Ihr denn ausgefressen hättet, denn für meinen Vater ist nach wie vor klar, dass da bei Euch etwas nicht stimmt. Ihr müsst mir glauben, es tut mir wirklich leid, dass er so viel Zweifel hegt, aber seitdem das mit meiner Schwester passiert ist, hat er sich immer mehr zu einem misstrauischen Menschen entwickelt. Er vermutet gleich in jedem Fremden, der auch nur ein Auge auf mich wirft, einen Bösewicht, der ihm seine letzte Tochter auch noch nehmen will.«

Konrad schüttelte seinen Kopf.

»Ich werde Euren Vater noch eines Besseren belehren, aber das hat noch ein wenig Zeit! Hat denn dieser Fremde etwas darauf erwidert?«

»Der hat nur noch gesagt: „Was der angestellt hat, ist kein Thema für die Öffentlichkeit, und er wird seine gerechte Strafe noch bekommen!" Übrigens, als ich vorhin zum Haupttor hochgestiegen bin, schlichen alle drei, unterhalb der Burg herum und marschierten, immer wieder nach oben schauend, an der Ostseite entlang.«

Johanna sah Konrad besorgt an.

»Sagt, habt Ihr wirklich was ausgefressen?«

Konrad fasste sie bei den Oberarmen.

»Macht Euch keine Sorgen! Wenn ich etwas Unrechtes getan hätte, dann brauchten die Herren ja nur zum Amtmann zu gehen und mich in Ketten legen zu lassen. Aber das wird nicht passieren, denn umgekehrt wird ein Schuh draus. Wenn es die Burschen sind, für die ich sie halte, dann müssen genau diese Gestalten sich vorsehen, denn die haben es faustdick hinter den Ohren und werden bereits vom Herzog gesucht.«

Mit fassungslosem Gesichtsausdruck bekreuzigte sich Johanna.

»Um Gottes willen, und so einen Abschaum beherbergen wir in unserem Gasthaus! Mein Vater wird mir bestimmt nicht glauben, wenn ich ihm davon berichte! Sollten wir nicht den Amtmann alarmieren, damit der sie dingfest machen kann?«

»Das wäre, glaube ich, noch zu früh, denn die Strolche sind nicht umsonst hier nach Salzderhelden gekommen. Und dass sie ein Auge auf die Burg werfen, wundert mich auch nicht.«

»Wisst Ihr etwa, was die vorhaben? Und wieso haben die nach Euch gefragt?«

»Wissen ist vielleicht zu viel gesagt, aber ich habe da so eine Ahnung, und über den Rest erzähle ich Euch besser ein anderes Mal. Es ist für Euch sicherer, wenn Ihr im Moment nicht zu viel erfahrt. Außerdem solltet Ihr die Gegenwart der Männer möglichst meiden.«

Johanna sah Konrad mit großen Augen an.

»Wollt Ihr mir etwa Angst machen? Und überhaupt, wie soll ich ihnen denn aus dem Weg gehen, denn schließlich bediene ich ja in der Gaststube, und wie schon gesagt, mein Vater wird mir nicht glauben!«

»Ich bitte Euch nur, auf Euch achtzugeben, denn die Burschen sind zu allem fähig.«

Johanna lächelte Konrad an und senkte etwas verlegen ihren Blick.

»Es schmeichelt mir zwar, wenn Ihr Euch um mich sorgt, aber von mir wollen diese Herren ja nichts. Vielmehr müsst Ihr auf Euch achtgeben, denn Ihr wollt doch wohl nicht, dass Eure angedachte Einladung mit Wein bei Kerzenschein ins Wasser fällt und ich stattdessen auf dem Gottesacker um Euch Tränen vergießen muss.«

Konrad konnte sich ein breites Grinsen nicht verkneifen und schüttelte dazu seinen Kopf.

»Ihr könnt wohl gar nichts ernst nehmen! Aber behaltet Euer unbekümmertes Wesen ruhig, so lange es geht, denn wenn Ihr erst unter der Haube seid, dann weht ein anderer Wind!«

5. Der Schatz aus Schloss Herzberg

Konrad saß über den Büchern, die Otto Berlein geschrieben hatte, und suchte nach weiteren Auffälligkeiten. Wie beim Hinweis auf die Münzen im Brunnen war es für ihn sehr wahrscheinlich, ja eigentlich sicher, dass der gewiefte Burgschreiber auch auf das Versteck für den Schatz aus Schloss Herzberg einen Hinweis in schriftlicher Form hinterlegt hatte. Er wusste, dass er sich beeilen musste, denn dass der Kämmerer mit den beiden Handlangern hier in Salzderhelden aufgetaucht war, konnte als ein sicheres Zeichen dafür gelten, dass der Abtrünnige fest gewillt war, nicht leer auszugehen.

Doch wenn der Schatz wirklich innerhalb der Burgmauern versteckt wäre, so überlegte Konrad, wie sollte der von Stolzleben ungesehen an den Wachen im Torhaus vorbeikommen? Selbst wenn ihm das gelänge, wie wollte er ihn dann unbemerkt herausschaffen?

Sich den Kopf zermarternd, schlug er ein weiteres, selbst verfasstes Buch von Otto Berlein auf. Konrad kam aus dem Staunen nicht heraus, wie vielseitig das Interesse des ehemaligen Burgschreibers war, denn das, was er in seinen

Händen hielt, war diesmal kein Gedichtband, sondern eine Sammlung von Kochrezepten.

Beim Blättern fiel Konrad auf, dass eine Menge Gerichte mit Bärlauch verfeinert waren. Er erinnerte sich, dass der Bürgermeister ihm erzählt hatte, dass Otto laufend in Wald und Flur unterwegs war, um Kräuter und Pilze zu sammeln. Also kein Wunder, dachte Konrad, dass er das, was er gesammelt hatte, auch in seinen Rezepten berücksichtigte!

Konrad wollte schon das Buch zuschlagen, da entdeckte er auf der Buchdeckelinnenseite eine fein gezeichnete Illustration einer Pflanze. Er hatte sie beim ersten Aufschlagen glatt übersehen. Auch hier bewies Otto Berlein ein bemerkenswertes künstlerisches Talent. Konrad war begeistert. Er überlegte, wie lange es her war, als er zum ersten Mal, angeregt durch seinen Vater, eine Zeichenfeder in der Hand hielt. Unter der detailgetreuen Abbildung von Blütenständen, Blättern und Samen stand in kleinen Lettern, eng zusammen geschrieben, eine komplette Abhandlung mit der Überschrift: „Bärlauch – Allium Ursinum – heimisches Wildgemüse". Es war von der Verwandtschaft mit Schnittlauch, Zwiebeln und Knoblauch die Rede und davon, dass es als Gemüse-, Gewürz- und Heilpflanze vielseitig einsetzbar sei. Otto Berlein hatte auch vor der Verwechselung mit dem Maiglöckchen gewarnt, da diese – vom Blatt her sehr ähnlich aussehende Pflanze – hochgiftig sei.

Merkwürdig war nur, dass obwohl in den Texten des alten Burgschreibers kaum Schreibfehler zu finden waren, ihm in dieser Beschreibung ein recht kurioses Missgeschick unterlaufen war.

Gleich mehrfach war das Wort „Bärlauch" falsch geschrieben. So nannte er es Irlauch, Erlauch oder auch Rerlauch. Was hatte das zu bedeuten? War es Zufall? Konrad nahm seinen Kopf zwischen die Hände. Er konnte es einfach nicht glauben, dass dahinter nicht mehr stecken sollte. Doch was hatte sich der alte Fuchs hier nun wieder ausgedacht? Er las es ein ums andere Mal. Immer wieder stand da Bärlauch, Irlauch, Erlaucht, Rerlauch in Rezepten geschrieben.

Konrad starrte, in voller Konzentration, auf die irrwitzigen Wortgebilde, als er plötzlich lautes Gepolter und harsche Worte unter seinem Fenster wahrnahm. Erschrocken sprang er auf und eilte die Treppe hinunter. Auf dem Hof angekommen, sah er nur noch, wie einer der Wachsoldaten mit einer Person im Schlepptau im

Treppenturm zum Junkerhaus verschwand und vor ihm auf den Knien die weinende Küchenmagd Minna hockte.

»Was ist geschehen?«, fragte Konrad, »warum heult Ihr?«

Mit schluchzender Stimme sah sie Konrad von unten herauf an.

»Der Hans von der Torwache, der hat mich eben glatt umgelaufen. Seht Euch die Bescherung nur an! Ich wollte Euch gerade Euer Abendmahl bringen, und nun liegt alles hier auf dem Pflaster! Und auch der schöne Krug«, sie schluchzte erneut, »seht nur, in tausend Stücke ist er zersprungen. Wie soll ich das nur der Köchin erklären!«

Konrad hockte sich zu ihr und half ihr beim Aufsammeln.

»Keine Sorge, Ihr könnt ja nichts dafür. Aber der Hans war ja nicht allein, wer war denn bei ihm?«

»Den Mann kenne ich nicht, den habe ich hier noch nie gesehen.«

Konrad fasste sie bei den Armen und half ihr auf.

»Ich komme am besten mit zur Köchin und erkläre, was passiert ist.«

Schon zuversichtlicher dreinschauend, wischte sich die Magd die Tränen aus ihrem Gesicht und ging mit Konrad über den Hof zur Burgküche. In der Küche angekommen, nahm er – wie versprochen – die Minna in Schutz. Er sah sich um, und beim Blick zur Anrichte entdeckte Konrad ebenfalls einige Bücher.

»Sagt, sind das etwa Rezeptbücher von Otto Berlein?«

»Ja, ja, die hat er mir immer wieder angeschleppt. Als ob ich so was nötig hätte!«, spöttelte die Köchin.

Konrad machte einen Schritt auf die Bücher zu.

»Ist denn zufällig auch eines mit Bärlauchrezepten dabei?«

»Und ob! „Bärlauch selbst gesammelt und zur Verfeinerung von Speisen eingesetzt", das war sein großes Thema. Wieso fragt Ihr?«

Die Köchin griff ins Regal und gab ihm das Buch.

»Auch in seinem ehemaligen Arbeitszimmer habe ich eines mit Bärlauchrezepten gefunden.«

»Das wundert mich nicht, denn soweit ich weiß, sind diese Rezepte hier allesamt nur Abschriften. Bärlauch war eine seiner großen Leidenschaften. Er konnte es gar nicht abwarten, bis im Frühjahr endlich die jungen Blätter aus dem Waldboden sprossen und der Knoblauchduft in seine Nase stieg. Einmal, da hat er sogar frische Blätter in unser Brauhaus gebracht, und der Braumeister hat ihm ein Fass Bärlauchbier gebraut. „Bierlauch" hat er es genannt, aber trinken durfte das bisher keiner! Ich glaube, das Fässchen liegt immer noch in unserem Lagerkeller im großen Steinhaus. Probiert es ruhig mal! Wer weiß, vielleicht mundet es ja Euch?«

Konrad schlug das Buch auf, und auch in diesem Exemplar existierten auf der Deckelinnenseite die filigrane Zeichnung und der dazugehörige Text. Doch hier gab es das Wort „Bärlauch" immer nur korrekt geschrieben.

»Dachte ich es mir doch«, rutschte es Konrad spontan heraus, »schon wieder so eine versteckte Nachricht!«

Er hatte den Satz kaum ausgesprochen, als unvermittelt die Tür aufgerissen wurde und Hans, der Wachsoldat, hereinplatzte.

»Hier steckt Ihr, ich habe Euch schon überall gesucht! Heiner schickt mich, Ihr sollt Euch sofort bei ihm einfinden.«

Konrad stieg, gespannt, was sein neuer Freund so dringend von ihm wollte, flink die 78 Stufen der Turmtreppe hinauf. Etwas außer Atem oben angekommen, staunte er nicht schlecht, als er den Wirt vom Gasthaus zum Salze neben Heiner stehen sah. Wie von Sinnen und beide Hände in die Luft reckend, stürmte er auf Konrad los.

»Was habt Ihr mit meiner Tochter gemacht? Wohin habt Ihr sie verschleppt?«

Konrad konnte ihm gerade noch die Arme festhalten, um nicht von seinen wild schlagenden Fäusten getroffen zu werden.

»Um Himmels willen, beruhigt Euch! Was ist denn nur passiert, dass Ihr so außer Euch seid?«, wollte Konrad wissen.

»Das fragt Ihr noch? Meine Johanna ist spurlos verschwunden, und Heiner hat gesehen, wie Ihr mit meiner Tochter mitten auf dem Hof gelegen habt. Also, wo ist sie?«

Der Wirt sank heulend auf die Knie: »Gebt mir meine Johanna zurück!«, brachte er gerade noch mit vor Tränen erstickter Stimme heraus, bevor er sich auf dem Boden vor Schmerz krümmte.

Konrad sah hilfesuchend Heiner an, der auch sofort reagierte, seinen Verwandten unter den Armen faste und den kraftlos scheinenden Körper auf das Bett wuchtete. Konrad versuchte sich zu erklären. Er schilderte nochmals aus seiner Sicht den Zusammenprall und das daraus folgernde Bild, das Heiner offenbar gesehen und falsch gedeutet hatte.

»Ihr müsst mir glauben, als Letztes würde ich Eurer Tochter etwas antun! Aber sagt mir erst einmal, seit wann ist sie überhaupt verschwunden?«

Der Wirt hob sein Haupt und wischte sich die Tränen aus dem Gesicht.

»Also«, er holte tief Luft, »Johanna ist schon lange überfällig! Sie ist einfach nicht von der Burg zurückgekehrt, und deswegen dachte ich, dass sie sich immer noch hier oben bei Euch herumtreibt oder Ihr sie gar versteckt.«

Und wieder setzte der Wirt an aufzuspringen, um auf Konrad loszustürmen, doch der wich nicht zurück, sondern kniete sich mitfühlend direkt vor Johannas Vater.

»Ihr könnt mich jetzt für verrückt erklären, aber ich habe da so einen Verdacht. Als mir Eure Tochter von den drei Gestalten, die bei Euch abgestiegen sind, erzählte, lief es mir eiskalt über den Rücken. Nicht etwa, weil ich wegen der Herren ein schlechtes Gewissen haben müsste, sondern vielmehr, weil ich den Anführer der Bande im Herzberger Schloss als Kämmerer kennengelernt habe und weil er inzwischen vom Fürsten geächtet wird. Er war es, der Otto Berleins hinterhältigen Mord in Auftrag gegeben hat.«

Der Wirt bekam große Augen und sah Heiner ungläubig an.

»So langsam wundert mich gar nichts mehr! Diese feinen Herren haben nämlich die Zeche geprellt und sind mit Sack und Pack auf und davon!«

Der Wirt sprang auf und hielt sich beide Hände vor den Mund. Das pure Entsetzen stand ihm ins Gesicht geschrieben.

»Das heißt doch nicht etwa ...«, er wurde schlagartig bleich, »dass diese Burschen etwas mit dem Verschwinden meiner Johanna zu tun haben?«

All seiner Kräfte beraubt, ließ er sich wieder auf das Bett fallen und breitete fragend die Arme aus.

»Warum nur? Was hat das alles zu bedeuten, und was wollen die hier nur von uns?«

Heiner, der bisher dem Ganzen nur still gefolgt war, ergriff das Wort.

»Beruhige dich erst mal, Gustav: ich glaube, dass uns Konrad durchaus aufklären und helfen kann.«

»Nun, das, was ich jetzt sage, ist streng vertraulich! Das gilt ganz besonders für Euch, Herr Wirt. Ihr dürft es auf keinen Fall, auch nicht in einer Bierlaune, in Eurem Gasthaus herumerzählen!«

Der Wirt nickte brummend seine Zustimmung.

»Die Herzogin selbst hat mich beauftragt, vom Kämmerer gestohlenes Gold und Silber ausfindig zu machen und wieder nach Herzberg zu überführen. Wir können davon ausgehen, dass sich das Versteck hier auf der Burg befindet, und es hat den Anschein, dass der Kämmerer Otto Berlein in die Geschichte mit hineingezogen hat und er deshalb auch sein Leben lassen musste. Wie ihr seht, schreckt der Dieb vor nichts zurück!«

Heiner hakte zweifelnd nach.

»Otto soll sich mit dem Verbrecher eingelassen und am Eigentum des Fürsten vergriffen haben?«

Ungläubig schüttelte der alte Burgsoldat seinen Kopf.

»Ich glaube, du hast mich falsch verstanden!«, erwiderte Konrad.

»Otto Berlein hat den Schatz aus Herzberg in dem Bewusstsein versteckt, dass der Kämmerer vom Herzog den Auftrag dazu hatte, die Wertgegenstände vor den Söldnerheeren in Sicherheit zu bringen. Otto wusste allerdings nicht, dass eigentlich alles auf die Burg Scharzfels gebracht werden sollte und dass der Kämmerer aus Habgier eine Wagenladung heimlich zur Heldenburg umgeleitet hat. Das geschah vor ungefähr einem halben Jahr.«

»Und was hat das mit dem Verschwinden meiner Johanna zu tun?«, fragte der Wirt, immer noch stark erregt.

»Nun, der Kämmerer wird versuchen den Schatz zu finden, um sich einen möglichst großen Teil einzuverleiben. Da er weiß, dass ich ihm in die Quere kommen könnte, und Ihr, Herr Wirt, leider mein Interesse an Eurer Tochter laut kundgetan habt, ist er vielleicht auf die Idee gekommen, für den Fall der Fälle sich Eure Johanna als Pfand, als Druckmittel zu holen.«

Der Wirt rang nach Luft, sprang auf und wanderte im kleinen Turmzimmer aufgeregt hin und her.

»Oh Gott, oh Gott«, er bekreuzigte sich, »was sollen wir nur tun?«

Er sank vor Konrad auf die Knie und faltete beschwörend die Hände. In den angsterfüllten, weit aufgerissenen Augen spiegelte sich seine ganze Verzweiflung wider.

»Konrad Gassner, ich flehe Euch an, Ihr müsst mir meine Johanna zurückholen! Ich will nicht noch eine Tochter verlieren«, brachte er gerade noch heraus, dann versagte seine Stimme.

Heiner sprang auf und hinkte zu einer dem Hof zugewandten Schießscharte, an der ein längliches Eisen und ein Schlegel hing.

»Ich schlage jetzt das Alarmeisen, dann können unsere Wachsoldaten ausschwärmen und Johanna suchen!«

Konrad eilte ihm hinterher, griff seinen rechten Arm und hielt ihn fest.

»Was soll das bringen? Vergesst nicht, dass diese Burschen zu allem bereit sind! Wenn du hier oben Krach machst, dann warnen wir sie nur vor. Und wenn unsere nicht gerade kampferfahrenen Männer sie tatsächlich finden und falsch reagieren, dann wäre Johanna in höchster Gefahr.«

Konrad spürte, wie Heiners massiger Körper vor Erregung bebte. Vor Wut schnaufend, war er nur schwer zu bändigen. Er schien zu allem bereit, denn seine Nichte war ihm, wie eine eigene Tochter, sehr ans Herz gewachsen.

»Aber wir können doch nicht nur tatenlos herumsitzen! Wer weiß, was diese Schweine ihr alles antun.«

Während der Wirt aufjammerte, drückte Konrad Heiner mit festem Griff und viel Mühe auf seinen Hocker.

»Solange der Kämmerer und die beiden anderen Galgenvögel den Schatz noch nicht in ihren Händen halten, werden sie ihr nichts tun. Als Druckmittel ist Johanna nur unversehrt für sie eine Hilfe.«

»Und was schlägst du nun vor?«, fragt Heiner aufgebracht.

Konrad setzte sich zu Johannas Vater und legte tröstend seinen rechten Arm um ihn.

»Ihr dürft jetzt nicht aufgeben! Ich werde Eure Johanna aus den Händen dieser Verbrecher befreien, das verspreche ich Euch!«

Beim Gedanken an den Kämmerer merkte Konrad, wie in ihm unendliche Wut aufstieg: hilflose Wut, denn er wusste nicht, ob er seinen eigenen Worten glauben konnte, ob er es tatsächlich schaffen würde, Johanna unversehrt zurückzuholen. Heiner fing an, laut zu denken.

»Um an den Schatz zu gelangen, müssen die Burschen ja hier zu uns aufs Burggelände kommen. Die Frage ist nur, wie wollen die das unbemerkt schaffen? Oder meinst du gar, dass die Halunken dich mit Johanna erpressen wollen und du dann für diesen Abschaum den Schatz finden und ausliefern sollst?«

»Auch das wäre möglich. Wir müssen auf alles gefasst sein! Das, was wir nicht wissen, ist, ob Otto Berlein noch kurz vor seinem Tod, unter Gewalteinwirkung, das Versteck preisgegeben hat.«

»Aber was soll das nutzen?«, fragte Heiner.

»Sie müssen ja zuerst einmal hier in die innere Burg und dann das schwere Gold und Silber auch wieder rausschleppen. Also je mehr ich darüber nachdenke, umso mehr glaube ich, dass sie uns – beziehungsweise dich – erpressen werden.«

Konrad stand vom Bett auf, ging auf eine der Schießscharten zu und blickte auf den Hof hinunter.

»Sag mal, Heiner, die Herzogin hat von einem Transport auf einem Wagen gesprochen. Wenn etwas in dieser Größe hier angekommen wäre, das müsste dir doch aufgefallen sein?«

Er drehte sich um und sah ihn an: »Denn wie ich weiß, entgeht dir ja eigentlich nicht das Geringste, was auf dem Burghof passiert!«

Heiners Stirn legte sich in Falten.

»Ja, ja, spotte du nur. Aber wenn ich nicht immer ein waches Auge auf alles hätte, dann würde es hier oft drunter- und drübergehen. Wann soll der Wagen die Burg erreicht haben?«

»Nun, wie ich schon einmal sagte, vor ungefähr sechs Monaten.«

»Vor einem halben Jahr also«, Heiner stand auf, hinkte auf Konrad zu und blickte durch die Schießscharte zum Hof hinunter.

»Die einzigen von Pferden gezogenen Wagen, die hier regelmäßig durch das Torhaus rollen, sind die Bier- und Vorratstransporte sowie die Heu-, Hafer- und Strohlieferungen für unsere noch verbliebenen fünf Pferde. Sonst kommen recht regelmäßig Handkarren, die uns – vom Vorwerk aus – mit Fleisch, Wurst und Käse versorgen.«

»Aus meiner Erfahrung der letzten vier Jahre weiß ich, dass die Menschen in ihrer Verzweiflung immer wieder versuchen, ihre Wertgegenstände auf Karren und Wagen – gut getarnt – zu verstecken und so vor den herannahenden Soldaten in Sicherheit zu bringen«, ergänzte Konrad.

Heiner nickte und strich sich über sein schütteres, ergrautes Haar.

»Du hast von Bierwagen gesprochen«, überlegte Konrad, »Fässer wären ein gutes Versteck!«

»Fürwahr, aber die kommen alle auf kurzem Weg, entweder aus unserem eigenen Brauhaus, das gleich unten neben der Mühle liegt, oder aus Einbeck, wenn es um das länger haltbare Bockbier geht. Das lagern wir dann auch weiter hinten im Gewölbekeller vom großen Steinhaus.«

Plötzlich wurde der Wirt hellhörig. Sein zusammengefallener Körper richtete sich auf, seine tränengeröteten Augen wurden größer und dann sprudelte es aus ihm heraus: »Moment, Moment – Biertransport«, er erhob sich langsam vom Bett, ging auf Konrad zu und wedelte aufgeregt mit den Armen, »da fällt mir was ein! Es kann gut sein, dass es – wie Ihr sagtet, vor sechs Monaten – ja, dass es vor einem halben Jahr war, als ich durchs Fenster des Gasthauses einen Bierwagen aus Richtung Northeim, also aus Richtung Harz gesehen habe. Um zu sehen, was das zu bedeuten hat, bin ich damals hinausgeeilt und sah gerade noch, wie der Wagen, von vier schwerbewaffneten Soldaten hoch zu Ross begleitet, unter unserer Wasserkunst hindurchfuhr.«

»Und?«, fragte Konrad.

»Ist er zur Burg hochgefahren?«

»Das konnte ich nicht sehen, aber es ist schon wahrscheinlich, denn wenn er weiter nach Einbeck gefahren wäre, dann hätte der Wagen garantiert vor verschlossenen Stadttoren gestanden. Da sind die Einbecker eigen, die lassen kein fremdes Bier in ihre Stadt! Außerdem wütete vor einem halben Jahr noch richtig stark der Schwarze Tod innerhalb der Mauern.«

Heiner mischte sich ein.

»Die Torwache, genau, die Torwache - die muss es wissen, die führen ein Wachbuch! Auch wenn die nicht jeden eintragen, der uns besucht, aber ein Fuhrwerk, das können meine Kameraden bestimmt nicht übergangen haben.«

Die Dämmerung hatte längst eingesetzt und den von hohen Gebäuden umgebenen Burghof wie mit einem dunklen Tuch eingehüllt. Als Konrad mit dem Wirt auf das Torhaus zumarschierte, hatte sie der Wachführer, Feldwebel Meyer, schon entdeckt.

»Die Herren wollen doch nicht etwa zu mir?«

»Genau getroffen!«, antwortete Konrad.

»Wir müssen dringend wissen, ob vor einem halben Jahr ein Biertransport aus Herzberg die Burg erreicht hat. Wir hoffen, Ihr könnt uns weiterhelfen?«

Der Feldwebel lachte auf und schlug dem Wirt auf die Schulter.

»Sag´ bloß, Gustav, du willst jetzt in deinem Gasthof labbriges Harzbier ausschenken?«

»Mach´ keine Witze, die Sache ist ernster als du glaubst! Also raus mit der Sprache! Ist nun eine Lieferung aus Herzberg hier durchs Torhaus gefahren, oder nicht?«, brüllte ihn der Wirt an.

»Komm, beruhige dich, da brauche ich gar nicht erst ins Wachbuch zu schauen! Ich erinnere mich nämlich noch ganz genau. Es war schon später Nachmittag, als ein vierspänniger Wagen, beladen mit sechs großen Fässern, sich hier zu uns hochquälte. „Herzberg Bräu“ war in das Holz der Stirnseiten gebrannt. Wir wunderten uns noch, was das Bier denn gerade bei uns auf der Burg zu suchen habe, bis dann einer der den Transport begleitenden Reiter lauthals verkündete, dass wir ja die Finger davon lassen sollten, denn das Bier sei für einen Besuch des Herzogs bestimmt. Der wolle demnächst ein großes Fest auf der Heldenburg feiern und dazu seinen Gästen Herzberger Bier ausschenken. Aber bis heute gab es komischerweise kein Fest!«

»Also doch«, strahlte Konrad, »dann werde ich mir die Fässer gleich mal anschauen! »Ihr«, wandte er sich an den Wirt, »Ihr geht zurück in Euer Gasthaus und haltet mich, was Eure Johanna betrifft, auf dem Laufenden.«

»Ach übrigens, die vier Begleiter und die beiden auf dem Kutschbock, die hatten sich schon ein wenig merkwürdig benommen«, ergänzte Feldwebel Meyer.

»Normalerweise ist jeder, der uns was Gewichtiges liefert, froh, wenn wir ihm Hilfe beim Verstauen ins Lagerhaus anbieten. Diese Gestalten allerdings reagierten gar nicht auf unser Angebot, und der begleitende Unteroffizier maulte uns an, dass wir sie ja in Ruhe lassen sollten. Ist das nicht merkwürdig?«

»Diese Reaktion kann ich mir sogar gut vorstellen, aber darüber später mehr«, antwortete Konrad.

Er trat dichter an den Feldwebel heran und sprach mit gedämpfter Stimme weiter.

»Ihr kennt Euch doch auf der Burg bestens aus. Gibt es eine Möglichkeit, ungesehen in den Innenhof zu gelangen?«

Der Feldwebel stutze und sah Konrad verwundert an.

»Was habt Ihr denn vor?«

»Der Amtmann hat Euch doch Anweisung gegeben, sehr achtsam zu sein, da sich hier ein paar Burschen im Ort herumtreiben, die es wahrscheinlich versuchen werden.«

Der Feldwebel lehnte sich zurück und lachte.

»Das würde den Herren aber schlecht bekommen, denn meine Torwache lässt garantiert keinen Fremden durch! Auf der Vorburg, das heißt im Zwinger, im Küchengarten oder auf der Ringmauer, da können sie herumtoben. Das wird alles, seitdem die Burg ihre strategische Bedeutung verloren hat, nicht mehr bewacht. Davon abgesehen, könnten wir das mit unserer kleinen Besatzung auch gar nicht leisten; aber hier herein kommt keiner.«

»Es sei denn, sie klettern von der Vorburg aus die Wände vom Junkerhaus oder vom Palas oder auch vom Reisigenstall oder gar vom großen Steinspeicher hoch und kommen über die Dächer«, stellte Konrad fest.

Der Feldwebel machte ein paar Schritte in den Hof, blickte an den Gebäuden nach oben und schüttelte wild seinen Kopf.

»Nein, nein, nein, Unsinn! Da brauchten sie schon Wurfhaken und lange Seile, und dazu müssten die Burschen auch noch Kletterkünstler sein. Nein, das kann ich mir nicht vorstellen!«

Konrad schritt auf ihn zu, stellte sich neben ihn und breitete seine Arme aus.

»Aber irgendwie werden sie versuchen, hier hereinzukommen. Gibt es vielleicht so etwas wie einen geheimen Zugang oder einen Fluchttunnel?«

»Natürlich, so sagt man, hat jede Burg so einen Fluchttunnel, der getarnt irgendwo außerhalb der Mauern endet. Aber ob unsere Heldenburg so was hat – und vor allem, wo der Eingang sein könnte – das weiß ich wirklich nicht.«

»Haltet Ihr es für möglich, dass Otto Berlein mehr darüber wusste?«

»Nun, wenn ich es mir recht überlege«, der Feldwebel sah Konrad nachdenklich an, »wenn er seine Inventare geschrieben und überprüft hat, ist er ja überall herumgekrochen. Der kannte vermutlich Ecken, die ich noch nie gesehen habe. Warum fragt Ihr?«

»Ich versuche mir gerade vorzustellen, ob er diesen Verbrechern nicht doch noch kurz vor seinem Tod einen Hinweis gegeben hat.«

»Das verstehe ich jetzt nicht, Otto Berlein und die Verbrecher?«

»Das müsst Ihr im Moment auch nicht; nur eins noch. Egal, was Ihr und Eure Männer heute Nacht hört, ich bitte Euch, auf keinen Fall loszustürmen! Wenn die Burschen es schaffen, in die Burg einzudringen, dann wollen wir sie nicht gleich wieder verscheuchen. Ich habe mit einem der Herren noch ein Hühnchen zu rupfen, und glaubt mir, ich werde auch allein mit ihnen fertig!«

Konrad marschierte schon zu seinem Arbeitszimmer, als er nochmals innehielt und sich umdrehte.

»Ach, Herr Feldwebel, eins noch. Ich bitte Euch auch, die Fackeln neben den Eingängen heute ausnahmsweise nicht zu entzünden. Nur die am Brunnen, die lasst ruhig ein wenig Licht spenden. Wir wollen ja unsere Gäste nicht erschrecken.«

Der Wachführer schüttelte seinen Kopf.

»Wenn Ihr meint, dass das alles so richtig ist! Aber denkt dran, nur einmal Laut geben, und ich stehe mit meinen Männern an Eurer Seite!«

Konrad stand am Schreibtisch und hatte die Kerze schon in der Hand, als sein Blick auf das noch aufgeschlagene Rezeptbuch von Otto Berlein fiel. Er überflog noch einmal die kurios anmutenden Wortschöpfungen und fing laut an vor sich hinzureden.

»Bärlauch, Irlauch, Erlauch, Rerlauch: Otto, Otto, was hast du dir nur dabei gedacht?«

Er wollte das Buch schon zu schlagen, als ihm plötzlich die Erleuchtung kam. Und wieder sprach er vor sich hin: »Dieses alte Schlitzohr!«, er tauchte seine Schreibfeder ins Tintenfass und schrieb die jeweiligen Anfangsbuchstaben der vier Wörter hintereinander.

»B - I - E - R, das Schlüsselwort heißt schlicht und ergreifend „Bier". Also der Hinweis auf die Bierfässer aus Herzberg! Na, das passt doch.«

Freudestrahlend flog er förmlich die Treppe zum Hof hinunter. Zwanzig Schritte später verschwand er im Speicherkeller des großen Steinhauses. Das entzündete Kerzenlicht leuchtete die kühlen Mauern des Vorratskellers nur spärlich aus. Erinnerungen wurden schlagartig in ihm wach. So gruselig wie das

Gewölbe in der Heimatstadt war dieses Bierlager zwar nicht, aber auch hier kroch etwas Unheimliches aus den dicken Mauern. Vielleicht war es auch die Stille, die Konrad umgab, und dazu die Spinnengewebe und der oft in alten Gewölben wabernde Schimmelgeruch, der hier, durch den süßlichen Biergeruch ein wenig verfeinert, zu riechen war.

Konrad drehte sich mit dem Kerzenlicht in der Hand und versuchte, sich zu orientieren. In der Mittelachse des vorderen Kellerraumes trugen zwei mächtige Säulen die darüberliegenden Speicherböden. Sie ächzten förmlich unter der Last dieses massiven, dreistöckigen Steinhauses. Viel gab es nicht zu entdecken. Neben ein paar alten, verstaubten Kisten stapelten sich hier die Bierfässer für den täglichen Gebrauch. Minna, die Küchenmagd, hatte Konrad erklärt, dass jedem auf der Burg, so also auch ihm, pro Tag zwei große Tonkrüge Bier zustehen würden. Er zählte zwar nur sechs Fässer für die gesamte Burgbesatzung, aber alle paar Tage kam frisch gebrauter Nachschub aus dem ortseigenen Brauhaus.

Plötzlich vernahm Konrad Schritte auf der Kellertreppe. Der Schein eines Lichtes war zu erkennen. Blitzschnell hockte er sich hinter den Fassstapel, blies die Kerze aus und zog seinen langen Dolch. In Erwartung auf das, was sich da näherte, hielt er die Luft an. Die Muskeln spannten sich. Er war zum Angriff bereit! Wie eine Raubkatze sein Opfer, so würde er den Kämmerer mit seinen Helfern anspringen und überwältigen.

Doch was war das? Konrad traute seinen Ohren nicht. Da sang jemand leise vor sich hin. Er hörte wahrhaftig ein Lied, eine Melodie, die er kannte, denn mit seinen Schwestern und dem Privatlehrer hatten sie genau dieses Lied zur geistigen Erbauung oft genug gesungen. Die Stimme und das Licht kamen zögerlich näher.

»All Morgen ist ganz frisch und neu des Herren Gnad und große Treu, sie hat kein End den langen Tag, drauf jeder sich verlassen mag«, ertönte es mit dünner, zittriger weiblicher Stimme.

Konrad steckte seinen Dolch weg, richtete sich langsam auf und stimmte mit ein.

»Drum steht der Himmel Lichter voll, dass man zum Leben sehen soll, und es mög schön geordnet sein, zu ehren Gott, den Schöpfer dein.«

Regungslos vor Grauen stand die Küchenmagd Minna vor ihm. Der große Tonkrug, den sie mit Bier füllen wollte, rutschte ihr vor Schreck aus der Hand. Konrad konnte ihn soeben noch über dem Boden abfangen.

»Nicht schon wieder Scherben!«, lachte er sie an.

»Herr im Himmel«, Minna bekreuzigte sich, »habt Ihr mich erschreckt! Was treibt Ihr denn hier im Dunklen?«

»Ich kann der Versuchung nicht widerstehen und möchte das berüchtigte Bärlauch- oder Bierlauchbier, von dem die Köchin geschwärmt hat, probieren. Und was führt Euch in den Keller? Übt Ihr hier heimlich die Lobgesänge unseres Herren, junges Fräulein?«, scherzte Konrad.

»Ach, Ihr!« Sie senkte verstohlen ihren Blick. »Ich fürchte mich halt im Dunklen, und deswegen singe ich gern ein wenig. Übrigens, wenn Ihr das Bierlauchbier sucht, dann findet Ihr es im hinteren Bockbierkeller. Kommt, ich zeige es Euch!«

An der linken Stirnseite des Raums befand sich eine Eisengittertür mit einem schweren Vorhängeschloss. Behände entriegelte Minna die Tür und leuchtete mit ihrer Kerze in den angrenzenden, kleineren Nebenraum.

Konrad entzündete ebenfalls sein Licht, und so konnte er sofort fünf wuchtige Fässer ausmachen, auf denen deutlich eine eingebrannte Inschrift zu sehen war.

»Herzberg Bräu«, las er laut vor.

»Ach die, die liegen hier schon länger!«, entgegnete die Magd.

»Da dürfen wir nicht dran, die sind für die besseren Herrschaften bestimmt, wenn sie denn noch eines Tages kommen. Aber ich fürchte, das Bier schmeckt nicht mehr. Das ist ja kein Bockbier, wie unser Einbecker.«

Die Magd zeigte zur anderen Seite.

»Die Köchin hat gesagt, dass nur das Bockbier aus Einbeck, auch noch nach vielen Wochen zu genießen ist, und deshalb liegt das hier hinten und nicht vorn beim Dünnbier. Aber das Bockbier wird nur zu besonderen Anlässen ausgeschenkt.«

»So, wo ist denn nun das Bärlauch-Bierlauchbier?«

Minna leuchtete in die äußerste Ecke, seitlich hinter die Fässer aus Einbeck.

»Schaut, hier ist Otto Berleins Gebräu. Er hat es wohl hier versteckt, weil es eh keiner trinken will.«

Konrad bückte sich, schaute um die Ecke und sah ein deutlich kleineres Fass, auf dem kunstvoll eine Bärlauchpflanze gezeichnet war.

»Dieser Otto, selbst hier hat er seine Kunst hinterlassen!«

Konrad richtete sich wieder auf. Er musste nun erst einmal die Magd loswerden.

»Für wen war eigentlich das Bier bestimmt, das Ihr holen wolltet?«, fragte er sie.

»Na, für Euer Abendmahl, das ich Euch gleich bringen werde.«

Konrad schob sie vor sich her durch die Gittertür.

»Dann lasst Euch mal nicht aufhalten! Ich bleibe noch ein wenig hier, und wenn Ihr mir den Schlüssel anvertraut, dann braucht Ihr auch nicht mehr an diesen dunklen, unheimlichen Ort. Ich verriegele dann für Euch, und Ihr holt Ihn Euch ganz einfach bei mir wieder ab.«

Minna füllte den Krug und verschwand. Konrad stellte seine Kerze direkt vor die Fässer aus Herzberg und begann, sie zu untersuchen. „Nur keine Zeit mehr verlieren!", dachte er. Da er auch als Soldat den ein oder anderen getarnten Transport durchsucht hatte, war ihm klar, dass er sehr gründlich vorgehen musste, um ein raffiniertes Versteck zu entdecken. Er war sich allerdings sicher, dass er auf der richtigen Fährte war, auch wenn rein äußerlich nichts Besonderes auszumachen war.

Drei Fässer lagen auf dem lehmigen, mit Kalksandstein durchzogenen Fußboden, während zwei weitere obenauf gestapelt waren. Er fing an, das Holz abzuklopfen. Wenn etwas anderes außer Bier in den Fässern wäre, so hoffte Konrad es am Klangunterschied zu erkennen. Immer an der Oberkante, am Fassrand beginnend, arbeitete er sich mit dem Knauf seines Dolches kreisförmig bis in die Mitte. Die beiden oberen Fässer sowie das erste untere Fass boten einen einhelligen, dunklen, dumpfen Klang. Das mittlere der unten liegenden Fässer zeigte sich indessen in einer deutlich helleren Klangfarbe. Konrad stutzte und verglich die Hörprobe mit dem Nachbarfass. Es war eindeutig; aber nicht nur, dass der Ton sich anders anhörte, er war dazu auch noch dreigeteilt. An der Ober- und Unterkante klang es dunkler als in der Mitte.

Sollte er wirklich schon am Ziel sein und das Versteck gefunden haben? Konrad nahm seinen Dolch und drückte die scharfe, spitze Klinge vorsichtig in eine Fassbrettfuge. Langsam bewegte er die Schneide hin und her und vergrößerte so den Schlitz. Und tatsächlich, es trat kein Bier aus.

»Verdammt noch mal, das muss der Hohlraum sein!«, rutschte es ihm vor Begeisterung heraus.

»Ganz schön raffiniert angestellt! Unten kann man sogar noch Bier abzapfen, und darüber liegt das Versteck!«, sagte er unwillkürlich.

Und nun entdeckte er auch, bei näherem Betrachten, ein paar Spuren am Holz der

Fassbretter. Die waren zwar mit Dreck überschmiert worden, aber Konrad war sich sicher, dass hier jemand gehebelt hatte. Ob Otto Berlein sich den Inhalt aus Neugier schon mal angesehen hatte? Konrad beschloss, nichts mehr anzurühren, die Eisengittertür nur anzulehnen und vom Zimmerfenster alles Weitere zu beobachten.

Die Dunkelheit hatte längst den Burghof in undurchdringliches Schwarz eingehüllt. Die am Brunnen angebrachte Fackel flackerte munter vor sich hin und leuchtete – wie geplant – nur einen wenige Schritte großen Bereich diffus aus. Konrad hatte das Fenster über seinem Arbeitstisch einen Spalt geöffnet. So konnte er die Szenerie nicht nur beobachten, sondern jedes noch so feine Geräusch besser wahrnehmen.

Es herrschte Totenstille. Auch von den sonst schon mal über die Stränge schlagenden Wachsoldaten kam kein Mucks. Die Zeit verflog, nichts passierte. Als die Glocke vom Kirchturm im Ort zur Mitternacht erklang, zuckte Konrad kurz zusammen. Beinahe wäre er eingenickt. Er stand auf und streckte seine müden Glieder. Je länger er in den dunklen Innenhof starrte, umso mehr schmerzten ihm die Augen. Trugbilder stellten sich ein. Manchmal hatte er das Gefühl, als ob Schatten vorüberhuschten. Oder waren es doch schon die Gestalten, auf die er angespannt wartete? Aber es war nichts zu hören, kein verdächtiges Geräusch.

Konrad musste an Johanna denken. Inständig hoffte er, sie wohlauf und vor allem nicht geschändet in seine Arme zu schließen. Oft genug musste er in der zurückliegenden Soldatenzeit Vergewaltigungen mit ansehen. „Nur das nicht!", dachte er. In dieser einsamen Stunde wurde ihm immer mehr klar, wie viel er doch für Johanna empfand. Wut stieg in ihm auf. Er ballte seine Faust und wollte sich gerade Luft machen und auf den Tisch schlagen, als er unvermittelt ein Quietschen wahrnahm.

Angespannt lauschend riss er seine Augen groß auf. Aber so sehr er auch angestrengt in die Dunkelheit starrte, er konnte nichts entdecken.

Da war es wieder, ein weiteres Quietschen und danach ein deutliches Knarren. Konrad versuchte es zu orten. Es kam offensichtlich aus der Richtung, in der der Käsekeller lag. Dort hatte er ja schon selbst mit der schwer zu öffnenden, geräuschvollen Tür Bekanntschaft gemacht.

Nur einen Augenblick später huschte eine Gestalt, genau von diesem Ort, durch den fahlen Lichtschein der Brunnenfackel zum großen

Steinhaus, hielt kurz inne, sah sich nervös nach allen Seiten um und verschwand, die Stufen hinunterstolpernd, im Gewölbekeller. Konrad stutzte ungläubig. Wieso kam da jemand aus diesem kleinen Vorratskeller? Wie kam der dahin? Hatten sich etwa die Torwachen doch wieder von ihrem Würfelspiel ablenken lassen und nicht aufgepasst? Die Gestalt war zwar nur schwach zu erkennen, doch sie kam eindeutig aus der hinteren, rechten Ecke des Burghofes.

Egal wie, Konrad musste handeln. Endlich brauchte er nicht mehr tatenlos herumzusitzen. Er sprang auf, legte seinen Degen um, griff nach den bereitliegenden Pistolen – doch halt, wo waren die beiden anderen Burschen? Konrad starrte nochmals in die Ecke des Käsekellers, drehte seinen Kopf und lauschte angespannt in alle Richtungen. Nichts, kein zweiter, kein dritter! Er konnte niemanden entdecken. Womöglich bewachten die Helfershelfer Johanna, und der Kämmerer war ihm in die Falle gegangen.

Konrads Grübeln brachte ihn für den Moment nicht weiter. Er musste reagieren und von Stolzleben auf frischer Tat erwischen. Wenn die anderen beiden Ganoven mit Johanna auch an der Wache durchgeschlüpft waren, dann saßen sie ohnehin ebenfalls in der Falle.

Konrad entzündete in seinem Arbeitszimmer eine Blendlaterne, ließ aber die Frontklappe noch geschlossen. So ausgerüstet tastete er sich am Reisigenstall und am großen Steinhaus entlang, bis er zum Kellereingang des Gewölbes kam. Auf leisen Sohlen, beinahe auf Zehenspitzen, balancierte er die achtstufige Treppe hinunter. Vorsichtig schlich er zwischen Säulen und Bierfässern hindurch zum hinteren Bockbierkeller. Je näher er kam, umso deutlicher hörte Konrad angestrengte, stöhnende Laute. Plötzlich ein sich steigerndes Knarren, das mit dem Krachen eines berstenden Brettes ein jähes Ende fand. Ein Eisen polterte mit hellem Klang auf den Kalksandsteinboden. Leises Fluchen drang an seine Ohren.

Konrad hielt kurz inne und lauschte. Stille. Unheimliche Stille, so, als ob der Unhold die Luft angehalten hätte und ebenfalls lauschte. Er konnte ihn schon förmlich spüren, doch nur die Flamme der Kerze warf ein wenig Licht gegen die offenstehende Gittertür. Gleich würde er den Schurken vor sich haben! Nur noch ein paar Schritte! Konrad machte sich bereit. Geräuschlos zog er den Degen aus der Scheide. Dann wieder dieses angestrengte Stöhnen! Ein zweites und ein drittes Brett gaben ihren Widerstand auf und purzelten zu Boden. Ein unterdrücktes Jubeln: »Jaaa, ich habs geschafft!«, kam mit gequetschter Stimme aus dem Nebenraum.

Konrad riss die Klappe seiner Blendlaterne auf und sprang mit dem Degen in der Hand in die Türöffnung des Bockbierkellers.

»Geschafft hast du es höchstens, in die Falle zu gehen!«, brüllte er den Schurken an.

Vor dem aufgebrochenen mittleren Fass, das Konrad ja schon als Versteck ausgemacht hatte, kniete wahrhaftig der Kämmerer. Er steckte fast mit dem ganzen Oberkörper im Hohlraum. Erschrocken zuckte er zusammen und kroch heraus. Zwei silbern glänzende Kerzenleuchter ließ er fallen, um gleich noch einmal hineinzugreifen und ein paar silberne Terrinen und Servierplatten herauszuziehen und ebenfalls auf den Boden zu werfen. Vom grellen Laternenlicht geblendet hielt er sich ruckartig die Hände vors Gesicht.

»Nur unnützer Zierkram! Wo um alles in der Welt ist das Münzsilber?«, kam es entgeistert aus seinem Mund.

Schäumend vor Wut und unberührt von der Tatsache, dass Konrad mit auf ihn gerichtetem Degen vor ihm stand, sprang er auf. Brüllend machte er sich Luft: »Verflucht sei dieser Otto

Berlein! Wo hat das Schlitzohr mein Silber hingeschafft?«

Aufgeregt lief er im Bockbierkeller hin und her und schaute in jede Ecke, hinter jedes Fass, bevor er – wie von Sinnen – das Brecheisen aufnahm und auf Konrad losging.

»Oder habt gar Ihr das Münzsilber Euch schon unter den Nagel gerissen?«

Konrad kam gar nicht erst zu Wort, machte seinerseits einen Schritt auf den Kämmerer zu und brachte ihn mit seiner Degenspitze zum Stehen.

»Euer Degen nutzt Euch gar nichts! Verlasst Euch drauf, Ihr werdet es mir schon erzählen! Oder wollt Ihr etwa, dass sich meine Männer Euer Liebchen vornehmen?«, kam es hämisch aus seinem breit grinsenden Mund.

Konrad explodierte förmlich vor Wut, ließ den Degen fallen, entriss ihm blitzschnell das Brecheisen, packte den Kämmerer mit beiden Händen an der Gurgel und hob den dürren, knochigen Mann mit seinen muskelbepackten Armen – wie einen Sack Federn, spielerisch leicht – in die Höhe.

»Also hast du Schurke es tatsächlich gewagt, Johanna zu entführen! Ich versichere dir, wenn ihr auch nur ein Haar gekrümmt wird, werde ich dir höchstpersönlich den Schwedentrunk einverleiben! Dann erfährst du, im wahrsten Sinne des Wortes, was es für ein Gefühl ist, wenn man den Hals nicht vollkriegt.«

Wild um sich schlagend, rang der Kämmerer nach Luft, wobei sein ansonsten bleiches Gesicht feuerrot anlief und seine Augäpfel aus dem Kopf traten. Konrad wollte ihn gerade wieder absetzen, um ihn nach Johannas Aufenthaltsort zu befragen, als ein dumpfer Schmerz an seinem Kopf seinen Hände alle Kraft nahm. Verschwommen sah er gerade noch, wie der Kämmerer von ihm wegtorkelte, bevor es ihm schwarz vor Augen wurde und er die Besinnung verlor.

Konrad wusste nicht mehr, wie lange er der Welt entrückt war, als er ein paar deftige Ohrfeigen spürte. Er vernahm dumpfe, aber stetig klarer werdende Wortfetzen einer brummigen Stimme. Irgendjemand schüttelte ihn kräftig durch. Langsam öffnete er seine schwer gewordenen Augenlider.

»Konrad, Konrad Gassner, komm´ zu dir!«

Es war Heiner, der neben ihm kniete und ihn mit festem Griff vom kühlen Boden hochzog und an ein Fass lehnte.

»Na, endlich! Ich habe schon gedacht, du wachst gar nicht mehr auf, und wir müssten dich auf dem Gottesacker verscharren! Hier, trink!«

Er reichte ihm einen Becher, randvoll mit Bockbier gefüllt. Konrad leerte ihn fast mit einem Zug.

»Na also! Wieder unter den Lebenden!«, kam es Heiner zufrieden über seine Lippen.

»Was ist passiert? Wie kommst du hierher?«, fragte ihn Konrad verwundert.

Heiner stützte sich auf Konrads Schulter ab, stand auf und ging einen Schritt zur Seite.

»Da, schau sie dir an! Ich bin gerade noch rechtzeitig gekommen, sonst wärst du möglicherweise tatsächlich nicht mehr unter uns.«

Konrad blickte auf den Kämmerer und einen seiner Helfer, einen noch jungen, kaum 18-jährigen Soldaten aus Herzberg. Beide saßen ihm gegenüber. An Händen und Füßen gefesselt, hatte ihnen Heiner sogar ihre Münder zugebunden.

»Als sie anfingen laut herumzuschreien, habe ich einfach ein Stück ihrer Ärmel abgerissen und den Burschen damit das Maul gestopft!«

Konrad fasste sich an den schmerzenden Kopf und zog sich am Fass hoch, bis er, noch etwas schwankend, wieder auf seinen Füßen stand.

»Wie hast du das mit den beiden Verbrechern denn überhaupt mitbekommen?«

»Ja, ganz so alt und unbeweglich ist der alte Heiner dann ja doch nicht, und Kraft genug hat er auch!«, brummte er stolz.

Er marschierte ein paar Schritte zwischen Konrad und den Gefangenen auf und ab.

»Du hinkst nicht mehr? Hast du mir etwa die ganze Zeit etwas vorgespielt?«

Heiners Gesicht überzog ein verschmitztes Lächeln.

»Nun, sagen wir mal so, es war die Jahre schon bequemer, sich Speis und Trank nach oben bringen zu lassen. Und ab und zu schmerzen ja meine Knie wirklich.«

Er blieb stehen und sah abwechselnd zu Konrad und den gefesselten Männern.

»Ich hatte das einfach oben in meinem Turm nicht mehr ausgehalten und bin dann gleich nach dem Mitternachtsglockenschlag runter und habe mich im ersten Stock des Junkerhauses hinter ein Fenster gehockt. So habe ich alles hervorragend beobachten können, und als dann kurz nach dir der Helfershelfer aus dem Käsekeller kam, über den Hof eilte und im Gewölbekeller verschwand, da habe ich mich sofort hinterhergemacht.«

Konrads Kraft und Gleichgewicht waren zurückgekehrt. Er ging auf die beiden Gefangenen zu, hockte sich hin und sah dem jungen Soldaten tief in seine angstvollen Augen.

»Und dann hat dieses Bürschchen mich einfach feige von hinten niedergeschlagen?«

Er drehte sich zu Heiner um: »Ich war so mit dem Kämmerer beschäftigt, ich habe ihn nicht bemerkt«.

»Ich konnte zwar nicht mehr verhindern, dass er dir einen überziehen konnte, aber gleich darauf hat er dann von mir eins über seinen Schädel bekommen.«

Heiner lachte auf und zeigte auf den Kämmerer.

»Und dieses halb verhungerte Burggespenst habe ich dann anschließend mit meinen Fäusten zum Schweigen gebracht.«

»Der Herzog wird sich freuen, wenn wir ihm diese Abtrünnigen übergeben! Doch zuerst müssen wir schnellstens Johanna finden.«

Konrad zog seinen Dolch und schlitzte den beiden die Stofffetzen vom Mund. Sich vor Wut windend brüllte der Kämmerer los: »Ihr armen Kleingeister! Macht nur so weiter und lasst Euch von der Obrigkeit für nichts und wieder nichts herumschupsen! Mit mir haben das der edle

Fürst und vor allem die Hausherrin des Schlosses Herzberg lange genug getan. Wenn ich zusammenrechne, wie oft ich für die feinen Herrschaften die Kasse gerichtet habe, dann ist es nur recht, wenn ich mir meinen Anteil nehme, und das, bevor dieser Wallenstein oder der Tilly sich mit ihren Söldnern bedienen. Und eins sage ich Euch gleich: Bevor Ihr mir nicht diese dummen Fesseln abnehmt und mir zu meinem Silber verhelft, hört Ihr von mir kein Sterbenswörtchen, wo wir die schöne Johanna verstecken.«

Bevor Konrad etwas erwidern konnte, meldete sich der merklich erschrockene, junge Soldat zu Wort. Blankes Entsetzten spiegelte sich in seinem Gesicht, als er den Kämmerer ansah.

»Aber was erzählt Ihr denn da? Ihr habt doch meinem Bruder und mir gesagt, dass wir in geheimer Mission für den Herzog unterwegs sind und dass wir einen gestohlenen Schatz aufspüren und gleich dazu den Dieb bestrafen sollen, der ihn an sich gebracht hat! Eine Belohnung und eine Beförderung habt Ihr uns dafür versprochen!«

Der Kämmerer hatte nur einen verächtlichen Blick für den Burschen und keifte ihn an:

»Du ahnungsloser Trottel! Hättest du besser aufgepasst, dann säßen wir jetzt nicht in der Klemme!«

Fassungslos drehte sich der junge Mann zu Konrad.

»Ihr müsst mir glauben, Herr, wir haben nur in guter Absicht als Soldaten des Herzogs gehandelt.«

Konrad begriff sehr schnell, dass er beim verbitterten Kämmerer, der sich seine ganz eigene Gerechtigkeit zurechtgelegt hatte, nicht weiter kam. Es war ganz offensichtlich, dass er diesen Grünschnabel und den Bruder für seine Zwecke missbraucht hatte. Also wandte er sich dem immer noch ängstlich dreinschauenden jungen Soldaten zu.

»Da bist du und dein Bruder ja in was Schönes reingeraten! Aber wenn ihr beide jetzt keine Dummheiten mehr macht, dann werde ich beim Herzog ein gutes Wort für Euch einlegen.«

Er löste ihm die Fußfesseln, stellte ihn auf die Beine, drückte ihm die Blendlaterne in die Hand und seinen Dolch in den Rücken. So marschierten die beiden vor die Tür. Sofort versuchte der Kämmerer, den jungen Soldaten durch wilde Drohungen zu beeinflussen, aber der stolperte nur teilnahmslos vor Konrad her und fügte sich seinem Schicksal. Heiner blieb zur

Bewachung zurück und stopfte dem fluchenden Kämmerer gleich wieder den Stofffetzen in den Mund.

»Ich schätze mal, wir müssen in den Käsekeller da drüben, oder?«, kam die Frage von Konrad.

»Wartet dort dein Bruder mit Johanna?«

Konrad erhöhte den Druck mit seinem Dolch und bohrte so die scharfe Spitze durch das Gewand.

Mit weit aufgerissenen, angsterfüllten Augen und mit bebender Stimme kam die Antwort: »Nein, sie ist nicht in diesem Keller, sondern von da aus müssen wir noch ein ganzes Stück im Fluchtgang nach unten kriechen.«

Konrad sah ihn ungläubig an.

»Was sagst du da? Einen Fluchtgang soll es da geben?«

»Ja, ja, einen Tunnel! Dass es den noch aus längst vergangenen Tagen gibt, das hatte der von Stolzleben von diesem Burgschreiber erfahren. Der hatte ihm auch gebeichtet, wo die Fässer und somit der Schatz gelagert werden.«

»Das ist ja sehr merkwürdig! Ich war erst vor kurzem in diesem kleinen Raum, aber von einem Gang war nichts zu sehen.«

»Das glaube ich wohl. Der Andreas, also mein Bruder und ich haben mit dem Stemmeisen eine ganze Zeit gebraucht, um die Wand zum Keller zu durchbrechen.«

»Wo führt denn nun dieser Gang überhaupt hin? Und vor allem: Wo habt ihr Johanna?«

Konrad verstärkte den Druck mit dem Dolch ein weiteres Mal.

»Haltet ein«, klang es mit schmerzverzerrter Stimme, »ich sage ja alles! Der Gang führt nach unten an die Westseite des Burgberges. Da steht in der Reihe von mehreren Häusern eines, das unbewohnt und halb verfallen ist. Gleich hinter dem Haus steigt der Berg steil an, und genau an der Stelle befindet sich der mit dornigem Gestrüpp total zugewachsene Eingang zum Fluchttunnel. Das heißt, wir haben den so weit freigelegt, dass wir geradeso hindurchpassten, und neben dem Gestrüpp, da haben wir in einer kleinen Bretterbude diese Johanna eingesperrt. Mein Bruder Andreas ist zurückgeblieben, um auf sie aufzupassen.«

Konrad überlegte kurz, ob er nicht um den Burgberg herum laufen sollte, entschied sich dann aber doch für den Tunnel, um so den zurückgebliebenen Andreas nicht zu verunsichern.

»Nun gut, wenn ich für dich und deinen Bruder beim Herzog wirklich ein gutes Wort einlegen soll und wenn du nicht willst, dass ich dich vorher aufspieße, dann machst du exakt das, was ich dir jetzt sage. Ist das klar?«

Ein wildes Nicken und ein hängender Kopf zeigten Konrad seine unmissverständliche Zustimmung.

»Ich mache jetzt die Handfessel los, gebe dir die Blendlaterne, und dann kriechst du vorweg in den Gang. Sobald wir in die Nähe des Verstecks kommen, rufst du deinem Bruder Andreas zu, dass der Kämmerer euch reingelegt hat, dass es aber für euch beide noch Hoffnung gibt, einer größeren Bestrafung aus dem Weg zu gehen, wenn Johanna nichts passiert. Den Rest erkläre ich ihm dann.«

Konrad sah ihn mit ernstem Blick tief in die Augen.

»Hast du das verstanden? Also gib dir gefälligst Mühe und überzeuge deinen Bruder! Glaube mir, wenn du auf dumme Gedanken kommst, werde ich keinen Moment zögern dich abzustechen!«

6. Johannas Rettung

Als Konrad mit dem Soldaten den Keller betrat, blieb er kopfschüttelnd stehen. Der Tisch war genauso umgestürzt wie das vorher an der rechten Wand stehende Regal. Alle hier auf bewahrten Vorräte lagen kreuz und quer über den Fußboden verteilt. Bis in die äußerste Ecke waren einige Käselaibe gerollte, übersäht mit ausgebrochenen Kalksandsteinresten.

»Ihr habt hier ja schön gewütet! Wenn das unsere Köchin sieht, wird sie einen Tobsuchtsanfall kriegen!«

In der Wand klaffte ein Loch von vier Fuß Höhe und drei Fuß Breite, auf keinen Fall groß genug, um sich auf zwei Beinen darin fortzubewegen. So setzten sich beide auf ihre Hinterteile und rutschten in den dunklen Schlund des Fluchttunnels hinein. Der junge Soldat schob die Blendlaterne zwischen seinen Beinen vor sich her, und Konrad blieb, mit dem Dolch in der Hand, dicht hinter ihm.

Der finstere Tunnel schien kein Ende zu nehmen, aber vielleicht kam es auch Konrad nur so vor, weil er das Ende nicht erkennen konnte und weil in dieser Körperhaltung nur ein mühsames Vorankommen möglich war. Es herrschte eine beklemmende Stille; lediglich die vor Anstrengung gestöhnten Atemgeräusche füllten den engen Raum, wurden aber gleich wieder vom Kalksandstein der Wände geschluckt. So ging es tiefer und tiefer, hinein in den Berg. Konrad hatte das Gefühl, dass es immer heißer wurde. Der Kopf fing an zu glühen.

Schweißperlen rannen über sein Gesicht. Er schmeckte Salz auf seinen Lippen. Die Anspannung nahm zu. Die Enge drohte ihn zu erdrücken.

Doch dann, endlich, ein spürbarer Luftzug, und gleich darauf eine Stimme und ein Lichtschimmer. Konrad riss gierig den Mund auf. Drei tiefe Atemzüge füllten seine Lungen.

»Halt! Wer da?«, dröhnte es in den Fluchttunnel hinein.

»Na, wer soll's schon sein, Andreas, ich bin es, der Hermann!«, antwortete der junge Soldat.

Konrad drückte ihm sicherheitshalber seinen Dolch in den Rücken und erinnerte ihn flüsternd an die Absprache.

»Stell' dir vor, der Kämmerer, dieses hinterhältige Schwein, hat uns beide reingelegt! Dies ist gar kein geheimer Auftrag vom Fürsten! Er wollte mit unserer Hilfe nur an einen Schatz kommen.«

Konrad drängte ihn, sofort aufzustehen und mit der Blendlaterne vor seinen Bruder zu treten. Dann zog auch er sich hoch und befreite sich aus der erdrückenden Enge.

»Wer ist das?«, stutzte der Bruder.

»Das ist der Herr, der für uns beim Fürsten ein gutes Wort einlegen wird!«

Andreas schubste den Bruder zur Seite und zog seinen Degen. Mit zusammengekniffenen

Augen fixierte er Konrad. Sichtlich verunsichert ging er zwei Schritte zurück.

»Da stimmt doch was nicht! Das ist bestimmt eine Falle!«, brüllte er und sprang, den Degen nach vorn stoßend, auf Konrad los.

»Nein, nicht!«, entfuhr es entsetzt seinem Bruder Hermann.

Aber Konrad hatte mit allem gerechnet. Kampfbereit, den langen Dolch in der Hand, parierte er gekonnt die überhastete Attacke. Die Erfahrungen, gesammelt in vielen Gefechten, waren ohne Verzögerung abrufbar. Mit hellem, metallischen Klang schlugen die beiden Blankwaffen aneinander, und der Degen wurde ein weiteres Mal abgelenkt. Andreas war durch den ungestümen Angriff Konrad so nahegekommen, dass dieser blitzartig seinen Oberkörper seitlich verlagerte und dem Burschen mit voller Wucht den Ellenbogen auf die Nase rammte.

Mit einem lauten Aufschrei ließ Andreas den Degen fallen und sank, die Hände vor sein Gesicht haltend, auf die Knie. Blut strömte aus beiden Nasenlöchern. Der junge Soldat aus Herzberg war ganz offenkundig nicht kampferprobt und musste nun den forschen Auftritt schmerzhaft bezahlen. Seine Gegenwehr war, im wahrsten Sinne des Wortes, mit einem Schlag erloschen.

Konrad zog ihm die Pistole aus dem Gürtel und hob den Degen auf, während Hermann seinem Bruder Andreas gut zuredete.

»So, ich hoffe, das reicht jetzt endgültig, oder soll ich euch beide Möchtegernsoldaten doch noch aufspießen?«

Auf Konrads im barschen Ton vorgetragene Frage kam nur ein gemeinsames Kopfschütteln zurück.

»Ihr habt wirklich Glück, dass ihr an einen so umsichtigen Mann wie mich geraten seid! Manch anderer hätte mit euch kurzen Prozess gemacht und euch gleich ins Jenseits befördert! Aber ich halte euch zugute, dass ihr durch euren Diensteifer dem Kämmerer auf den Leim gegangen seid, und nur deswegen werde ich mich auch beim Herzog für euch verwenden. Vorausgesetzt ...«, Konrad bückte sich, fasste Andreas am Kinn und hob seinen Kopf, um ihm in die Augen zu schauen, »vorausgesetzt, ich finde jetzt die Johanna unversehrt vor. Sonst gnade dir Gott, denn dann wirst du Schmerzen kennenlernen, von denen du nicht gewusst hast, dass es solch eine Pein überhaupt gibt!«

Andreas, der sich immer noch die inzwischen dick angeschwollene Nase hielt, bekam keinen

Ton mehr heraus, und so antwortete sein Bruder für ihn.

»Da leg´ ich für Andreas die Hand ins Feuer! Wir sind schließlich Soldaten des Herzogs und keine Weiberschänder!«

Hermann öffnete die windschiefe Tür der gleich nebenan stehenden Bretterbude und leuchtete mit der Blendlaterne hinein.

»Seht selbst, hier ist sie, unversehrt!«

Konrad stürmte durch die Tür. Den Mund zugebunden, Hände und Füße gefesselt, hockte Johanna zusammengekauert am Boden. Vom Licht geblendet, kniff sie ihre Augen zusammen.

»Keine Angst, ich bin es, Konrad!«, mit diesen beruhigenden Worten schnitt er Knebel und Stricke durch und half ihr behutsam auf die Beine.

»Alles in Ordnung?«

Johanna schnappte wild nach Luft und nickte mit dem Kopf. Dann fiel sie ihm um den Hals.

»Da seid Ihr ja endlich! Ich habe so gehofft, dass Ihr mich befreit, Konrad!«

Er presste Johanna fest an sich. Dicht an seinem Ohr spürte er ihren schnellen Atem. Ihr Herz schlug wild. Nie zuvor hatte ihn etwas so erregt. Dann standen sie einfach so da und fühlten einander, um sie herum alles vergessend, bis Johanna Konrad langsam ein kleines Stück zurückdrückte, ohne ihn dabei jedoch loszulassen. Sie hielten sich an den Händen. Ihre Augen wurden feucht. Konrad berührte zärtlich ihre Haut und wischte ihr mit seinen Fingern die Tränen aus ihrem Gesicht. Er hatte das Gefühl zu schwanken. Schnell schloss er sie wieder in seine Arme und wollte sie gar nicht mehr loslassen. Ihre Lippen fanden sich. Für Johanna und Konrad war es das erste Mal, dass sie sich küssten. Wärme durchflutete ihre Körper. Dieser endlose Augenblick brauchte keine Worte, bis ein Räuspern an der Tür beide aus ihren Träumen riss. Johanna senkte verschämt ihr Gesicht. Konrad nahm nur zögerlich die Hände zurück, stand wie angewurzelt da und konnte seinen Blick nicht von ihr lassen.

»Entschuldigt – aber wie geht es nun weiter mit mir und meinem Bruder?«, wollte Hermann kleinlaut wissen.

Einen Augenblick später marschierten alle vier zusammen um den Berg und hinauf zum Torhaus der Burg. Konrad hatte das Gefühl zu schweben. Immer wieder trafen sich Johannas und Konrads scheuen Blicke, und bei jedem noch so kleinen Stolperer waren seine Hände zur Stelle. Jede Berührung ihres Körpers durchzog ihn mit einem wohligen Schauer und verlangte nach mehr.

Konrad nahm weder das leichte Stöhnen und Röcheln von Andreas noch die freudige Begrüßung der Torwache wahr. Erst als sie den Innenhof der Burg betraten und der alte Soldat Heiner mit weit ausgebreiteten Armen auf Johanna zulief, war er wieder im Hier und Jetzt angekommen.

»Johanna, mein Kind! Du lebst und bist unversehrt – Gott sei Dank!«, platzte es förmlich aus Heiner heraus.

Doch plötzlich tauchte eine dunkle Gestalt aus dem Gewölbekeller auf: Der Kämmerer stand vor ihnen! Heiner hatte ihn allein zurückgelassen und hielt sich schon eine ganze Weile, die Ankunft seiner Nichte erwartend, am Brunnen auf. In der Zwischenzeit war es von Stolzleben gelungen, sich der Fesseln mit Hilfe einer kleinen Klinge, die der gerissene Gauner – am Unterarm befestigt – bei sich trug, zu entledigen. Leider hatte Heiner es versäumt, ihn vor dem Anlegen der Stricke auf weitere Waffen zu durchsuchen, eine Nachlässigkeit, die sich nun rächte.

Ruckartig zog der Kämmerer aus seinem Gewand eine kurze, doppelläufige Steinschlosspistole hervor und spannte mit einem hörbaren Klicken die Hähne.

»Na, da staunt ihr Neunmalklugen! Wohl dem, der bis zum Schluss noch einen Trumpf im Ärmel hat«, tönte er mit Verachtung in der Stimme.

Heiner stellte sich mit seinem breiten Rücken sofort vor Johanna, während Konrad erschrocken nach der Andreas abgenommenen Pistole griff.

»Finger weg«, droht ihm der Kämmerer, »sonst schlägt gleich deine letzte Stunde! Und auch du, Fettsack«, brüllte er zu Heiner hinüber, »mach´ keine falsche Bewegung, denn mit den zwei Läufen meiner Pistole erwische ich euch beide! Und glaubt mir, ich bin ein guter Schütze!«

Dann sah er eindringlich Andreas und Hermann an.

»Und ihr beiden Volltrottel – wen habe ich mir da bloß ausgesucht! Aber jetzt könnt ihr alles wieder gutmachen! Los, nehmt diesem Möchtegernkünstler die Waffen ab und kommt rüber zu mir!«

Aber die beiden Brüder sahen sich nur an und machten ihrem angestauten Frust Luft.

»Ihr seid ein hinterhältiger Betrüger, und mehr nicht!«, schrie ihn Hermann an.

»Genau, wegen Euch sitzen wir jetzt in der Patsche und können nur hoffen, dass der Herzog sich gnädig erweist!«, kam es undeutlich aus dem Mund seines Bruders, der durch seine geschwollene Nase kaum noch Luft bekam.

»Was willst du, Kämmerer? Ich kann dir nicht zum Münzsilber verhelfen, da hättest du nämlich Otto Berlein fragen müssen, aber den hast du ja hinterhältig umbringen lassen!«, warf ihm Konrad an den Kopf.

Noch einmal kam in Konrad ohnmächtige Wut auf, aber er wusste genau, dass der verbitterte Hofbeamte mit seinen zwei Schuss im klaren Vorteil und sicherlich unberechenbar war.

»Fettsack, wenn dir dein Leben lieb ist, dann geh´ zur Seite und gib mir die Kleine, dann werden wir ja sehen, ob ihr wirklich nicht wisst, wo das Silber versteckt ist!«

Heiner rührte sich keinen Fußbreit und sah den hageren Mann nur mit einem verächtlichen Blick an. Todesmutig brüllte er mit seiner durch Mark und Bein gehenden Bassstimme zurück: »Wenn du Johanna haben willst, dann musst du schon kommen und sie dir holen!«

Mit zusammengekniffenen Augen, geduckt, wie eine Raubkatze vor dem Beutesprung, schlich der Kämmerer auf Heiner zu. Das war sein Fehler, denn nun stand er, aus dem Schutz der Dunkelheit heraustretend, im Lichtschein der Fackel, die, am Brunnen befestigt, der furchterregenden Szene ihr unschuldiges Licht spendete.

Konrads Herz raste, Muskeln und Sehnen spannten sich, waren kurz vor dem Zerreißen. Er war bereit, sein Leben für seine Liebe zu opfern. Niemals würde er es zulassen, dass Johanna ein Leid geschähe! Wild entschlossen setzte er an zum Sprung. Doch urplötzlich durchbrach ein lauter Knall die Anspannung. Eingefangen durch die hohen Mauern des Innenhofs, baute sich ein ohrenbetäubender Nachhall auf. Vom funkensprühenden Mündungsfeuer begleitet, jagte ein todbringendes Geschoss unter dem Brunnendach hindurch und bohrte sich in die Brust des von Stolzleben. Es traf ihn mit einer solchen Wucht, dass er, schlagartig nach hinten zur Treppe fortgeschleudert, auf die Stufen aufschlug und liegenblieb.

»Treffer!«, brüllte plötzlich eine Stimme.

Feldwebel Meyer hatte das Szenenspiel aus dem Junkerhaus heraus mit angesehen und durch das offene Fenster, aus nicht einmal zehn Schritt Entfernung, mit seiner großkalibrigen Muskete beherzt gehandelt.

Mit gezogener Waffe stürzte Konrad auf den Kämmerer zu, doch er brauchte nicht mehr einzugreifen. Regungslos lag der Schurke da. Blut quoll unter seinem Körper hervor und rann unaufhaltsam die Treppenstufen hinunter. Die gebrochenen Augen starrten in die finstere

Nacht. Sein Leben hatte ein abruptes Ende gefunden.

Vom Lärm aufgeschreckt, füllte sich der Hof mit allen Burgbewohnern. Feldwebel Meyer erzählte stolz von dem gezielten Schuss und holte sich unter vielem Schulterklopfen seine Anerkennung.

Der Wachführer gab Anweisung, Andreas und Hermann hinter der Eisengittertür des Bockbierkellers wegzuschließen. Er selbst ließ es sich nicht nehmen, den toten Kämmerer, wie eine Jagdtrophäe, in den kühlen Käsekeller zu tragen. Fassungslos schlug die Köchin die Hände über ihrem Kopf zusammen und versuchte sofort mit ihrer Magd, die Vorräte zu retten. Ruhe kehrte wieder ein.

Johanna und Konrad hatten sich in sein Arbeitszimmer zurückgezogen und versuchten, das Erlebte gemeinsam zu verarbeiten. Sie saßen auf seinem Bett und hielten sich an den Händen. Konrad spürte, wie Johannas Körper auf das durchlittene Leid reagierte. Ein heftiges Zittern, so, als ob es plötzlich eiskalt geworden wäre, überkam sie. Schnell drückte er sie an sich.

»Es ist vorbei«, hauchte er ihr ins Ohr, »alles ist gut, dir kann jetzt nichts mehr passieren!«

Schluchzend kam mit leiser Stimme die Antwort:

»Ich schäme mich so! Ich habe nicht auf deine Warnung gehört! Als ich von der Burg wieder unten auf die Straße kam, da standen die drei Verbrecher hundert Schritt weiter an der Westseite, direkt vor den Häusern, in denen die Arbeiterfamilien des Vorwerks wohnen, und haben mir zugewunken. Sie riefen, dass ich ihnen helfen und etwas zeigen sollte. Kaum bei ihnen angekommen, hat mir dann der eine die Arme auf den Rücken gebogen, und der andere hat mir einen Stofffetzen in den Mund gesteckt, und dann haben die mich in diese Bretterbude geschleppt und gefesselt.«

Johanna löste sich aus der Umarmung und sah Konrad aus tränenüberfluteten Augen an.

»Ich hatte solche Angst und war dann so froh, als ich diese Nacht deine Stimme hörte und du es den beiden Burschen heimgezahlt hast!«

Konrad lächelte sie an und drückte ihr einen Kuss auf.

»Ist dir übrigens aufgefallen, dass wir endlich dieses befremdliche „Euch" und „Ihr" los sind?«

Nun konnte auch Johanna wieder lachen. Doch plötzlich hielt sie sich eine Hand vor ihren Mund.

»Ich habe die ganze Zeit gar nicht mehr an meinen Vater gedacht! Der wird sich bestimmt schon Sorgen machen und mich längst vermissen!«

Die wärmenden Strahlen der aufgehenden Sonne und die ersten Hahnenschreie begrüßten die beiden, als sie Hand in Hand von der Burg hinabstiegen. Konrads Gefühle spielten total verrückt. Er war noch nie mit einer solchen Leichtigkeit marschiert! So kamen zwei sich spielerisch umkreisende Schmetterlinge gerade richtig, so als wollten sie das Paar abholen und sie auffordern, mit ihnen zu entschweben.

Wie würde Johannas Vater reagieren? Die eben noch gefühlte Leichtigkeit wich einer bleiernen Schwere, die kurz vor der Tür des Gasthauses nicht nur die Beine lähmte, sondern Konrad zweifeln ließ, ob er überhaupt mit hineingehen sollte. Unvermittelt blieb er vor der steinernen Treppe stehen und bremste dadurch Johanna ruckartig ab.

»Was ist los Konrad? Willst du nicht mit?«

»Ich denke, Johanna, das ist noch nicht der richtige Augenblick! Dein Vater erwartet dich zurück und nicht mich. Es ist sicherlich besser, wenn ich erst später, nachdem ihr euch alles in Ruhe erzählt habt, vorbeischaue. Außerdem habe ich ja noch was Dringendes auf der Burg zu erledigen. Und das, Johanna, könnte unser gemeinsames Leben verändern!«

Konrad ließ ihre Hand los, warf ihr noch einen Handkuss zu und machte sich eiligen Schrittes auf den Weg.

Johanna stand mit offenem Mund da und sah ihm nach.

»Hast du eben „unser gemeinsames Leben" gesagt?«, rief sie ihm fragend hinterher. »Wie soll ich das verstehen, Konrad Gassner?«

Konrad drehte sich noch einmal kurz um und warf ihr einen weiteren Handkuss zu.

»Lass´ dich überraschen! Ich sorg nur dafür, dass dein Vater mich für würdig hält, um die Hand seiner Tochter anzuhalten!«

Bevor Johanna darauf reagieren konnte, öffnete sich die Tür, ihr Vater stürmte die Treppe hinunter, nahm seine Tochter in den Arm und führte mit ihr einen wahren Freudentanz auf.

7. Das Münzsilber

Noch vor dem Morgenmahl saß Konrad wieder in seinem Arbeitszimmer. Obwohl er ein anstrengendes Abenteuer hinter sich gebracht hatte, spürte er weder Müdigkeit noch Hunger oder Durst. Er hatte es sich richtig bequem gemacht und lag – mehr, als er saß – auf seinem Schreibtischstuhl, die Beine weit von sich gestreckt, die Hände hinter dem Kopf verschränkt.

Mit geschlossenen Augen ließ er nochmals die Geschehnisse der Nacht an seinem geistigen Auge vorüberziehen. Vor allem die Erinnerungen an die innige Nähe zu Johanna, die zärtlichen Umarmungen und die ersten Küsse kreisten in seinem Kopf. Mit einem Schlag waren alle Zweifel, ob er hier in dem Ort mit dem merkwürdigen Namen Salzderhelden und auf der Heldenburg als Schreiber richtig war, wie weggefegt.

»Was für eine verrückte Nacht!«, hörte er sich leise sagen, bis ein Poltern auf der Treppe ihn aus seiner rosaroten Wolke zurück auf die Erde holte.

»Konrad Gassner, Ihr seid doch ein verfluchter Kerl! Wie habt Ihr denn das nun wieder fertiggebracht? Zwei Schurken hinter Schloss und Riegel, den Anstifter erledigt und den Schatz aus Herzberg gefunden und sichergestellt! Und das alles in atemberaubender Zeit! Ich muss Euch einfach gratulieren! Na, und der Herzog erst, der wird Augen machen!«

Mit diesen Worten zog der Amtmann Konrad vom Stuhl hoch und umarmte ihn überschwänglich.

»Was soll ich sagen? Es hat sich alles so gefügt, und eine Portion Glück war auch dabei«, erwiderte Konrad.

»Na, nun stellt mal Euer Licht nicht unter den Scheffel! Es gehören schon Köpfchen, Mut und Kampfgeist dazu, und davon scheint Ihr reichlich zu haben!«

»Ganz habe ich jedoch meinen Auftrag noch nicht erfüllt, denn nach den Worten des Kämmerers gibt es noch irgendwo Münzsilber. Wie sich der Mann aufgeführt hat, war das der eigentliche Grund seines Auftauchens! Für das edle Metall hat sich Otto Berlein, als ob er geahnt hätte, dass der von Stolzleben nicht nur das Interesse des Fürsten im Auge hatte, anscheinend vorsorglich ein weiteres Versteck ausgesucht. Und das gilt es zu finden!«

Der Amtmann hatte kaum das Arbeitszimmer verlassen, da nahm Konrad sich abermals das

Rezeptbuch vor. Warum hatte Otto Berlein das Münzsilber an einem anderen Ort versteckt? Wollte er etwa doch die Gunst der Stunde für sich nutzen und den Herzog bestehlen? Nein, ausgeschlossen, nach dem, was Konrad über ihn hörte und wie er sich gegenüber dem Kämmerer verhielt. Er schüttelte seinen Kopf. Dann hätte er sich auch nicht, nach dem Streit im Gasthaus in Katlenburg, auf den Weg ins Schloss nach Herzberg gemacht, um dem Fürsten Bericht zu erstatten. Konrad verwarf diesen Irrweg sehr schnell und konzentrierte sich wieder auf die Schatzsuche.

Hatten erneut die Anfangsbuchstaben, die er im Rezeptbuch gefunden und zum Wort „Bier" zusammengesetzt hatte, etwas mit dem Versteck zu tun? Konrad stützte seinen Kopf auf beide Hände und starrte gedankenverloren durch das kleine Fenster des Arbeitszimmers auf den Burghof. Wo sollte er die Suche erneut aufnehmen?

Lautes Geschrei riss ihn aus seiner Konzentration. Die Köchin war gerade, den Wachführer Feldwebel Meyer vor sich herschiebend, von der Burgküche auf den Hof marschiert und machte ihrem Unmut darüber Luft, dass ihre Speisekammer, der Käsekeller, kein Ort zur Aufbewahrung eines Leichnams wäre.

»Wenn du weiterhin von mir leckere Speisen für dich und deine Leute haben willst, dann schmeiße den Lumpen gefälligst in den Bockbierkeller! Der ist fast genau so kühl, und der Gestank, den dieser Abschaum bald von sich geben wird, der passt hervorragend zu Ottos Bierlauchbrühe, die da unten immer noch vor sich hingammelt.«

Wie ein Blitz durchfuhr es Konrad. Das war es! Otto Berleins Bierlauch, das kleine Fass! Das würde zu ihm passen! Er sprang auf, stürmte die Treppe hinunter und rannte über den Hof.

»Feldwebel Meyer«, rief er zum verdutzt schauenden Wachführer hinüber, »ich brauche Eure Hilfe! Und bringt den Schlüssel zum Bockbierkeller mit!«

Das brauchte Konrad dem Feldwebel nicht zweimal sagen. Als die beiden Männer in den Gewölbekeller stürmten, fuhren die dort eingesperrten Brüder erschrocken hoch.

»Keine Angst, diesmal geht es nicht um euch! Bleibt einfach ruhig in der Ecke sitzen und rührt euch nicht von der Stelle!«, rief ihnen Konrad zu.

»Was machen wir hier?«, fragte der Feldwebel, als er das massive Vorhängeschloss öffnete.

»Nur ein wenig Geduld! Wenn meine Vermutung stimmt, dann werdet Ihr gleich staunen! In der Zwischenzeit behaltet mir die beiden Burschen im Auge.«

Konrad hockte sich vor das Bierlauchfass. Es war bedeutend kleiner als die Herzberger und die Einbecker Bierfässer und maß nur eineinhalb Fuß im Durchmesser und gut drei Fuß in der Länge, aber selbst unter größtem Krafteinsatz gelang es Konrad nicht, das Holzfass aufzurichten, geschweige denn hochzuheben. „Man könnte denken, das Fass ist fest mit dem Boden verbunden", schoss es Konrad durch den Kopf. Otto Berlein hatte mal wieder ganze Arbeit geleistet und es zwischen den Bockbierfässern und der Kellerwand regelrecht verkeilt und eingeklemmt.

»Das wäre doch gelacht, dann nehmen wir eben das Brecheisen, mit dem der Kämmerer ja schon beim großen Fass Erfolg hatte!«

Er drückte die Eisenstange zwischen Wand und Fass und hebelte, unter Einsatz seines ganzen muskulösen Körpers, Stück für Stück das Bierlauchfass aus der Klemme. Aber selbst jetzt, wo es frei lag, vermochte er das kleine Fass nur fingerbreit anzuheben. Vor Anstrengung nach Luft schnappend schaute er den Feldwebel grinsend an.

»Schon mal so schweres Bier gesehen?«

Der Feldwebel wollte es nun wissen, ging in die Knie und versuchte mit einem »eins, zwei, und hopp«.

»Das gibt es doch gar nicht! Was steckt denn da bloß drin? Bier doch wohl bestimmt nicht, oder?«

Konrad lachte.

»Es sieht so aus, als ob uns Otto Berlein einen Streich spielen wollte. Kommt, wir müssen es zusammen aufrichten.«

Und wahrhaftig, auf der Stirnflächenrückseite waren deutlich Spuren zu sehen. Hier wurden schon einmal Bretter gelöst und auch wieder festgenagelt. Konrads Anspannung stieg schlagartig an. Er drückte das Brecheisen in einen kleinen Spalt, und im Nu hatte er das erste von drei Brettern entfernt. In schneller Abfolge polterten Nummer zwei und drei auf den Boden. Konrad traute seinen Augen nicht. Er blickte auf ein Leinentuch mit einer Inschrift:

„Wer suchet, der wird finden. Ihr Schatzsucher habt gefunden, was Herzog Georg sein Eigen nennt.“

Konrad musste schmunzeln und zog das Tuch zur Seite. Wie geblendet stand er da, als Feldwebel Meyer mit der Laterne näher herantrat.

»Ein Schatz, ein wahrer Schatz!«, kam es über die Lippen vom Feldwebel.

»Darauf war der Kämmerer also scharf! Ein randvolles Fass prägefertiges Münzsilber! Kein Wunder, dass wir das Fass kaum bewegen konnten! Soweit ich weiß, ist Silber in diesem Reinheitsgrad eineinhalb mal so schwer wie Eisen«, stellte Konrad fasziniert fest.

»Wie viele Rohlinge mögen das sein?«, fragte der Feldwebel.

»Nun, das sind gut und gern zwanzig oder gar dreißigtausend.«

Konrad nahm ein Silberstück in seine Hand.

»Betrachtet man Durchmesser, Dicke und Gewicht, so dürften daraus keine Mariengroschen, sondern ausgewachsene Taler werden!«

Staunend griff er mit beiden Händen hinein und ließ das Silber durch die Finger gleiten.

»Das muss selbst für einen Herzog ein Vermögen sein! Kein Wunder, dass der Kämmerer Kopf und Kragen riskiert hat, um sich diesen Schatz unter den Nagel zu reißen!«

Der Feldwebel stand immer noch mit offenem Mund da und konnte seinen Blick gar nicht mehr von dem glänzenden Edelmetall wenden. Auch die beiden Gefangenen, Andreas und Hermann, bekamen lange Hälse. Konrad wurde unvermittelt klar, dass ein solcher Schatz selbst den bravsten Mann in Versuchung führen konnte. Also musste das Münzsilber so schnell wie möglich verschwinden. Denn wenn sich der Fund erst herumsprach, dann war er hier auf der Burg auf keinen Fall mehr sicher. Konrad beschloss, so schnell wie möglich mit dem Silber nach Herzberg aufzubrechen.

Der Amtmann stand ihm hilfreich zur Seite, und so war es kein Problem, vom Salzderheldener Brauhaus einen Wagen, Pferde und Kutscher zu bekommen. Den Leichnam des Kämmerers holte Konrad selbst aus dem Käsekeller, denn auch den abtrünnigen Verbrecher wollte er dem Herzog übergeben. Der Pferdeknecht der Burg hatte schon die Begleitpferde gesattelt und vom Vorwerk noch ein Transportpferd für den Leichnam besorgt. Als jedoch Konrad und der Knecht den leblosen Körper auf das Ross bugsierten, da geschah es: Der weite Umhang des Toten rutschte ein ganzes Stück nach oben und legte den Gürtel seiner Kniebundhose frei. Konrad fiel auf, dass dieser außergewöhnlich breit und dick war. Misstrauisch geworden nahm er ihm den Gürtel ab. Wie er es schon vermutet hatte, befand sich auf der Innenseite eine längliche, angenähte Geheimtasche. Neugierig nahm Konrad seinen Dolch und schlitzte sie an einer Ecke vorsichtig ein kleines Stück auf.

»Jetzt schau´ dir das an! Da hat sich dieses clevere Kerlchen ganz offensichtlich schon einmal vorher bedient!«, kam es über seine Lippen. Das allein würde vollauf für ein Leben in Saus und Braus ausreichen, und er hätte gut und gern auf das Münzsilber verzichten können!«

Nicht so recht wissend, worüber Konrad sprach, schaute ihn der Pferdeknecht verständnislos an. Doch als Konrad plötzlich zwei wertvolle, mit Edelsteinen besetzte Goldringe zwischen den Fingern hielt, da wurden die Augen des Knechts immer größer. Konrad tastete den Stoffschlauch ab und spürte noch eine ganze Reihe weiterer Schmuckstücke, die sicherlich allesamt aus dem Besitz der Herzogin stammten. Er stellte sich schon jetzt den entzückten Gesichtsausdruck vor, wenn er ihr auch noch diese ganz persönliche Beute überbrachte. Um auf Nummer sicher zu gehen, legte er sich den wertvollen Gürtel selbst um und vergatterte den Pferdeknecht zu absolutem Stillschweigen.

In der Zwischenzeit hatte Feldwebel Meyer mit Hilfe der Gefangenen den vom Kämmerer aus dem großen Fass gerissenen Silberzierrat wieder in Leinentücher gewickelt und die Münzrohlinge auf mehrere Beutel verteilt. Alles zusammen wurde in den Hohlraum des Bierfasses verstaut und das gesamte Versteck mit Stroh fest ausgestopft, sodass beim Dahinschaukeln des Wagens keine verdächtigen Geräusche nach außen drangen. So getarnt machte sich der kleine Konvoi, noch bevor die Glocke zur Mittagsstunde schlug, auf den Weg.

Konrad hatte Hermann und seinen Bruder Andreas wieder bewaffnet und ihnen diese Transportbegleitung als Wiedergutmachung und Bewährungsprobe empfohlen, um dadurch den Herzog noch milder zu stimmen. Die beiden jungen Soldaten waren heilfroh, dass sie nicht als Gefangene zurück nach Herzberg gebracht wurden, sondern als vermeintliche Retter des Schatzes einreiten durften. Sie hatten erst vor einem halben Jahr den Dienst bei der Schlosswache begonnen. Ihr Vater, der Verwalter des Vorwerks des Schlosses, hatte sie beim Herzog untergebracht, und gerade ihn wollten sie auf gar keinen Fall enttäuschen.

Neben den beiden Herzberger Soldaten suchte sich Konrad noch vier Männer von der Wachmannschaft der Burg aus und erhoffte sich so eine Abschreckung gegen Überfälle. Rechnen musste man in dieser unruhigen Kriegszeit allerdings immer damit.

An diesem Tag herrschte wenig Treiben. Auch um Northeim, das sie recht zügig erreichten, waren die Straßen nicht – wie an Markttagen – verstopft, sondern problemlos zu befahren. Als Konrad mit dem Transport hinter der Stadt zu dem Wäldchen kam, in dem er auf die Korsarenreiterei getroffen war, stieg seine Anspannung merklich an. „Nur keine Soldaten", dachte er, „und nur die Männer nichts von meiner Nervosität spüren lassen!". Er musste der Selbstsichere bleiben und das auch nach außen zeigen. Mit der kleinen, unerfahrenen Truppe, die mehr auf Abschreckung als auf Verteidigung ausgelegt war, hätte er natürlich gegen solche Haudegen, für die Kämpfen zum täglichen Geschäft gehörte, keine Chance.

Trotz alledem konnte er es nicht verhindern, dass sich Schweißtropfen auf seiner Stirn bildeten. Nervös richtete er sich im Sattel auf, um möglichst weit vorauszuschauen. Aber diesmal war weit und breit keine Staubwolke von heranpreschenden Reitern zu sehen. Zur Sicherheit rief er die Männer auf, gerade jetzt im Waldstück besonders aufmerksam zu sein und ihre Waffen einsatzbereit zu halten.

»Schärft eure Sinne!«, rief er den Männern zu.

»Jederzeit können hier Wegelagerer aus dem Dickicht springen! Wenn das passiert, dann zögert keinen Moment und macht die Burschen nieder! Der Herzog wird jeden von euch, der sein Hab und Gut heil nach Herzberg bringt, hoch belohnen. Denkt immer dran: Ihr seid die Soldaten des Fürsten, und ihr verkörpert Recht und Ordnung, das heißt, ihr müsst keine Skrupel haben. Alles, was ihr im Namen des Herzogs macht, ist rechtens.«

Dann waren sie mitten im Wald. Konrad drehte sich einige Male um und stellte mit Genugtuung fest, dass die Männer aufmerksam, vielleicht auch ein wenig ängstlich, in einem fort nach allen Seiten Ausschau hielten. Doch bis auf ein Rascheln von einem wegspringenden Stück Wild blieb es ruhig.

Endlich, am Nachmittag, kam Katlenburg, der Pausenpunkt, in Sicht. Konrad ließ den Biertransport gegenüber des Wegkrugs anhalten. Hier, zwischen weiteren Wagen von Handelsreisenden, wähnte er das Gefährt in Sicherheit. Seine Männer führten ihre Rösser auf den Hof, wo die Tiere vom Pferdeknecht in Empfang genommen und versorgt wurden. Während die Kutscher draußen auf dem Bock sitzen blieben und sich selbst verpflegten, spendierte Konrad den Soldaten eine kleine Mahlzeit im Gasthaus.

„Was für eine verrückte Zeit!", dachte er. Erst vor wenigen Tagen bekam er genau hier die entscheidenden Hinweise. Nur der alte Wirt saß nicht mehr an seinem Stammplatz. Von der Magd, die das Essen brachte, musste er erfahren, dass der alte Herr am gestrigen Abend das Zeitliche gesegnet hatte. Wie sie erzählte, hatte er wohl dem Wein mal wieder zu sehr zugesprochen, eine Stufe auf der steilen Treppe zu seiner Kammer übersehen und sich das Genick gebrochen. „Merkwürdig", dachte Konrad, erst Otto Berlein, dann der von Stolzleben, und nun der alte Wirt! Innerhalb weniger Tage drei Tote, deren Wege auf nachhaltige Art und Weise den seinen kreuzten und ihm nun zu einem unverhofften Triumph verhalfen.

»Kommt schnell, an eurem Bierwagen ist der Teufel los!«, schrie plötzlich ein Fuhrmann ins Gasthaus hinein.

Ein Blick aus dem Fenster genügte, um Konrad klarzumachen, dass wirklich Gefahr im Verzug war. Schnell stürmte er mit seinen Männern vor die Tür.

»Das sind diese verrückten Flößer aus Elvershausen! Die haben sich mal wieder einen angesoffen und suchen Streit. Seht Euch vor, mit denen ist nicht zu spaßen!«, wusste der Fuhrmann zu berichten.

Konrad sah, dass vier der Burschen seine beiden Fuhrleute schon unter sich am Boden liegen hatten und weitere acht Männer das erste Fass bereits vom Wagen rollten. Noch bestand zwar keine unmittelbare Gefahr für den Schatz, da der im mittleren Fass der unteren Reihe lag, aber dieser Angriff konnte natürlich nicht geduldet werden.

»Also Männer, wir sind zwar in der Unterzahl, aber trotzdem müssen wir eingreifen! Da die da unten nur mit ihren Fäusten kämpfen, lassen wir unsere Pistolen besser hier, sonst gibt es am Ende noch Tote. Gebt sie alle Andreas, der bleibt hier stehen, denn mit seinem gebrochenen Nasenbein ist der uns keine Hilfe. Und noch eins: Wenn wir jetzt da hinunterstürmen, konzentrieren wir uns erst mal auf die Burschen, die gerade das Fass abgeladen haben, und wenn ihr eure Degen einsetzt, dann versucht sie nur zu verletzen und nicht gleich aufzuspießen! Wenn ich bis drei zähle, dann will ich von jedem ein lautes Geschrei hören, und dann geht's los.«

Wie Konrad es befohlen hatte, ganz nach Manier einer Attacke im Krieg, stürmten er und die Männer mit wildem Gejohle auf die Trunkenbolde zu. Verdutzt hielten die Flößer zwar kurz inne und starrten auf das, was da auf sie zukam, allerdings zeigten sie weder Respekt noch Furcht und gingen ihrerseits mit bloßen Fäusten zum Gegenangriff über.

Aus dem Stand entwickelte sich eine wüste Schlägerei. Mit Fluchen und Schreien prallten die Männer immer wieder aufeinander. Nur Konrad war es gelungen, mit seinem Degen gleich zwei der betrunkenen Flößer durch gezielte Hiebe außer Gefecht zu setzen. Mit schmerzverzerrten Gesichtern saßen die Burschen stöhnend am Boden und waren schlagartig wieder nüchtern. Die kampfunerfahrenen Wachsoldaten von der Heldenburg versuchten inzwischen auch nur noch mit den Fäusten, ihre Gegner in die Knie zu zwingen. Sie konnten sich einfach nicht überwinden, auf die unbewaffneten Flößer mit ihren Degen einzustechen, und so sah das ganze Spektakel, was mittlerweile viele Schaulustige angezogen hatte, wie eine ganz normale Gasthausschlägerei aus. Ein paar Herumstehende, die bei den Rangeleien zufällig angerempelt wurden, mischten sich plötzlich auch noch ein, und im Nu wurde die Lage immer undurchsichtiger. Eine Gruppe junger Burschen nutzte indes das Durcheinander; sie rollten schon das zweite Fass vom Wagen und versuchten, es für sich in Sicherheit zu bringen. Konrad musste sofort reagieren. Es konnte nicht mehr lange dauern, dann wäre auch das präparierte Fass an der Reihe. Mit einem Satz sprang er auf den Wagen und schlug nun jeden, der sich den restlichen Fässern näherte, mit seinem Degen in die Flucht.

Dann plötzlich ein Knall, und dann noch einer! Irgendjemand hatte geschossen! Konrad sah zum Eingang des Gasthauses, doch Andreas, dem er die Pistolen anvertraut hatte, stand noch immer regungslos da und rührte sich nicht. Aber in seinem Augenwinkel kündigte eine Staubwolke eine größere Schar Reiter an.

»Nicht das auch noch!«, kam es über Konrads Lippen.

Sofort musste er wieder an die wilden Korsaren denken. Schnell sprang er vom Wagen, rannte auf Andreas zu und griff sich zwei Pistolen. Mit dem Schlimmsten rechnend, war er zu allem bereit, auch dazu, den Schatz zur Not mit Hilfe der Schusswaffen zu verteidigen. Immerhin hielt Andreas die vierzehn schussbereiten Pistolen seiner Kameraden im Arm, doch als aus dem Staub heraus die ersten Konturen auftauchten, fiel Konrad ein Stein vom Herzen.

Leutnant Hoffmann, der Vertraute der Herzogin, ritt mit zwei Dutzend Männern in fliegendem Galopp auf den Bierwagen zu und kreiste die wildgewordene Horde von Menschleibern ein. Mehrere Schüsse übertönten das Geschrei, die Schaulustigen stoben auseinander, und auch der letzte der Streithähne merkte, dass es nun ernst wurde. Erschöpft und erschrocken standen sie da. Dem Leutnant bot sich ein Bild, das er so auch noch nie gesehen hatte. Nach Luft ringende Männer mit zerrissenen Gewändern sahen ihn aus zum Teil erheblich ramponierten Gesichtern mit großen Augen an. Es herrschte plötzlich eine friedliche Stille, so als ob überhaupt nichts gewesen wäre, und bis auf das schwere Atmen der Kontrahenten war nur das schallende Gelächter der Herzberger Leibgardisten zu hören.

»Ja, was ist denn hier los?«, brüllte der Leutnant in die Menge.

»Seid ihr denn von allen guten Geistern verlassen?«

Er schaute mit ernster Miene in die Runde und rückte mit seinem Ross noch näher heran.
»Wer war der Anstifter dieses Massentumultes? Wer hat das zu verantworten?«

Betretenes Schweigen machte sich breit. Einer sah den anderen an. Viele senkten betroffen ihren Blick, bis sich ein Flößer meldete.

»Herr Offizier, wir wollten doch nur ein wenig Bier und unseren Spaß haben! Wären da nicht diese Männer gekommen, dann ....«.

Konrad rief von der Gasthaus Treppe dazwischen: »Dann wärt ihr Burschen mit unserem Bier, das für den Herzog bestimmt ist, inzwischen über alle Berge!«

Der Leutnant wendete sein Pferd und ritt auf Konrad zu.

»Sieh da, der Herr Gassner, so trifft man sich wieder! Schön, Euch unversehrt zu sehen!«

»Ganz meinerseits, Leutnant Hoffmann! Euer Auftritt war genau im richtigen Augenblick. Aber sagt mir, woher um alles in der Welt wusstet Ihr, dass wir mit dem Transport auf dem Weg zum Schloss sind?«

Der Leutnant sah ihn lächelnd an.

»Da staunt Ihr, was? Ihr dürft Euch bei Eurem Amtmann bedanken. Der hat uns seinen Sekretär als Boten vorausgeschickt, und der kündigte an, mit welcher wertvollen ..., äh ich meine, mit welcher schmackhaften Fracht Ihr zu uns unterwegs seid. Wie Ihr seht, war das ein guter Einfall! Ihre Hoheit, die Herzogin«, der Leutnant räusperte sich, »und natürlich auch seine Hoheit, der Herzog, freuen sich schon auf Eure Ankunft, und wir sollten sie auf keinen Fall warten lassen.«

Der Leutnant wandte sich wieder an die Raufbolde.

»Fühlt sich jemand von euch so zu Schaden gekommen, dass er Anklage erheben will?

Wenn das nicht der Fall ist, dann will ich mich heute mal großzügig zeigen und Gnade vor Recht walten lassen. Also, schnell das Bierfass wieder aufladen, und dann seht zu, dass ihr den Platz räumt und drinnen im Gasthaus vielleicht noch ein Versöhnungsbier trinkt.«

Wenige Augenblicke später verließen sie Katlenburg, und der Leutnant erzählte Konrad, dass er wohl einen tiefen Eindruck auf die Herzogin gemacht habe.

»Ihre Hoheit hat sich um Euer Wohlergehen gesorgt, und das ist der Hauptgrund, warum ich mit meinen Männern hier bin«, sagte der Offizier mit einem zweideutigen Blick.

Am frühen Abend erreichten sie endlich sicher und unbeschadet Herzberg. Es war wahrhaftig der triumphale Einzug, den sich Konrad im Stillen erhofft hatte. Eine Fanfare erklang und kündigte den wertvollen Transport an. Mit schallendem Hufgetrappel fuhren sie durch das Torhaus auf den Innenhof des Schlosses. Zur Linken und zur Rechten stand ein Spalier von Soldaten, die, mit lichtspendenden Fackeln in der Hand, für einen feierlichen Auftritt sorgten.

Der Herzog hatte es sich nicht nehmen lassen und stand mit seiner Gemahlin, umringt vom Hofstaat, bereit, um Konrad und die Salzderheldener zu empfangen. So vielen feinen Herrschaften auf einem Fleck hatte Konrad bisher noch nie gegenübergestanden! Als er vom Pferd sprang und sich vor den Herzog kniete, merkte er, wie Hitze in ihm aufstieg. Er atmete tief durch und versuchte, halbwegs den richtigen Ton zu treffen, aber er wusste, dass er warten musste, bis der Herzog ihn ansprach.

»Erhebt Euch, Konrad Gassner!«, kam es dem Fürsten mit sonorer Stimme über die Lippen.

Von so viel Pracht war Konrad fast geblendet. Herzog Georg trug zur Feier des Tages seinen schwarzen, mit Gold verzierten Prunkharnisch, den er, wie Konrad später erfuhr, vom spanischen König Philipp II verliehen bekommen hatte, als er für den Monarchen die berühmten schwarzen Reiter befehligte. Um den Bauch hatte sich der Herzog dazu eine breite, golddurchwebte, tiefrote Schärpe anlegen lassen, und an seiner Seite hing ein prachtvoller, mit feinen Ziselierungen verzierter und mit Edelsteinen besetzter Degen.

Konrad sah Herzog Georg und seine Gemahlin zum ersten Mal nebeneinanderstehen und war ein wenig erschrocken, wie groß der klar erkennbare Altersunterschied war. Er hatte das Gefühl, dass der Fürst beinahe ihr Vater sein könnte. War sie in Konrads Alter, so hatte der Herzog die vierzig Jahre deutlich überschritten. Nichts war mehr zu sehen vom einstigen Kämpfer, der sich in spanischen Diensten hohe Anerkennung verdient hatte. Mittellanges, braunes Haar krönte ein rundes Gesicht mit Doppelkinn. Über seinen wulstigen Lippen trug er einen kleinen Schnäuzer, der an den Enden spitz nach oben gezwirbelt war. Sein stattlicher Körper wirkte eher unbeweglich, und man sah dem Fürsten an, dass ihm das leibliche Wohl eine Menge bedeutete. Ganz anders Anna Eleonore, eine schlanke, sehr anmutige, junge Frau, die in ihrem edlen Gewand ihre weiblichen Reize nicht versteckte.

»Halten zu Gnaden Eure Hoheit, es ist mir eine Ehre und eine große Freude, dass ich Euch hier und heute den verloren geglaubten Schatz zurückbringen darf!«

Diesem nervös herausgepressten Satz ließ Konrad eine tiefe Verbeugung folgen und unterstrich seine Ehrfurcht mit einem angedeuteten Kratzfuß, was im Kreis der hohen Herrschaften für Belustigung sorgte und Konrad noch ein wenig verlegener machte, als er es ohnehin schon war.

»Dafür, dass Ihr nur ein Mann des einfachen Volkes seid, sind Eure Umgangsformen durchaus denen eines Edelmannes würdig«, kam es mit einem wohlwollenden Lächeln zurück.

Als Konrad dann in das ebenfalls lächelnde Gesicht der Herzogin Anna Eleonore blickte, war das Eis gebrochen.

Plötzlich schritt der Herzog auf ihn zu.

»Nun zeigt mir mal meinen abtrünnigen Kämmerer, der unser Vertrauen so schändlich missbraucht hat! Wie ich hörte, habt Ihr nur noch seinen Leichnam für mich. Ihr müsst wissen, dass ich diesem betrügerischen Verbrecher natürlich gern in die Augen geschaut und einer peinlichen Befragung unterzogen hätte. So bleibt mir nur, ihn noch einmal zu betrachten, um so dieses weniger ruhmreiche Kapitel unseres Fürstenhauses abzuschließen.«

Es waren nur ein paar Schritte bis hinter den Bierwagen; dort lag er, verschnürt und quer über den Pferderücken. Der Herzog zog das Abdecktuch ein Stück zurück und stand einen Moment regungslos da.

»Was hat die Raffgier nur aus dir gemacht von Stolzleben. Möge der Herrgott deiner armen Seele gnädig sein!«

Der Herzog bekreuzigte sich und ging mit gesenktem Haupt zurück zum Hofstaat.

»Konrad Gassner, Ihr und Eure Begleiter seid diese Nacht unsere Gäste! Lasst Euch bewirten, und am morgigen Vormittag wird meine Gemahlin, die Herzogin, Euch für Eure Treue und Mühe belohnen. Mich werdet Ihr entschuldigen müssen, es ist mal wieder an der Zeit, unsere Bergwerke zu inspizieren. Gleichwohl, der Dank des Fürstenhauses Braunschweig-Lüneburg ist Euch gewiss, und solltet Ihr irgendwann einmal unsere Hilfe brauchen, meldet Euch! Mit Euren Taten habt Ihr hinlänglich bewiesen, dass Ihr das Zeug für einen echten Leibgardisten habt. Ich könnte mir sogar vorstellen, dass Leutnant Hoffmann einen tapferen Stellvertreter gut gebrauchen könnte. Also, überlegt es Euch!«

Mit diesen Worten wollte der Herzog sich gerade abwenden, als Konrad noch einmal einhakte.

»Halten zu Gnaden Eure Hoheit, ich weiß dieses überaus großzügige Angebot zu schätzen. Mit Verlaub, ich möchte noch für Eure beiden jungen, unerfahrenen Wachsoldaten

Hermann und Andreas um Gnade bitten. Sie sind zwar mit dem Kämmerer zusammen aufgebrochen, um den Schatz zu bergen, aber das geschah unter falschen Voraussetzungen. Der von Stolzleben hat diese beiden arglosen Burschen schamlos für seinen Betrug ausgenutzt, ohne dass sie es erkannten. Als Wiedergutmachung haben sie nun treu und brav geholfen, den Rücktransport zu sichern. Mit Verlaub, Eure Hoheit, ich kann Eure Entscheidungsfindung natürlich nicht beeinflussen, aber es wäre eine große Geste, wenn Ihr in all Eurer Weisheit ihnen eine zweite Chance gebt.«

Der Herzog nickte mit dem Kopf.

»Konrad Gassner, wie ich merke, darf man Euch nicht unterschätzen. Ihr seid ja ein richtiger Diplomat. Wo sind die beiden Burschen?«, fragte der Herzog, und der Leutnant gab den Befehl: »Hermann und Andreas, vortreten!«

Der Fürst sah sich die beiden, die wie ein Häuflein Elend dastanden, einen Augenblick mit strengem Blick wortlos an und sprach dann sein Urteil.

»Seid ihr zwei nicht die Söhne von unserem Vorwerkverwalter? Na, wie auch immer, wer einen so einflussreichen Fürsprecher hat«, Herzog Georg drehte sich zu Konrad um und lächelte ihm mit einem Augenzwinkern zu, »der hat wahrlich eine zweite Chance verdient!«

An diesem Abend wurde Konrad mit seinen Begleitern fürstlich bewirtet, und so mancher Becher Bier floss durch die trockenen Kehlen. Nach kurzer Nacht, der Herzog hatte bereits das Schloss verlassen, wurde Konrad zur Fürstin gerufen.

Er wurde in einen prunkvollen, saalähnlichen Raum geführt. An den mit edlen Hölzern verkleideten Wänden hingen großrahmige Gemälde. Porträts der Fürstenfamilie wechselten sich mit Darstellungen von Jagdszenen und Spiegeln ab. Vor einem wuchtigen Kamin blieb Konrad stehen. Fasziniert schaute er zu dem über ihm hängenden Szenenspiel. Dargestellt war, wie eine schöne Satansdienerin ganz offensichtlich den Hofgärtner verführen wollte, der aber standhaft blieb.

Versunken, als ob ihn das freizügige Motiv regelrecht in seinen lüsternen Bann zog, merkte er gar nicht, dass die Fürstin bereits den Raum betreten hatte und hinter ihm stand.

»Ob ein einfacher Gärtner oder ein Fürst, Männer können weiblichen Reizen nur schwer widerstehen, findet Ihr nicht auch?«

Erschrocken drehte Konrad sich um und verbeugte sich.

»Verzeiht, Eure Hoheit«, kam es ein wenig verlegen aus seinem Mund, »ich habe Euch nicht bemerkt, aber ich gebe auch unumwunden zu, dass ich solche Kunst noch nicht zu Gesicht bekommen habe.«

Die Fürstin lächelte huldvoll und nahm auf einem gegenüber dem Kamin stehenden, hochlehnigen und reich verzierten Stuhl Platz. Sie schien ihren Spaß daran zu haben, einen so stattlichen Mann, der gerade so viele Abenteuer bestanden hatte, ein wenig aus der Fassung zu bringen.

»Konrad Gassner, was seid Ihr doch für ein Haudegen! Gerade noch habe ich Euch als Künstler Edmund Mengler kennengelernt, und wenige Tage später entpuppt Ihr Euch als verwegener Kämpfer, der im Namen des Fürsten wahre Wunder vollbringt! Ihr seid ein bemerkenswerter, geheimnisvoller Mann!«

Die Herzogin war sehr interessiert, alles genauestens zu erfahren. Sie hing förmlich an Konrads Lippen, und nicht immer konnte er ihrem selbstbewussten Blick standhalten.

»Das war ja wirklich ein Abenteuer, und irgendwie beneide ich Euch ein wenig darum, mein lieber Gassner! Ich hingegen habe doch recht unaufgeregte Tagesabläufe. Wären da nicht meine Söhne und die täglichen Kutschfahrten rund um das Schloss, ich würde wohl vor Langeweile zergehen! Ich versuche aber, mich durch Informanten über das, was da so alles in der Welt um mich herum passiert, auf dem Laufenden zu halten. Mein Vater, der Landgraf Ludwig von Hessen Darmstadt, hat mich so erziehen lassen, dass ich mich heute auch in politischen Dingen auskenne. Ja, und auch mein Gemahl, der Fürst, legt durchaus wert auf meine Meinung. Ich darf behaupten, dass ich hin und wieder zur Entscheidungsfindung beitragen kann.«

Die Herzogin stand auf und ging zu einem Wandtisch, auf dem eine eiserne Kassette lag. Sie öffnete den Deckel, griff hinein und holte einen Beutel mit Münzen hervor.

»Schaut«, sagte sie mit einem Lächeln, »das hier sind 380 Taler, die habt Ihr Euch redlich verdient, und damit Eure Männer nicht zu kurz kommen, habe ich die Summe auf 400 Taler aufgerundet.

Die Herzogin sah Konrad auffordernd an.

»Kommt nur und greift zu, die Münzen gehören Euch!«

Konrad konnte es kaum glauben. Er wusste zwar, dass es eine Belohnung geben sollte, aber das übertraf eindeutig seine Erwartungen.

»Mit Verlaub, Eure Hoheit, das ist mehr, als mir zusteht! Das sind ja gut zwei Jahresgehälter eines Korporals!«

»Konrad Gassner, seht es mal so, Leutnant Hoffmann hat noch gestern Abend das Münzsilber gezählt. Es sind genau 38.000 Münzrohlinge. Also ist das, was Ihr hier bekommt, gerade mal 1% des Schatzes, abgesehen davon, dass Ihr auch noch einen Teil unseres Silberzierrats gerettet habt. Nun keine falsche Bescheidenheit! Greift endlich zu!«

Konrad schritt zögernd zum Tisch und zog seinen Dolch. Die Herzogin wich erschrocken zurück.

»Keine Sorge, Eure Hoheit, aber bevor ich mir die Münzen einstecke, habe ich noch eine Überraschung für Euch.«

Konrad griff unter sein Gewand, holte den Gürtel mit dem Geheimfach hervor, schlitzte mit der Spitze des scharfen Dolches ein kleines Stück auf und ließ die goldglänzenden, funkelnden Schmuckstücke auf die Tischplatte purzeln.

»Der hinterhältige Kämmerer trug diesen Gürtel und hatte sich, wohl schon vor dem Transport, Eure Juwelen angeeignet und raffiniert an seinem Körper versteckt. Durch einen glücklichen Zufall habe ich sie entdeckt.«

Die Fürstin stand mit offenem Mund da und schlug vor Begeisterung die Hände zusammen. Dann nahm sie einige Exponate auf und hielt sie ins Licht des Fensters. »Konrad Gassner, wenn es nicht der Anstand verbieten würde, müsste ich Euch jetzt um den Hals fallen! Es sind wahrhaftig meine geliebten Preziosen!«

Die Herzogin drehte ihm den Rücken zu und hielt sich ein aus vielen unterschiedlichen Edelsteinen kunstvoll gearbeitetes Collier über ihr Dekolleté.

»Seid so lieb und helft mir mit dem Verschluss!«, kam es aufgeregt über ihre Lippen.

Konrad trat heran, und es blieb nicht aus, dass er ihre zarte Haut im Nacken berührte. Er spürte, wie die Fürstin zusammenzuckte und wie ihr Atem schneller ging. Der Schmuck schien sie regelrecht zu erregen. Sie machte zwei Schritte nach vorn und drehte sich zu Konrad um. Mit einem koketten Blick sah sie ihn an.

»Na, was sagt Ihr? Sind diese edlen Steine nicht betörend? So wird aus einer Frau erst eine wirkliche Dame!«

Konrad wirkte verlegen, da er nun auf ihr tief ausgeschnittenes Dekolleté schauen musste, was der Fürstin ganz offensichtlich nicht missfiel.

»Ach ja«, seufzte sie, »es würde mir schon gefallen, wenn Ihr das Angebot des Herzogs annähmt und in der Leibgarde, an der Seite von Leutnant Hoffmann, für meine Sicherheit sorgtet!«

Konrad räusperte sich und suchte nach Worten, wie er sich möglichst diplomatisch aus dieser für ihn verfänglichen Situation herauswinden könnte.

»Mit Verlaub, Eure Hoheit, aber da gibt es noch ....«, bevor er den Satz geendet hatte, fiel sie ihm ins Wort.

»Habe ich es mir doch schon längst gedacht! Ein so stattlicher junger Mann, der hat doch bestimmt eine Liebschaft, und die will er natürlich nicht alleinlassen. Habe ich recht?«

Konrad stieg zum wiederholten Male die Röte ins Gesicht. Sie hatte es geschafft, ihn mächtig zu verunsichern. Statt mit Worten reagierte er mit einem lautlosen Kopfnicken.

»Also doch! Ist sie hübsch? Wie heißt die Liebste?«, fragte die Herzogin ganz aufgeregt.

»Johanna, Eure Hoheit, sie ist die Tochter des Wirts vom Gasthaus zum Salze in Salzderhelden.«

»Meint Ihr es wirklich ernst mit Ihr und wollt sie gar ehelichen?«

Konrad strahlte über das ganze Gesicht und sah die Fürstin mit glänzenden Augen an.

»Das, Eure Hoheit, wäre mein sehnlichster Wunsch, und mit Eurer großzügigen Belohnung bin ich diesem Ziel ein ganzes Stück näher gekommen.«

Die Herzogin machte einen Schritt auf Konrad zu.

»Streckt Euren Arm aus!«, mit diesen Worten ergriff sie seine Hand und ließ ein Schmuckstück hineinfallen.

»Aber – das ist ja ....«, kam es ihm ungläubig über seine Lippen.

»Das, mein lieber Konrad Gassner, das ist mein Verlobungsgeschenk! Gefällt es Euch?«

Konrad hielt einen kostbaren Goldring, der mit sechs Smaragden und einem roten Rubin besetzt war, in seinen Händen. Die funkelnden Edelsteine hatte der Goldschmied kunstvoll zu einer Blüte angeordnet. Konrad wirkte fassungslos und musste mit den Tränen kämpfen. Während er mit einer tiefen Verbeugung versuchte, seinem Dank Ausdruck zu verleihen, hatte die Fürstin sichtlich große Freude daran, Konrad glücklich zu sehen.

Er parierte sein Ross durch, drehte sich um und sah hinauf zum Schloss. Noch immer konnte er das soeben Erlebte nicht fassen. Die Fürstin hatte ihn zum glücklichsten Menschen der Welt gemacht.

Konrad presste seine Schenkel an den Unterleib des Pferdes, bohrte ihm sanft die Hacken in die Flanken, schnalzte zweimal auffordernd mit der Zunge und schon fiel der Wallach in den Galopp. Im leichten Sitz jagten die beiden auf der langen, von Wald gesäumten Geraden, die aus Herzberg hinausführte, Richtung Salzderhelden. Konrad fühlte sich wie berauscht vom Glück. Alles um sich herum vergessend verschmolz er mit der Bewegung seines Pferdes. Er sah schon Johanna in Gedanken vor sich, wie er ihr den wertvollen Ring an den Finger steckte. Er konnte es kaum erwarten, die Liebste in seine Arme zu schließen. Die Anerkennung durch das Fürstenhaus, so war er sich sicher, mussten nun auch die letzten Zweifel des Wirts aus dem Weg räumen und ihn davon überzeugen, dass er in der Lage war, seiner Johanna ein sorgenloses Leben zu bieten.

8. Die Anerkennung

Der Herbst hatte mit seinem bunten Blätterkleid in den Wäldern rund um Salzderhelden Einzug gehalten. Auch wenn so mancher Baum sich noch wehrte und die grüne Sommerpracht nicht so einfach herschenken wollte, den Lauf der Natur konnten auch die stärksten unter ihnen, die mächtigen Buchen und uralten Eichen, nicht aufhalten.

Auch Konrads Sehnsucht nach dem Vater, die sich in der letzten Zeit wieder in seinen Gedanken ihren Platz suchte, war nicht aufzuhalten. Obwohl gerade in den Anfangstagen, als er in diesem Ort mit dem merkwürdigen Namen Salzderhelden ankam, sein Vater den vielen dicht aufeinander folgenden Ereignissen Platz machen musste, war er nun wieder umso mehr präsent. War er vielleicht doch noch am Leben?

Konrad war in den letzten Tagen immer häufiger hin und her gerissen. Auf der einen Seite hatte er Glück, Liebe und Frieden gefunden und richtete sich gerade sein neues Leben ein, doch auf der anderen Seite war da der Drang, noch einmal die Suche nach seinem Vater aufzunehmen. Es fühlte sich für ihn so an, als ob er von irgendwoher einen Hilferuf hörte, ein Verlangen, endgültig Klarheit zu erlangen. Doch wie sollte er es seiner Johanna vermitteln, dass er jetzt, gerade in diesem Moment, wo sich alles so wunderbar fügte, sie schon wieder verlassen musste? Nur der Gedanke an seine Liebste zauberte ihm schlagartig ein Lächeln ins Gesicht.

Konrad war kaum aus Herzberg zurück, da besuchte ihn Johanna noch am selben Abend auf der Heldenburg. Die großen Augen, aus denen sie ihn ansah, als er ihr den kostbaren Ring an den Finger steckte, würde er nie vergessen, und als er ihr dann noch seine Belohnung, die vielen Silbermünzen, auf den Schoß purzeln ließ, war sie nicht mehr zu halten. Vor Freude sprang sie auf, griff Konrad an den Händen und tanzte mit ihm ausgelassen durchs Zimmer.

An diesem Abend machten sie die Nacht zum Tag. Tief umschlungen verschmolzen immer wieder untrennbar ihre Körper. Zärtlich und innig zeigten sie sich ihre Zuneigung. Geradezu euphorisch fingen sie an, sich eine gemeinsame Zukunft auszumalen. Konrad hatte endlich einen Menschen gefunden, mit dem er über alles reden konnte. Schon am nächsten Tag nahm er seinen ganzen Mut zusammen und machte sich auf den Weg ins Gasthaus. Aufgeregt stand er vor ihrem Vater, während Johanna nervös hinter der Küchentür lauschte. Konrad war in seinem Arbeitszimmer den ganzen Vormittag auf- und abgelaufen und hatte sich einen möglichst überzeugenden Text zurechtgelegt.

Doch nun, als er in die argwöhnischen Augen seines Gegenübers sah, klebte ihm die Zunge fast am Gaumen fest. Weg waren sie, die eben noch eingeübten Worte, die in den eigenen Ohren so überzeugend klangen! Und dann fiel ihm die Gier des Wirts ein. Spontan zog er seinen Gürtel hervor und schüttelte den glänzenden Inhalt auf den Stammtisch. Allein das metallische Geräusch der vielen dahintanzenden Silbermünzen zog den Wirt sofort in den Bann. Johannas Vater gingen die Augen über, und als Konrad ihm auch noch von den Begegnungen im Schloss erzählte und davon, dass er sich der Gunst des Fürstenhauses jederzeit gewiss sein könnte, schlug der Wirt ein und drückte ihn an seine Brust. Was folgte, war ein von Johanna perfekt vorgetragenes Szenenspiel. Sie stürmte, die Tür wild aufstoßend, aus der Küche. Ihre Stimme überschlug sich.

»So sieht das also aus«, ihr Blick fiel auf den Münzhaufen, der auf der Tischplatte lag, »der Vater verkauft also seine Tochter!«

Vorwurfsvoll sah sie beide an und preschte, die Verletzte spielend, mit den weinerlichen Worten »Aber nicht mit mir!« zurück in die Küche. Ihr Vater verdrehte die Augen, schlug die Hände über dem Kopf zusammen und folgte ihr mit vielerlei beschwichtigenden Worten. Konrad stand zunächst ein wenig geschockt da, verstand dann aber sehr schnell, dass Johanna ihrem Vater gerade einen kleinen Denkzettel verpasste. Nur einen kurzen Augenblick später fiel sie Konrad lachend um den Hals und ließ ihren Emotionen freien Lauf, und ihr Vater stammelte nur noch: »Weiber, die soll einer verstehen!«

Das war nun auch schon wieder viele Wochen her, und seitdem war Johanna fast jeden Abend bei Konrad oder er gesellte sich im Wirtshaus zu ihr; er war inzwischen anerkanntes Mitglied am Stammtisch. Konrad bekam sogar vom Amtmann die Erlaubnis, das zum Vorwerk gehörende, verfallene Haus am Rande des Burgbergs für sich und Johanna wieder aufzubauen. Schnell fand er Handwerker, die für die Hälfte seiner Barschaft die Arbeiten durchführten. Auch den Schuppen, der hinter dem Haus direkt an den Berg gequetscht stand und aus dem er die Liebste befreit hatte, wurde wieder hergerichtet. Er sollte sie, so war es Johannas Wunsch, immer an ihr Abenteuer, das sie letztendlich erst richtig miteinander verbunden hatte, erinnern.

Wenn Konrad über seinen Vater sprach, kam er regelmäßig ins Schwärmen. Er erzählte Johanna immer wieder von den vielen glücklichen Momenten und davon, wie niedergeschlagen er damals war, als der Sohn seines Lehrherrn die Suche ergebnislos abgebrochen hatte. Johanna merkte sehr schnell, dass sie ihren Konrad nicht davon abhalten konnte, seinen Gefühlen nachzugehen. Ihre Liebe zu ihm und der Glaube, dass er es wirklich ernst mit ihr meinte, halfen ihr, ihm nicht im Weg zu stehen.

9. Der Abschied

An einem kühlen Oktobermorgen war es so weit. Konrad hatte sich ein Pferd aus dem Reisigenstall der Burg satteln lassen, Heiner gab ihm – außer gut gemeinten Ratschlägen – die dem Kämmerer abgenommene, kleine doppelläufige Pistole mit, und die Köchin sorgte mit einem Kanten Brot, je einem Stück geräucherten Schinken und Käse sowie einer Ration Einbecker Bockbier für die Marschverpflegung. Feldwebel Meyer ließ sogar die Wachmannschaft antreten. Ausnahmslos jeder wünschte ihm viel Erfolg bei der Suche nach seinem Vater. Mit einem so herzlichen Abschied hatte Konrad nicht gerechnet. Ihm wurde deutlich vor Augen geführt, wie sehr er auf der Burg geschätzt wurde.

Als er auf das Gasthaus Leinetal zuritt, stand Johanna schon vor der Tür. Konrad reichte ihr die Hand und zog sie aufs Pferd. Wortlos hielt er seine Liebste im Arm. Johanna schloss ihre Augen und schmiegte sich an Konrads breite Brust. In gemächlichem Schritt, so, als ob sie die Zeit anhalten wollten, passierten sie nur wenig später das Wachhaus am östlichen Ortsausgang.

Der Morgendunst, der aus der Leine und den Wiesen aufstieg und über die Landstraße kroch, hüllte das Liebespaar sanft ein. So, als ob sie Flügel bekommen hätten, schwebten sie in dieser undurchsichtigen Wolke dahin. Nach ein paar Pferdelängen parierte Konrad sein Ross ein letztes Mal durch. Ein lang anhaltender, inniger Kuss, der ihre tiefen Gefühle zueinander besiegelte, war Johannas Abschiedsgeschenk. Konrad strich ihr zärtlich über das weiche, rotblonde Haar, sah ihr noch einmal tief in die feucht gewordenen Augen, griff ihr unter die Arme und ließ sie vorsichtig vom Pferd rutschen.

Mit belegter Stimme hauchte Johanna: »Pass´ auf dich auf und ... und vergiss mich nicht!«

Konrad bekam keinen Ton mehr heraus. Er presste die Schenkel zusammen, und sein Ross trabte willig an. Noch einmal drehte er sich um, nahm seinen Hut ab und schwenkte ihn, doch der Morgennebel hatte Johanna längst verschluckt.

Nachwort

Die Idee zum Buch wurde während der Arbeit an einer 3D-Computeranimation mit dem Titel „Die Heldenburg im Jahr 1652" geboren. Das Zeitfenster, durch das wir die Geschichte des Protagonisten, Konrad Gassner, betrachten, habe ich bewusst in den Anfang des 17. Jahrhunderts gelegt, da über die Heldenburg aus jener Zeit umfassende Informationen vorhanden sind und der Fundus an detaillierten, geschichtlich abgesicherten Daten und authentischen Aufzeichnungen über den 30-jährigen Krieg nahezu unerschöpflich ist.

Obwohl die von mir aufgeschriebene Geschichte rein fiktiv ist und die meisten Personen und Handlungen frei erfunden wurden, so bewegen wir uns immer an

Originalschauplätzen im zeitlichen historischen Kontext.

Eine wesentliche Arbeit zum Roman war die Recherche vor Ort. So gibt es tatsächlich am Nordturm des Wetzlarer Doms das Heidenportal. Dieses bemerkenswerte Relikt regionaler romanischer Baukultur war für mich bei der Erkundung der Stadt ein willkommener Zufallsfund, den ich ausgezeichnet in meine Geschichte einbauen konnte. Auch dass zu der genannten Zeit in Wetzlar spanische Besatzungstruppen des Generals Spinola lagen, entspricht den Tatsachen.

Mein nächster Rechercheort war Hirzenhain. Bereits 1375 entstand dort ein aus einer Waldschmiede hervorgegangenes Eisenwerk. Überdies gibt es in Hirzenhain ein Kunstgussmuseum, in dem das von mir beschriebene Handwerk umfassend dokumentiert wird. Die Figur des „Meister Michels" steht mit seinem Hüttenwerk beispielhaft für die Herstellung von Eisengusskunst, die in Oberhessen in Form von künstlerisch gestalteten Ofenplatten seit dem Mittelalter nachweisbar ist. Die Zusammenarbeit von hervorragenden Bildschnitzern, wie „Josef", und hessischen Hüttenleuten machte die Region rund um Hirzenhain zum Mittelpunkt der gesamten Ofenplattenkunst des Heiligen Römischen Reiches Deutscher Nation.

Dass Söldner die Seiten wechselten, so wie es die Figur des „Hauptmann Delgado" zeigt, ist keine Seltenheit gewesen. Zahlte ein Heerführer mehr und vor allem regelmäßiger als der andere, so gehörte ein Überlaufen zum Tagesgeschehen.

Auch die von mir beschriebene Schlacht bei Waidhaus hat geschichtlich belegt zu dieser Zeit stattgefunden. Genauso wie das hinterlistige Verhalten des Feldherrn Graf Ernst von Mansfeld, der sich mit dem Rest seiner Truppen und vor allem mit vielen Gulden des Herzog Maximilian von Bayern abgesetzt hat, ist so belegt.

In die Zeitabfolge passt auch der Truppenübergang Tillys über die Weser und das Feldlager im Raum Dassel, sodass sich für die Handlung der Zeitpunkt zur Fahnenflucht Konrads anbot.

In die Zeit passt dazu die Überlieferung, dass Herzog Georg von Braunschweig-Lüneburg, aus Furcht vor herannahenden Heeren, seine Wertgegenstände zur sicheren Burg Scharzfels schaffen ließ.

Anhang

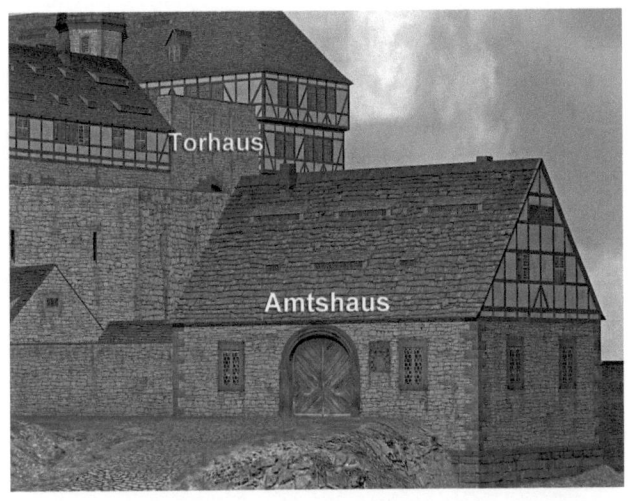

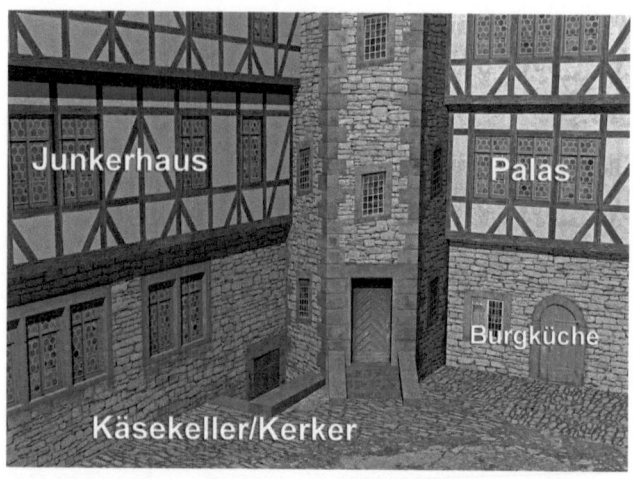

Die hier dargestellten Bilder stammen aus den 3D-Szenen des Films:

„Die Heldenburg im Jahr 1652"